암전들

암전들

blackouts

Justin Torres

저스틴 토레스 장편소설

송섬별 옮김

BLACKOUTS
by JUSTIN TORRES

Copyright (C) 2023, Justin Torres
Korean Translation Copyright (C) 2025, The Open Books Co.
All rights reserved.

This Korean edition is published by arrangement with The Wylie Agency (UK) Ltd.

일러두기
- 성별 대명사를 구분해 사용하지 않았다. 3인칭 단수는 모두 〈그〉, 복수는 〈그들〉이다.
- 인용구 및 도판에 관한 주의 일부는 저자 후주에 표기되어 있다. 후주를 제외한 본문의 모든 각주는 옮긴이의 주이다.
- 이 책에서 사용된 〈블랙아웃〉은 일시적 기억 상실, 암전, 글씨를 검게 칠해 지우는 것 등 여러 의미를 띤다. 문맥에 따라 다양하게 변주해 옮겼다.

이 책은 실로 꿰매어 제본하는 정통적인 사철 방식으로 만들어졌습니다.
사철 방식으로 제본된 책은 오랫동안 보관해도 손상되지 않습니다.

내 평생 만난 가장 영리하고 유능한 이들인
발렌시아 마르티네스 그리고
나의 데이비드에게
이 책을 바친다.

██████████████████████████████████████
██████████████████████████████████████
██████████████████████████████████████

██████████ 시는 작가의 성적 부적응의 표현일 수 있음이 드러날 때 그 매력을 일부 잃어버린다. 그러나 모든 상상적 글쓰기는 리비도의 충족을 위해 환상에 의지하려는 시도처럼 보인다. ██████████████████████████████████████
██████████████████████████████████████

██ 저자에게는 ██████████ 경향이 있고 ██████████
██████ 상상적인 글의 어느 정도 비중이 ██████████ 제약된 ██ 자아의 ████ 작업인지 ██████ 가늠하려는 그 어떤 노력도 하지 않았고 ██████ 인간은 읽고 쓰는 모든 것에서 자신을 드러낸다는 것을 받아들였다 ████████████████████████████████████
██████████████████████████████████████

의학 박사 조지 W. 헨리.

1
팰리스
THE PALACE

죽은 사람이라고는
단 한 명도
모르던 시절이 있었지 —
유령은 고사하고.

— 하이메 만리케,
「유령과 산 자들 Ghosts and the Living」

팰리스로 향한 건 찾아 헤매던 남자가 이곳에 방을 하나 빌려 살고 있어서였다. 막 방을 나서려던 그는 마른 것을 넘어 해골처럼 앙상한 몸으로 문틀에 몸을 지탱하고 서 있었다. 입술은 말라붙어 갈라졌고, 얼굴 피부는 뼈 위로 팽팽하게 당겨져 있는 형국이었다. 내가 그를 다시 침대에 눕히자, 그는 자리에 누워 친절하면서도 맹렬한 눈으로 나를 올려다보았다. 마치 육신을 떠난 영혼이 촉촉하게 반짝이는 홍채와 실핏줄 하나 없는 흰자 속에 깃들기라도 한 것처럼, 생명력으로 불붙은 두 눈이었다. 그의 목소리는 정정하고 또렷했으며, 말할 때는 숨을 쌕쌕거리지도, 혼란스러워하지도 않고 거침없었다(그러니까, 임종이 가까워졌을 때 섬망에 빠져 앞뒤가 맞지 않는 말이라든지 문학 작품에서 가져온 인용구를 늘어놓기 전까지는 말이다). 나는 얼마나 오래건 상관없이 여기 머물면서 간병인 노릇을 하겠다고 말했다. 사실 나는 갈 곳이 없었고, 둘 다 그 사실을 알고 있었다. 후안은 자신이 죽으면 팰리스에 남아 자기 방을 넘겨받으라고 했다. 한때 그의 온 마음을 사로잡은 그 프로젝트, 자신과 같은 성(姓)을 가진 어떤 여자의 이야기를 나더러 완성하라고 했다. 잰 게이라는 여성. 「이리 와라.」 그러면서 그가 눈을 찡긋거렸다. 「하겠다는 약속으로 어머니의 손을 꼭 잡아 주렴.」 그건 내가 잘 모르는 어느 유명한 장면에서 따온 것이었다. 농담이 아니었다. 나는 뼈와 관절만 남은 그의 두 손을 내 손으로 감쌌다. 그는 죽음에 가까웠으므로, 나는 그 어떤 약속이라도 했을 것이다.

「**약속을 지킬 작정은 아니었다. 그러나 나도 모르는 사이에 내 머리는 꿈과 더불어 헤엄치기 시작했지……**. 어디 나오는 말이더라?」

「몰라요, 후안. 그래도 약속을 지킬게요. 진심이에요.」

「사람들은 그를 여러 이름으로 불렀어.」 그가 말했다. 「얀, 또는 잰, 또는 헬렌. 성스러운 요정, 은총의 어머니. 사이에 계신 하느님 아버지.」

나를 마주 보라

그러나, 여러 동성애자가 이겨 내지 못한다 남성과 지속적인 친밀한 연결의 고단함

대도시에서 모든 걸 다 잃고, 남은 돈을 긁어모아 혼자 팰리스를 향해 떠났다. 직업도, 학위도, 혈통이랄 것도 없으니 어떻게 살아야 할지도 몰랐고 도움받을 남자가 있는 것도 아니었다. 나는 서쪽으로 수천 킬로미터 떨어진 곳, 가는 데 며칠이나 걸리는 소도시행 버스표를 샀다. 후안이 은둔해 살고 있으리라 짐작되는 곳이었다. 짐이라고는 옷가지를 욱여넣은 더플 백 하나가 전부였다. 기름기가 묻어 흐릿한 창밖으로 풍경이 변하는 모습을 몇 시간씩 바라보았다. 바깥을 잘 보려고 소매 끝으로 유리창을 문질러 보았지만 마치 옛 할리우드 영화의 클로즈업 장면처럼 바셀린을 뭉갠 것 같은 후광 효과가 생길 뿐이었다. 그 속에, 코에는 상처 하나 없고, 검은 곱슬머리는 차분하게 가라앉은, 모든 굳어진 이목구비가 부드럽게 뭉개진 내 모습이 보였다.

목적지를 향해 가는 동안 여러 버스와 운전사를 거쳤는데, 그중 하나는 갈색 피부에 실한 체구를 가진 매력적인 남자였다. 백미러에 비친 그의 웃는 눈빛이 반짝였고, 정거장에 도착했음을 알리는 목소리는 소탈하고도 명랑했다. 나도 모르게 빈자리가 날 때마다 점점 더 앞으로, 조금씩 더 가까이 이동해, 결국은 그의 바로 뒤 오른쪽, 그의 손마디

양쪽에 난 털까지 눈에 보이는 자리로 왔다. **잘 보세요**, 그가 내게 말했다. **곧 버스가 텅텅 빌 겁니다. 빅 머디[1]를 건너기 전 이곳이 마지막 정거장입니다.** 그 말대로 강을 건너기 직전 모두가 버스에서 우르르 내렸다. 운전사와 나는 단둘이 강을 건넜다. 널따란 강은 세차게 흘렀고, 과연 이름에 걸맞게 흙탕물을 닮은 밀크초콜릿 색이어서, 은박지에 싸인, 영혼 없는 설탕 과자 눈이 박힌 부활절 토끼 초콜릿이 떠올랐다. 어디로 가냐고 묻기에 행선지를 알려 주자 운전사는 말했다. **그렇다면 제가 목적지까지 데려다주는 건 아니겠군요.** 그 뒤로는 기분이 사뭇 달라졌는지, 아까 같은 태도는 간데없이 새로 타는 승객들을 향해 고개를 주억일 뿐이었다. 명랑한 구석이라고는 없는 데다가 거들먹거리기까지 하는 새 운전사가 나타나자 나는 겁을 먹었다기보다는 용기를 잃었다. **여정은 두 연인이 만나는 것으로 끝난다**[2]라는 구절이 자꾸만 떠올랐는데, 이 무시무시한 대사가 어느 책인지, 영화인지, 동요에서 나온 것인지는 기억나지 않았다. 다시 뒷좌석으로 돌아갔다. 이 시점 이후로는 정류장에서 버스에 오르는 승객들이 전과는 다른 부류 같았고 — 내게는 이국적이며, 해안과는 딴판인 내륙 사람으로 보였다 — 곧 지형도 말 그대로 평평해지더니 눈앞의 지평선이 사방으로 뻗었던 덕에,

---

1 Big Muddy. 미주리강의 별칭.
2 〈Journeys end in lover meeting.〉 셰익스피어의 희곡 「십이야 Twelfth Night」에 등장하는 대사.

하늘이 더 높고 넓게 펼쳐졌고, 이대로 영영 사막을 보더라도, 나는 이 새로운 — 적어도, 내게는 새로운 — 분홍빛, 구릿빛, 모래 빛과 진흙 빛 색조들에 질리지 않을 것만 같다는 생각이 들었다.

목적지에 도착한 건 이른 아침이었고, 버스에서 내리며 여기서부터 차를 얻어 탈 수 있기를 기대했지만 지나가는 차가 거의 없었다. 나는 도롯가의 작은 메스키트[3] 나무 옆에 몇 시간이나 서 있었다. 정오의 뙤약볕 아래, 보잘것없는 그늘마저도 자취를 감췄으며 흙먼지가 목구멍을 간지럽혔다. 내 셈으로 50대째 차가 나를 휙 하니 지나치자 절망감이 찾아왔지만, 바로 그때 브레이크등이 언뜻 보이더니 자갈 깔린 갓길로 올라오며 으적거리는 타이어 소리가 들렸다. 유럽인 관광객 부부였다. **특별히 위협적인 인물처럼 보이지는 않아서,** 남자가 말했다. 나를 최종 목적지까지 데려다주겠다고 했다. 여자가 얼굴을 찡그렸다. 부부는 차 안에서 다투는 중이었고, 그렇기에 주의 돌리는 역할을 해야 한다는 걸 알아차리고 나는 잡담을 던져 보려 했다. 그러나 곧 여자가 조용한 비난조의 외국어 말씨로 아까 하던 말싸움을 이어 가는 듯하기에, 나는 바깥 풍경으로 눈을 돌렸다.

    그렇게 우리는 사막 더 깊숙한 곳으로, 아까보다 더 작은

---

3 Mesquite. 멕시코 북부와 미국의 사막 지역에서 자라는 콩과 식물로, 척박한 지역에서 생존한다.

도시, 정확히 말하면 도시라기보다는 마을을 향해 나아갔다. 펠리스를 찾아, 후안을 찾아, 내가 그를 발견할 때까지 방 입구에서 서 있던 그 해골을 찾아.

―

전생처럼 느껴지는 시절에, 후안과 나는 총 18일간, 그것도 약 10년 전, 내가 고작 열일곱이던 때 알고 지낸 사이였다. 그는 그 시절에도 연약했지만 정신이 또렷하고 집중력이 뛰어났다. 그 시절 내 조부모는 상대적으로 젊은 50대 후반이었으므로 나는 노인을 만난 경험이 거의 없었기에 후안을 노인이라 여겼고, 그의 팔이며 손을 뒤덮은 검버섯 난 건조한 피부에, 입가와 눈가에 자리한 겹겹의 주름에 긴장을 느꼈다. 후안은 말했다.「나의 노쇠는 젊음과 아름다움에 대한 모욕이지.」 놀리는 말인 줄 알면서도 나는 실제로 역겨운 감정을 느꼈고, 그건 후안이라는 사람 자체를 향한 것이 아니라 추상적인 노년을 향한 것이었다. 청소년인 나의 신체가 나이에 굴복해 쇠락하는 모습은 도무지 상상조차 할 수 없었다. 그 시절의 나는 후안을 보면서 생각했었다. **저런 몸이 내 미래일 리는 없어.**

팰리스는 흙먼지가 날리는 거리에 기념비처럼 서 있었다. 황폐해진 채 버려진 건물로, 한때 흰색이던 스투코는 때 묻은 상아색으로 변했고 여기저기 벗겨진 자리마다 벽돌이 드러나 있었다. 팰리스라는 별명이 어디서 유래한 것인지는 모른다. 이 나라에 궁전 같은 것은 없다. 아주 오래전에는 호텔이었거나 주립 정신 병원이었을 것이다. 부조를 새긴 돌출 장식이 지붕의 널찍한 처마를 떠받치고, 도려내기 세공한 세잎클로버가 입구 위, 건물 정면부 맨 꼭대기를 장식했는데, 트럼프 카드의 클로버 에이스를 연상시키는 모양이었다. 한때는 종각이 아니었을까 싶기도 했지만, 지금 그 안에 종은 없었고 그저 빈 곳을 통해 푸른 하늘이 보일 뿐이었다. 대리석 계단은 누렇게 바랬고, 내부 공간은 어울리지 않는 테두리 장식을 달고 페인트칠한 석고 가벽을 세워 작은 방들로 대강 나누어 놓았다. 팰리스의 주인은 대체 누굴까? 아마도 가족이 없는 이들을 위해 지낼 곳을 내주는 자선 단체일 거라고 짐작했다. 후안에게는 혼자 쓰는 방이 있었고, 그 안에는 책상, 소형 냉장고, 조리용 열판, 작은 벽장, 그리고 낮은 트윈 베드가 하나씩 있었다. 벽 아래 굽도리 널을 따라 책이 줄지어 놓여 있었다. 후안이 방문객을 맞이할 수 있는 건 오전과 오후의 정해진 시간뿐이었지만, 그가 창문을 열어 둔 덕에 나는 밤에 화재 비상구로 꾸물꾸물 기어올라 가방 안에 도로 숨어들어 침대 매트리스에 앉았다. 우리는 대화를 나누었다. 나에게는 질문이 많았고, 시간이 많았고, 갈 곳은 없었다. 어떤 밤들은 버스 정거장 옆에 있는 동네 바 〈디포〉에서 꼬여 낸 남자들과 보내기도 했다. 아니면 정거장을 돌아다니다가, 또는 화장실에서 크루징[4]하다가 만난 남자들이기도 했지만, 얼마 지나지 않아 나는 그저 후안의 방에서 보내는 밤만을 원하게 되었다. 가장 좋은 것은 침대 위, 그의 옆에 누워서, 그의 뼈와 종이처럼 얇은 피부를 느끼고, 썩은 내 나는 그의 숨결을 들이쉬면서, 그가 아직 죽지 않았음을 확인하는 것이었다.

---

4 cruising. 공원이나 화장실, 바 같은 공공장소를 돌아다니면서 성적 만남 상대를 찾는 행동.

후안은 이곳의 다른 입주자들, 그가 괴상한 오리 **떼거리**a badling of queer ducks라 부르는 방황하는 영혼들에 관해서는 그리 좋아하지 않는다. 처음 들어 본 집합 명사다. 「다들 적대적이야.」 그는 말한다. 「아니면 망가졌거나. 아니면 미쳤지.」 부엌, 공동 화장실, 샤워실 — 이 건물의 어느 곳도 공기 순환이 제대로 이루어지지 않는다. 그래서 모든 공간에 입주자들의 체취, 사향, 똥, 때, 탄 음식 냄새가 배어 있다. 후안은 방 바깥으로 아예 나가지 않는 편을 선호한다. 오로지 깡통에 든 토마토, 크림, 또는 렌틸콩 수프만 먹고, 나는 그를 위해 깡통째로 열판 위에 놓고 수프를 데운다. 그를 일으켜 앉힌 뒤, 그가 손을 떨면서도 신중하게 깡통과 입 사이로 숟가락질 하는 모습을 지켜본다. 이후 대화하는 동안, 후안은 침대 옆 벽지를 그의 손가락이 허락하는 만큼 최대한 조심스럽게 뜯어낸다. 「바로 아래에 붙어 있는 벽지가 훨씬 아름답거든.」 그가 말했다. 그는 예전 벽지가 접시만 한 크기로 드러나도록 벽지를 뜯어냈다. 섬세하고 예스러운 화법으로 서커스 장면을 그려 낸 무늬다. 고리를 통과하는 분홍 푸들. 등받이 없는 작은 의자 위에서 한 발로 균형을 잡은 코끼리. 서로에게 광대 노릇을 하는 떠돌이들. 「죽기 전에 벽 전체를 발굴해 내고 싶구나. 하지만 못 하겠지, 그렇지?」

나는 훗날에 관해서는 이야기하지 않는다. 그 대신 미래에 관한 사소한 거짓말을 한다.「조만간 냄비를 사 올게요. 그릇도요. 당신이 존엄성을 지키며 음식을 먹는 모습을 바라보고 싶어요.」

후안이 죽은 뒤 내가 마쳐야 할 거대한 프로젝트에는 종이 조각, 신문에서 잘라 낸 기사들, 사진들, 손으로 쓴 메모들이 들어 있는 파일 폴더, 그리고 페이지 대부분을 시커멓게 칠해 지운 두꺼운 책 두 권이 포함되어 있다. 이 책은 2권으로 나뉘어 『성적 변종들: 동성애 패턴 연구 *Sex Variants: A Study in Homosexual Patterns*』라는 제목으로 출간된 연구를 담고 있다.

곧바로 나는 이 책에 담긴 수수께끼에 자석처럼 이끌렸다. 면밀한 관찰로 이루어진 연구가 삭제의 작업으로 변모하다니. 또, 서문에서 언급된 잰 게이라는 여성과 후안이 어떻게 연결되어 있는지도 궁금했다. 후안에게 두 사람이 혈연관계인지 물어보았다. 「아니, 아니야.」 그러나 후안은 둘의 관계가 〈이름이 비슷한 것보다 더 깊은〉 것이라는 짐작은 맞다고 대답했다. 그가 한 말은 그것이 다였다.

이유는 알 수 없었지만, 내가 이곳에 도착하는 순간, 그리고 이 작업을 이어 가겠다는 약속을 내게서 얻어 낸 순간, 후안은 이 책들에 관심을 잃어버린 것 같았다. 그가 벽을, 벽지를 향해 얼굴을 돌리자, 나는 그에게서 그 어떤 설명도 끌어내기 어렵다는 것을 알 수 있었다. 그럼에도 나는 이 연구에 관해, 여기 등장하는 성적 변종들에 관해, 잰 게이에 관해 물었고, 이 페이지를 전부 검게 칠한 사람이 누구인지, 혹시 후안 당신인지 물었다. 「아니, 아니야.」
이 책은 후안이 처음 발견했을 때부터, 중간중간 지워져 짧은 시와 관찰 들로 변해 있었다. 언젠가는 더 많은 것을 알려 주리라고 넌지시 암시하면서, 우선 그는 우리가 마지막으로 만난 뒤 10년간 나와 내 삶에 대해 알고 싶다고 말했다. 후안은 내 의사와 상관없이 나에게서 말을 끌어내는 법을 알았다. 마치 최면에 걸린 것처럼 단어들이 쏟아져 나왔다.

후안은 나를 걱정했다. 팰리스는 고난을 겪고 실패한 이들을 끌어들인다는 것이 그의 주장이었다. 그는 내가 달아나고 있다고 진중하게 암시했는데, 이 역시 나로서는 익숙하지 않은 말하기 방법이었고, 그가 설명을 마친 뒤에도 도망치고 숨는다는 개념 자체가 내게는 우스꽝스러운 것이자 이 벽지만큼 케케묵은 것으로만 느껴졌다.

「누구한테서 도망치는 거죠? 경찰? 사채꾼? 포주?」

「누구한테서건.」 후안이 말했다. 그러더니 잠시 후 덧붙였다. 「그럼 네 마음으로부터겠지.」

침대 옆 램프에 씌워진 삼베 전등갓을 통해 스며나온 따스해진 불빛 덕에 그의 갈색 눈은 술을 닮은 열광적인 빛으로 타올랐다. 데스마스크 같은 그의 나머지 얼굴과 어울리지 않게 빛나는 그의 눈이 마음에 걸린다.

시내, 팰리스 주변의 건물과 도로는 한낮의 열기를 품고 있다가 밤새도록 내뿜었다. 출구 없는, 지옥 같은 밤이었다. 침대는 작았다. 실링 팬은 가장 느린 속도로만 돌아갔다.

「마치 이곳의 모든 것이 나른하기 그지없는 템포에 맞춰져 있는 것 같지, 안 그래, 네네?[5]」 후안이 말했다. 「실링

---

5 nene. 스페인어에서 어린 소년을 부르는 애정 어린 애칭.

팬도, 공기도, 너와 나도, 시간 자체까지도.」

나는 흰색 면 팬티만 걸친 벌거숭이가 되어 방 안을 돌아다녔다. 바깥에 나갈 때만 옷을 입었고, 그때조차도 헐벗을 때가 많았다. 덥기도 했지만, 후안에게 스릴을 선사하고 싶었다. 그러나 후안이 수작을 걸어오는 일은 거의 없었다. 그를 침대에서 일으켜 세우고 복도를 지나 화장실로 데려갈 때면, 내가 이미 그의 몸을 여러 번 보았는데도, 매번 얄팍한 침대 시트로 온몸을 감싼 채였다. 처음에는 뼈만 남은 그의 몸이 충격적이라 외면했지만, 시간이 갈수록 그의 쇠약에 익숙해져 피부 아래 뼈와 관절이 기괴하고 무시무시한 아름다움을 품고 움직이는 모습을 바라보게 되었다.

　후안의 몸에서 느껴지는 온기라고는 거의 없었는데도, 더운 밤들 중에서도 특히 무더운 밤이면 아무리 작은 접촉도 도저히 견딜 수가 없었기에 나는 침대에서 내려가 딱딱한 바닥에 누웠다. 잠은 불가능했다. 우리는 잠들려는 시도조차도 않았다. 그 대신, 후안의 목소리가 나를 향해 천천히 떠내려왔다. 그는 나를 무아지경으로 이끄는 걸 좋아했고, 능숙했다. 너무 능숙해서, 어떤 밤이면 정말 다시 빠져나올 수 없을 것이라는 느낌이 들었다.

「다시 한번 말해 봐, 물난리가 나기 직전 일어난 정전에 관해서. 눈을 감으렴. 무엇이 보이니?」

「전 집에 있어요, 도시의 집이요. 방금 청소를 끝마쳤죠. 그릇은 전부 씻겨진 채 마르는 중이에요. 물에 담가 놔야 하는 묵직한 육수 냄비만 빼고요. 전 오직 저만을 위해 노스탤지어를 불러일으키는 풍성한 식사를 만들었는데, 요리를 마친 뒤에야 식욕이 하나도 없다는 걸 깨닫고, 모조리 치워 버렸죠. 냄비를 개수대에 놓고, 수도꼭지를 틀어요. 생각해요, **개수대를 가득 채우자.**」

「그 뒤에는 아무것도?」

「없음.」

나는 거실에 선 채, 새어 나와 졸졸 흐르는 물을 내려다본다.
고불고불 흐르는 물줄기가 소파 다리에 닿으며 갈라졌다가,
다시 합쳐진다. 어디선가 집주인 여자가 죽어라 악을 써대는
소리가 들린다. **그놈 짓이야**, 나는 생각한다. 비명은 아래층,
집주인이 사는 곳에서 들려온다. 나는 놀라 깨어나서,
엄밀하게는 이미 깨어 있었지만, 벌떡 일어선다. 놀란 채
제정신으로 되돌아온다. 부엌으로 달려가자, 조리대에서 물이
쏟아져서 바닥에 줄줄 흘러 얕은 웅덩이가 생겨 있고, 그때
신음처럼 삐걱거리는 불길한 소리가 난다. 집주인 부부의
집은 바로 아래층이고, 삐걱거리는 건, 찌그러지는 건,
빠개지는 건 그 집 천장이다. 보이지는 않지만, 들린다. 석고
보드 실링 팬, 조명 기구가 모두 떨어져 박살 나는 소리.

계단 위로 올라온 집주인 여자가 내 집 문을 쾅쾅 두드리고, 내
이름을 외치고, 예수 그리스도를 향해 울부짖고, 물난리가
났다고 고함을 지르며, 대체 무슨 짓을 한 거냐고 묻는다. 문을
열고 — 집주인이 나를 바라보는 모습, 나를 꿰뚫어 보는 모습
— 말한다. **끝났어요, 다 끝이에요.** 집주인은 허둥지둥
수건이며, 침대 시트며, 이불 홑청이며, 물을 빨아들일 온갖
것들을 바닥에 집어 던진다. 나는 사과한다, 실수였다고,

수도꼭지 잠그는 걸 깜빡했다고. 집주인은 듣는 것 같지 않다. 다음으로 기억나는 건 집주인을 따라 아래층, 그 집 침실로 내려간 것, 그곳에 집주인의 남편이 있다. 뼈에 붙은 무슨 고기인가를 악어처럼 대단히 침착하게 먹어 치우고 있다. 닭고기는 아니다. 아마도 소꼬리, 아니면 양고기일 수도 있겠다. 두 사람은 저녁 식사 중이었으리라. 침대는 흙탕물로 엉망이 되어 있고, 그 집이 입은 피해는, 끔찍하다. 천장의 석고 보드가 축축한 혀처럼 늘어져 있다. 그 위는 구멍이다. 아랫집과 우리 집을 갈라놓는 서까래, 우리 집 바닥널 밑면까지 들여다보인다. 바닥널 사이의 금으로 우리 집 부엌의 불빛이 보인다. 물은 아까보다는 잠잠하게, 아직도 매트리스 위로, 서랍장 위로, 뚝뚝 떨어진다. 남편의 침착한 태도가 온 힘을 다해 울부짖는, 크고, 축축한 눈물을 뚝뚝 흘리는 아내를 꾸짖는 것만 같다. 집주인 여자가 하는 말은 대부분이 관용어구라 전부 알아들을 수는 없는데, 그래도 요지는 알겠다. 해명하라는 것이다. 그런데 내가 아니라, 하느님한테 해달라는 것 같은데, 내가 그런 일을 무슨 수로 하겠는가? 극심한 죄책감에 머리가 어지러울 지경인데도, 그래도 남편에게서, 그가 음식을 먹는 모습에서 눈을 뗄 수가 없다. 역겹다. 그의 침묵은 나를 향한 것임을 나는 알아차린다. 마치 나를 지옥에 보내는 데 가장 적합한 저주를, 가장 알맞은 힐난의 방법을 찾는 것 같다. 토할 것 같다. 그러나 그에게는 내 모습이 보이지 않거나, 보지 않으려는 것 같다. 그는 똑바로 정면을 바라보며, 입안의 음식을 씹는다.

「왜 그러냐? 왜 멈추는 거지?」

「제가 개수대에 담가 놓은 그릇이요. 육수 냄비가 아니라…… 정확한 이름이 기억나지 않아요.」

「그건 네가 스페인어를 하나도 못 하기 때문이지, 네네. 배우려는 시도조차 안 했잖아?」

「음, 그러니까, 제 아버지가…….」

「아버지가 어쨌다고?」

「아버지는 스페인어를 했어요. 하지만 우리에게 말한 거지, 우리와 함께 대화한 건 아니었어요. 무슨 말인지 아시겠어요?」

「알겠다. 그 꼰대 탓이지. 그 꼰대는 네 탓을 할 테고. 가르치는 것도, 배우는 것도, 의무는 아니다.」

「그 단어를 알려 주세요.」

「엘 칼데로el caldero. 마녀들이 쓰는 그런 솥단지. 이제 계속해 보렴. 눈을 감거라.」

「그다음으로 보이는 건 청소 장면인 것 같아요. 몇 시간이나 이어져요. 젖은 석고 보드를 바깥 인도 연석까지 끌고 가요. 물에 푹 젖은 쓰레기들을 질긴 검은 비닐봉지에 가득 담았고요. 집은 무척 낡았어요. 석고도 진짜 석고예요. 난장판 속에 사진이 한 뭉텅이 있는데, 분명 책상, 아니면 침대 옆 바닥에 있었을 것들이고, 집주인 여자는 사진 뭉텅이를 한 장씩 한 장씩 조심스레 벗겨 내 라디에이터 위에 펼쳐 놓은 찻수건에 올려놓고 말려요. 대부분은 완전히 엉망이 된 사진이죠. 그 여자가 섬에 살던 시절 찍은 오래된 사진, 흰색 테두리에 가장자리가 물결무늬로 잘린 인화지로 뽑은 흑백 사진이에요. 둘도 없는 물건이죠. 그 여자가 천장을, 위층 제 집 바닥을 올려다볼 때마다 저는 얼굴을 찡그려요. 그 여자의 표정을 묘사할 수 있다면 좋을 텐데.」

「한번 해보렴.」

「아, 모르겠어요……. 표정을 어떻게 묘사하죠? 얼굴은 긴장으로 굳어 있고, 목에는 힘이 빠졌어요. 뺨도, 눈썹도, 입술도, 아래로 흘러내리고, 턱도 숙이고 있는…… 그걸 표현하는 단어가 뭘까요…… 아마도 크레스트폴른crestfallen(의기소침)일 거예요.」

「좋은 단어군.」

「그 단어는 어디서 유래한 거죠? 후안이라면 분명 알겠죠.」

「음, 닭을 비롯한 새한테, 또 말한테 크레스트[6]가 있지.」

「산에도요.」

「산에도. 또 파도에도. 또 대단한 가문이 사는 집에도.」

「그런데 그게 굴러떨어졌다는 거죠?」

---

6 crest. 새의 볏, 말의 갈기, 산마루, 물마루, 그리고 저택의 용마루 장식을 가리키는 단어.

「그렇지, 산이 허물어지고, 파도는 부서지고, 그렇게 모든 게 몰락하는 거다. 닭도, 말도, 가문도, 집주인들의 표정도 말이지. 어쨌든 계속해 봐, 정전 이야기를 들려주렴.」

「후안의 차례는 언제 오는 거예요? 저는 당신을 찾아 여기까지 왔다고요.」

「내가 코말라에 온 건 내 아버지가 그곳에 산다고 들었기 때문이다…….」

「코말라. 그게 뭐죠? 알아요. 알았어요. 예전에는요.」

「내 차례는 곧 온다, 하지만 그 전에 전부 이야기해 주렴. 사소한 것 하나하나를 빠뜨리지 않는 게 중요하니까.」

「집주인에 관해서요?」

「정전에 관해, 물난리에 관해, 그리고 널 이곳으로 불러들인 모든 것에 관해.」

█████████████████████████████████
█████████████████████████████████
████████ 호세는 느꼈다 ██████████
█████████████████████████████████
████████████ 호세의 욕망들은 ████
█████████████████████████████████
███████ 호세를 소외시키고 ███████
█████████████████████████████████
█████████████████████████████████
█████████████████████████████████
███세는 스스로를 해방할 것이다.██
█████████████████████████████████
████████████████████████ 호세는 매력적인 젊은이 ████ 나긋나긋한 육체 ████ 라틴계 혈통 █████
█████████████████████████████████

남자들도 호세에게 구애했다. 어디로 가든 남자들이 그를 〈쫓아다녔다.〉█
█████████████████████████████████
█████ 호세는 제정신이 아니었고 어떻게 해야 할지 알 수 없었다.████
███████ (호세를 유예) ████████████
█████████████████████████████████
█████ 호세는 동성애자들에게 추행당했다.████
█████████████████████████████████
████████████████████████████「세상이 미쳐 간다.」호세는 █████████████
█████████████████████████그가 원하는 대로 하는게 낫다.

동성애 사례

집주인의 비명은 내게 직접 닿지 않는다. 내가 깜짝 놀라 몽상에서 깨기까지는 몇 분의 시간이 걸리지만, 몽상의 가장자리에서, 그 비명이 느껴진다. 정신의 깊은 곳 어디선가 메아리가 되어 울린다. 블랙아웃 속에서, 나는 기억했다, 아니면 다시 살았다. 그리고 때로는 내 것이 아닌 삶을 다시 살았다. 나는 어딘가 다른 곳에, 누군가 다른 사람과 있다. 여자, 비명, 그리고 어마어마한 침묵.

「이해되세요?」

　「네가 도와주렴. 계속해 봐.」

　「물이 적어도 한 시간은 흘러 넘쳤던 게 분명해요. 재산 피해는 수천 달러를 넘고, 온통 물바다고, 저는 그 자리에, 수도꼭지에서 물이 쏟아지는 거실에 가만히 서 있고, 제 정신은…… 어디 있을까요? 왜냐하면, 이해가 안 되거든요. 목소리를, 비명을, 소름 끼치는 비명을 들은 건 기억나지만, 동시에 저는 무언가, 혹은 누군가, 비명 너머의 어떤 폭력에 귀를 기울이는 것처럼 꼼짝하지 않고 서 있었어요. 그 남편 이야기가 아니에요. 아, 이런. 둘 다 나이가 엄청나게 많고, 당연하지만, 남편은 아내보다 말이 없고 성미가 까다롭죠. 그 여자는 아주 멋진 사람, 친절하고, 말 많고, 술은 한 방울도 마시지 않고, 신앙심이 깊지만 그렇다고 지옥 불의 고통을 입에 올리는 가혹한 종류의 신앙심은 아니에요, 이런 건 저도 잘 알거든요. 그 여자의 신앙심은 너그럽고 영적인 것이죠. 제가 한 번도 경험해 본 적 없는 ─ 어쨌거나, 아니에요. 그 남편한테는 그런 열정이 없을 거예요. 그가 아내를 때리는 사람일 거라고는 생각하지 않아요. 어쩌면 한 번은 그랬겠지만, 그 뒤로는 아니었겠죠. 제가 귀를 기울이던 폭력은 다른 것이었죠. 기억나는 건, 제가 정신을 차리기 전, 느꼈다는 것, 아니면 이렇게 생각했다는 거예요. **이제 그는 죽어서 스스로를 끝내 버렸어.」**

「그런데 그라는 게 누구지?」

「제가 묻는 게 바로 그거예요.」

「그럼, 지금 네가 어디 있는지 알겠니?」

「저는 여기 후안과 함께 있어요. 당신이 이 프로젝트를 하고 있고요. 서류철에 가득 든 덧없는 물건들, 그리고 책 두 권, 그리고 끈으로 묶인 작은 사진 무더기. 그리고 이제 당신은 제게 보여 주고, 말해 주며 틈을 메워 주겠죠. 그렇죠?」

「그런데 그 틈이 다 메워지기에 너무 많다면? 그럼 어쩌지?」

「후안, 제가 여기 온 이후로 벌써 얼마나 지났는지 아세요?」

「내일은 내가 이야기할 차례가 올 거야.」

「그 말만 자꾸 하시잖아요.」

「내일 또 내일 또 내일. 먼지 쌓인 죽음의 길로.」[7]

---

7 〈Tomorrow, and tomorrow, and tomorrow〉와 〈The way to dusty death〉는 「맥베스」 5막 5장에 등장하는 대사 일부다.

후안과 내가 만난 시설에서 있었던 일이다. 그때 나는 아직 열여덟 살 생일까지 몇 달을 남겨 두고 있었지만, 청소년 시설에 보내기에는 너무 성숙하다 여겨졌으므로 그들은 나를 편법으로 성인 시설에 수용했다. 그 시절 나는 어른스러운 방식으로 미쳤다는 사실이 어쩐지 자랑스러웠다. 하지만 지금, 이 숨이 막힐 듯한 방에서 그 세계는 시간과 공간 모두로부터 멀리 떨어져 있는 것처럼 느껴진다. 그리고 그 시절의 내가 후안에게 얼마나 어리고 미숙해 보였을지 알 것 같다. **과거는 낯선 나라다,**[8] 후안이라면 이 말을 인용했을 테고, 실제로 그 시절, 이곳이 아닌 다른 곳에서, 사람들은 다르게 행동했다. 후안과 나는 주립 정신 병원에서 지속적인 감시를 받으며 지냈다.

그곳에 도착하자마자 규칙들, 장황하기 이를 데 없는 규제의 선언들이 나를 맞이했다. 접수 담당 간호사를 마주한 의자에 앉은 채, 상황에 따른 변화를 파악하려 애쓰며 몸을 떨었다. 나는 말없이, 온순하게 앉아 거뭇거뭇한 스웨이드 운동화에 뚫린 자그만 통기 구멍 패턴을 좇았고, 간호사와 눈을 맞출 수

---

8 〈The past is a foreign country.〉 L.P. 하틀리의 책 『사랑의 메신저 *The Go-Between*』의 한 구절.

없었을 뿐 아니라 저항하는 말 한마디 할 수가 없었다. 그 장면 전체가 텔레비전과 책에서 종종 보았던 허접한 각본의 사본의 사본처럼 느껴졌다. 간호사의 차디찬 표정부터 위축되고 겁먹은 내 모습까지 모든 게 바로 이 방에서 수도 없이 펼쳐졌을 사소하고 통속적인 드라마였다. 나는 이 장면을 바깥에서 바라보듯 관찰하기 위해 통기 구멍이 뚫린 스웨이드, 펜이 종이를 긁는 소리, 간호사의 목소리에 묻어나는 권태 같은 자잘한 세부 사항들에 집중했다.

    간호사가 **화장실 사생활**이라는 말을 아무런 아이러니도 담기지 않은 말투로 꺼냈을 때야, 나는 아직도 낄낄거리는 10대 청소년다운 모습이 내 안에 남아 있다는 걸 깨달았다.

「맞아, 네네, 그 장광설은 나도 기억난다. 병동에 들어오고 첫 72시간 동안은 혼자 화장실도, 샤워실도 갈 수 없었지……」

「……그러다 특권도 생기지……」

「……이건 좋은 행실이고, 저건 나쁜 행실이라느니……」

「……이건 문손잡이고, 잠기지 않으며……」

「……이런 식으로, 의자로 문이 열리지 않게 막는 건 나쁜 행실이고……」

「……이건 샤워용 타이머니까, 신호음이 울리기 전까지 샤워 커튼 바깥으로 나와야 하고……」

「……안전 면도날, 손톱깎이 등 그 어떤 종류의 날붙이라도 잠금장치가 있는 곳에 보관하다가 감독하에서만 사용할 수 있으며……」

「……이어폰이나 신발 끈 같은 줄 달린 개인 소지품도 마찬가지며……」

「……지금 양쪽 신발 끈을 모두 풀어 주세요……. 지금 당장……」

「……그러지 않으면, 제가 딱딱한 바닥에 이 뻣뻣한 무릎을 꿇고 직접 푸는 수밖에 없어요……」

「……순응하지 않는 건 나쁜 행실입니다……」

「……방금 입소했는데, 시작부터 감점당하고 싶어요?」

신발 끈 때문에 일어난 불쾌한 경험에 딱히 반항하지도,
그렇다고 선뜻 시키는 대로 하지도 않자 따라온 건 일종의
심문이었다. 개인사. 나쁜 생각과 행동을 조목조목 말하기.
간호사는 은근하게 부치[9] 같은 데가 있는 50대 남짓한
여성이었는데, 나는 너무 수줍었던 건지, 고집을 부렸던 건지,
그 사람을 똑바로 마주 볼 수가 없었다. 그래서 우리들 사이의
빈 공간만 빤히 보고 있었다. 정신 병동은 건물 깊숙한 곳에
있었다. 남성 잡역부가 내가 탄 휠체어를 밀고 엘리베이터를
타고 올라가 복도를 지나, 또 한 번 엘리베이터를 타고
올라갔다. 고개를 돌리지 않았기에 내가 본 것은 그의 넓적한
손 두 개가 전부였다. 방금 담배를 피운 사람에게서 나는 냄새
같은 — 짙은 연기와 타르 냄새 — 익숙한 체취가 풍겼다.
잡역부는 나를 데리고 가는 내내 「행복한 표정을 지어요」를
흥얼거리다가 중간중간 휘파람을 살짝 불기도 했는데,
조롱한다기보다는 친절하게 구는 것처럼 들렸다.

 가는 길에 바깥으로 연결된 창문이나 문을 눈으로 줄곧
찾았지만, 단 하나도 없었다. 이 방, 접수실에도 창문은
없었다. 가구라고는 간호사의 이동식 카트와 의자 두

---

 9 butch. 남성적인, 그러나 관습적인 남성성과 반드시 일치하지는 않는 젠더 표현 또는 성적 지향.

개뿐이었는데, 의자는 굳은 고무처럼 온통 잔금이 가 있었지만 그럼에도 튼튼했다. 인간의 몸에서 배출되는 오물을 견디고 쉽게 청소할 수 있도록 마련된 방이었지만 벽은 짙은 색 기다란 자국이며 우묵하게 파인 곳 투성이였다 — 몸부림, 감각 붕괴, 저항의 증거들이었다. 간호사의 무릎 위에는 파일 하나가 펼쳐진 채 놓여 있었다. 끝없이 이어지는 질문. 간호사는 외모에는 딱히 특별한 관심을 기울이지 않은 듯, 머리는 뒤로 느슨하게 묶었고, 간호사복은 몸에 맞지 않게 커서 보기 흉했지만, 그럼에도 깨끗해 보였다. 내 곁에 있다는 점 때문에 더욱. 간호사를 무릎 꿇게 만들었다는 수치심이 언뜻 고개를 들었지만, 나는 그 생각을 밀어 없앴고, 다음으로 떠오른 이미지 역시 밀어 없앴다. 우리 가족. **쉽지 않아요,** 어머니는 말했지만, 내가 아닌 의사에게 한 말이었다. 마침내 질문이 끝나고, 나는 침대에 누웠다. 간호사는 밤새 불을 켜둔 채 그 방에서 보초를 섰다. 텔레비전에서 본 것과는 달리 벽에 완충재가 붙어 있지는 않았다.

    밤이 깊었을 무렵, 간호사가 다가오더니 말했다. 「그렇게 떨면 안 됩니다.」 내가 몸을 떨고 있는지도 몰랐다. 간호사가 말했다. 「줄 수 있는 게 있어요.」 **뭘요?** 묻고 싶었다. **당신이 나한테 뭘 줄 수 있는데요?** 나는 그저 벽을 향해 고개를 돌리고, 간호사가 내 팔의 통통한 부분을 꼬집도록 내버려 두었고, 그 뒤에는 아무것도 없었다. 없음.

「잠들었니, 네네? 다시 거기로 갔니?」
　「아니요, 아직이에요, 후안. 그래도, 네, 맞아요.」

둘째 날 밤에도 간호사는 불을 켜놓은 채 침대 곁을 지키고 앉아 있었다. 이번에도 잠에 드는 건 불가능했다. 휴게실 테이블에 앉아 그림을 그려도 되느냐고 물었다. 사실 금지된 일이지만 간호사는 중립적인 태도로 고개를 끄덕이더니 나를 침대에서 일어나도록 부축해 주었다 ─ 바닥을 딛는 발이 비틀거리는 바람에 놀랐다. 약 때문일 거라고 짐작했다. 간호사가 나를 둥근 테이블 앞에 앉혔다. 그는 어제와 같은 사람, 그 은근한 부치였지만, 내가 생각한 것보다 더 젊어서, 아마도 고작 30대로 보였고, 단모음 a를 발음할 때 혀의 위치를 더 높은 데 두고 모음을 길게 끄는 지역 사투리, **트랩trap**이라는 단어를 더 높고 길게, 거의 두 음절에 가깝게 발음하는, 말하자면 백인 노동 계층의 말버릇을 쓰고 있었다. 나는 그 사람이 겉보기와는 달리 친절하거나, 동류이거나, 또는 내가 경계해야 할 사람인 건지 궁금했다. 펜과 종이를 달라고 하자 그는 둘 다 가져다주더니 의자 하나를 테이블 앞에서 끌어내서 바로 뒤, 내 눈에는 보이지 않지만 나와 하나뿐인 출구 사이를 가로막고 앉았다. 어쩌면 잡지를 읽었을지도. 책을 안 읽은 건 확실하다. 그곳에 책이라고는, 적어도 문학책이라고는 한 권도 없었고, 다만 접수대 뒤 선반에 먼지로 뒤덮인 채 꽂혀 있는 두툼한 의학 서적뿐이었다.

나는 그림을 그렸다. 상당히 가혹한 알레고리였다. 앉는 부분이 푹신하고 다리에는 갈고리 발이 달린, 장식을 새긴 의자 하나. 팔다리를 구속하는 끈이 달려 있으며, 엉킨 전선 끝에는 흔히들 상상하는 금속으로 만든 머리덮개가 달려 있었는데, 왕관 모양이라는 점만 달랐다. 처형을 위한 전기 왕좌.

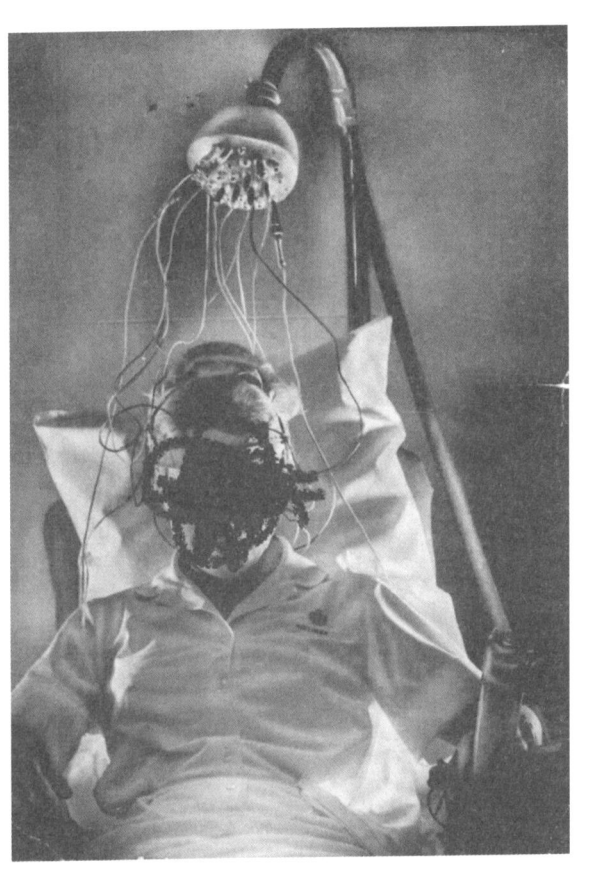

왜인지는 잘 모르겠지만, 약 1년간 나는 의자에 집착하고 있었다. 몇 달 전, 고등학교 미술 시간에는 합판으로 의자를 만들었다 — 성인 한 명이 앉을 수 있을 만큼 커 보였지만 실제로는 앉을 수 없는 너비의 의자였다. 축축하고 흰 곰팡이에 뒤덮인 것처럼 보이도록 아크릴 물감과 에폭시를 사용해 형광 연두색으로 칠했다. 등받이 뒤쪽에서 척추를 타고 내려오도록 나사를 한 줄로 박아서 뾰족한 부분이 등받이를 뚫고 앞으로 튀어나오게 했고, 커다란 나사 하나는 앉는 부분에 튀어나오도록 박았다. 의자라기보다는 도착(倒錯)으로 보이는 효과가 나타났다는 걸 깨달았다.

그 뒤, 조각가이기도 했던 미술 선생이 내게 관심이 생겨 나를 하역장 뒤편 개인 용도로 차려 놓았다는 소문이 돌던 건물로 데려가 따로 용접을 가르쳐 주었다. 학교가 학생들이 용접 토치를 사용하는 것까지 감당할 책임 보험을 들어 놓지 않았기에 이 수업은 우리 둘만의 비밀이었다. 그는 지역 특유의 단조로운 억양을 사용하지 않는 내 부모를 제외하면 우리 동네에 몇 없던 남부 출신이었고, 내가 학창 시절에 만난 하나뿐인 유색인 교사였다. 용접을 배워 처음 만든 작품이자 최고의 작품은 높이가 1.2미터로 매우 높고 너비는 20센티미터로 매우 좁은 의자였다. 회색 테이블과 회색

의자들이 놓인 회색 방 안에 머리가 회색인 두 남녀 노인이 있고, 방사능을 연상시키는 녹색으로 칠한 석고 고양이들이 그 주위를 온통 둘러싸고 있는 이미지를 신문의 예술란에서 우연히 보았던 것이다. 두 노인이 실제 사람인지 조각인지는 알 수 없었다. 열일곱 살이던 나로서는 그런 작품을 처음 보았다. 그래서 나는 철사에 신문지를 칭칭 감아 만든 작은 사람 형체에 석고를 덧붙여 내가 용접해 만든 왕좌에 앉혔다. 석고는 새하얀 색이었고 사람 형상은 터무니없을 만큼 길고 가늘었다. 형상은 팔걸이를 붙든 채 고개를 한쪽으로 기울이고 다리를 꼰 자세였다. 도발적인 포즈였다. 몇 년 전 어느 유명한 여성 배우가 남성 수사관들로 가득한 방 안에서 다리를 꼬았다가 푸는 찰나의 순간에 속옷을 걸치지 않은 사타구니를 보여 준 장면이 온 세상을 떠들썩하게 했다. 그 배우는 아주 짧은 흰 드레스 차림이었다. 나는 무의식중에 그 장면의 정수, 그 배우의 포즈를 어느 정도 훔쳐 왔고 선생이 유사성을 지적한 뒤에야 그 사실을 깨달았다. 나는 이 작품에 **정신과 의사**라는 제목을 붙였다.

「회색 방, 노부부와 고양이. 기억하세요?」

　「아니, 모르겠다.」

　「저는 우리가 만난 순간을 또렷하게 기억해요. 우리가 나눈 이야기도 전부.」

　「서두르지 말아라.」

　「알았어요, 후안. 어디 보자…… 첫 주는 긴장한 나머지 아무 말 없이, 그룹 활동에 참여하지도 않고, 의사의 말에 대답하지도 않고, 그 누구와도 말을 섞지 않고 보냈어요. 완전히 혼자가 된 한밤중에만, 야간 간호사와 때때로 대화를 나눴죠. 그 사람은 긴 대화에 쉽게 휩쓸리지 않았어요. 더 이상 주사를 놓지 않았고, 수면제만 줬죠. 약효가 돌기까지는 한 시간쯤 걸렸는데, 그 사이엔 그림을 그리게 해줬어요. 심지어 스케치북도 한 권 구해다 줬는데, 간호사는 어느 환자가 두고 간 것이라고 했지만 사용하거나 뜯어낸 페이지도 없는 새것이어서, 나를 위해 자기 돈으로 직접 사다 준 것이라고 믿기로 했어요. 왜 그렇게 생각했는지는 몰라요 — 나르시시즘 때문이겠죠, 아니면 보살핌을 받고 싶은 간절한 마음 때문이거나 — .」

　「하지만 그 차이는 아무도 모르겠지.」

　「하지만 그 차이는 아무도 모르겠죠. 아침이면 정신이

멍해서 아침 식사를 씹는 둥 마는 둥 삼켰어요 — 아마 약 때문이겠지만 — 어쨌든 음식을 먹으면 토할 것 같았어요. 병원에서는 남긴 음식을 확인했고, 제가 충분히 먹지 않으면 미지근한 유동식을 억지로 한 캔 마시게 했어요. 첫날, 식사 시간과 그룹 치료 시간 사이, 당신이 나타나 벤치 옆자리에 앉더니 아무 말도 하지 않더군요.」

「그땐 네 눈에 내가 참 이상해 보였겠구나.」

「늙었다고 생각했죠. 부서질 것 같다고 생각했어요.」

「매력적이었겠지.」

「아무튼, 그렇게 며칠째 아무 말 없이 나란히 앉아 있던 끝에, 제가 마침내 입을 열죠. 신문에서만 보았던 사진을 묘사해요. 고양이로 가득한 방 안에 있는 노부부 사진이요. 아주 상세하게 설명해요. 여자가 스목[10] 차림이고, 둘 다 늙어서 허리가 꼬부라져 있다는 것까지요. 여기, 정신 병원에 오니 제가 그 사진 속에 살고 있는 기분이라고도 덧붙여요. 그리고 당신과 제가 그 노부부라면, 이곳의 다른 또라이들은 기어다니며 우리 냄새를 맡으려 드는 고양이인 것 같다고요. 정말 기억 안 나세요?」

「전혀 안 나. 나는 뭐라고 말했지?」

「아무 말도 하지 않았어요. 당신은 그저 미소를 짓더니, 살짝 웃음을 터뜨려요. 콧구멍으로 빠르게 공기가 빠져나가는

---

10 smock. 허리선이 들어가지 않는 헐렁한 긴 원피스 또는 옷 위에 걸치는 같은 형태의 작업복.

거나 다름없죠. 그때 당신에게 키스할 수도 있었을 것 같아요.」

「내가 왜 네 옆에 앉았다고 생각하니?」

「서로 닮아서 그랬다고 짐작했죠.」

「부족주의?」

「아마도요. 그러니까, 우린 둘 다 이마가 넓잖아요? 눈은 위스키 빛깔이고요 — 전 남자 친구 리암이 내 눈을 보고 늘 그렇게 말했죠. 그렇다고 단순히 민족성이나 피부색이 같다는 뜻은 아니에요. 더 깊은 차원이에요. 태도에도 묻어나는 것. 그렇지 않아요?」

「그래, 그런 것 같네. 그런 태도를 뭐라고 표현하면 좋을까? 지나친 가벼움? 공허한 분위기?」

「당신은 처음 자살을 시도했을 때 나이가 나와 비슷했다고 말했어요.」

「아, 그 말은 하지 말 걸 그랬네.」

「온갖 치료를 받아 봤고, 특히 전기 충격 치료에는 의존 증상이 생겼다고 했죠. 그러다 40대가 되고는 아예 리비도에서 풀려났다고 했어요.」

「내 말을 이해했었니?」

「그땐 못 했어요. 리비도라는 말은 이해했지만, 무슨 뜻으로 그 말을 하는지는 몰랐죠.」

「풀려나고 싶은 욕망의 욕망으로부터 풀려나는 것. 하지만 알고 보니 리비도는 내게 남은 최후의 방어

수단이었지.」

「아직도 확실히 이해한 게 아닌가 봐요. 무엇으로부터 방어하는 거예요?」

「글쎄, 아마 없음으로부터겠지.」

「연인이 많았어요, 후안? 놀랄 일은 아니겠죠.」

「신경 쓰지 말고 이야기나 계속하렴.」

「당신을 관찰했던 게 기억나요. 손등을 지나가던 선명한 핏줄, 끝이 담뱃진으로 노랗게 물든 길고 가느다란 손가락. 당신한테서는 불편한 남성성이 느껴지지 않았어요. 당신이 그 여자, 예술가, 당신을 입양한 어머니를 사랑했다는 것을, 아직도 그 여자에게 사로잡혀 있다는 것을 알았어요. 처음엔 그 여자가 당신을 버린 줄 알았지만, 그건 정확한 설명이 아니라는 걸 나중에 깨달았죠. 실제로는 입양이 실패로 돌아갔고, 그 실패가 당신의 가슴을 찢어 놓았지만, 당신 눈에 그 여자 자체는 여전히 아무런 잘못이 없었던 거죠. 오히려, 그 여자를 실망하게 만든 게 자기 책임이라 여겼을 뿐……. 그 이야기를 해주시면 안 될까요? 제냐라는 그 여자에 대해서?」

「오래 알고 지낸 사이가 아니라고는 말할 수 있겠지. 물론 너와 나 역시 오래 알고 지낸 사이는 아니지만 말이다. 그런데도 너는 여기서 어른거리고 있잖니.」

「18일 동안이었어요.」

「눈을 감거라. 그때, 그곳, 그 벤치로 돌아가. 자, 어떤 느낌이 드니?」

「막막해요. 하지만 누가 나를 바라보고 있다는 느낌도 들어요. 지켜보고 있는 것 같은.」

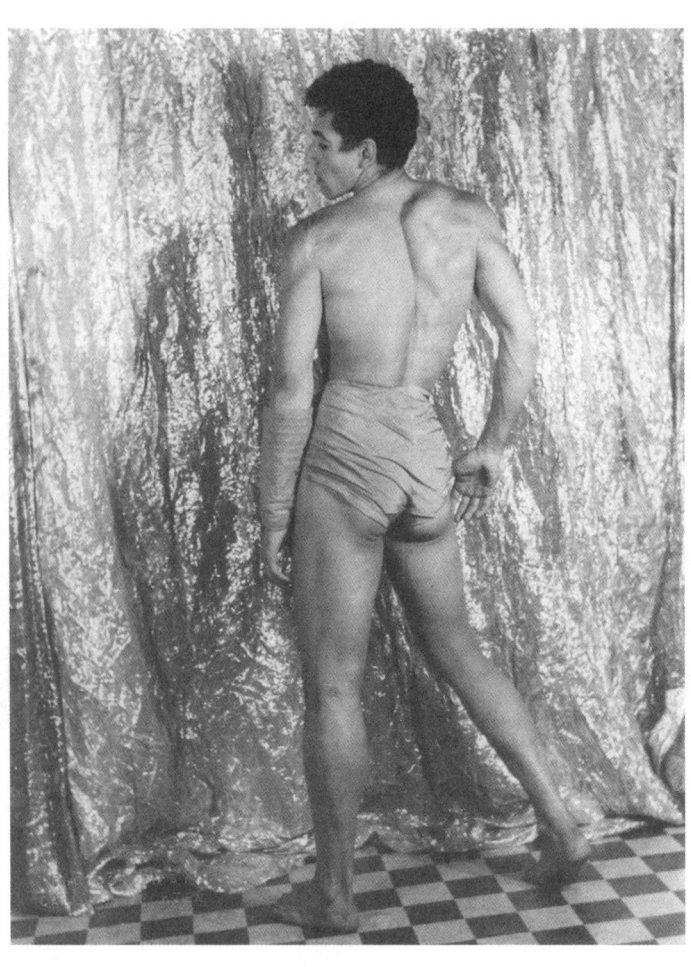

―

처음에 나는 그의 이름을 잘못 알았다. 간호사들은 모두 그를 존이라고 불렀다. 며칠이 지나 우리가 침묵을 깬 뒤에야 나는 그의 손목띠에 적힌 이름이 **후안 게이**라는 걸 알았고, 신경 쓰이는 동시에 재미있는 이름이라고 생각했다.

왜 간호사들이 그의 진짜 이름을 부르지 않는 거냐고 묻자, 후안은 자신이 수십 년간 이곳을 들락날락했다고 설명해 주었다. 직원 중 몇몇은 아주 오래전, 조금이라도 이국적인 이름은 전부 미국식으로 바꾸었던 시절부터 그를 알았다고 했다. 그렇게 간호사들 사이 대대로 잘못된 이름이 전해져 왔다고. 후안은 그들이 자기를 어떻게 생각하건, 뭐라고 부르건 그리 신경 쓰지 않았다. 타인의 오해를 바로잡을 필요성도 느끼지 않았다. 그 시절에도 나는 그가 자유롭다고 생각했다. 비록 우리 모두 복도 끝, 단단히 잠긴 두 짝의 문밖으로 나갈 수 없는 처지인 건 마찬가지였는데도.

후안은 다른 환자들에 비해 몹시 내성적이고 나이가 훨씬 많았으며, 나는 몹시 겁에 질려 있었고 훨씬 어렸다. 우리는 조용한 구석에 놓인 소나무 벤치에 나란히 앉았다. 광택제를 두툼하게 바르고, 다리는 모양을 내 깎아 내고 페인트를 칠한 벤치였다. 처음에는 거의 입을 열지 않았다. 말 없는 교감

속에서 우리는 끝없이 펼쳐진 회색의 권태를 제압했다. 때때로 10대다운 반항적인 기운이 치고 올라올 때면 악에 받쳐 떠들고, 난장을 부리고 싶을 때가 있었지만, 그보다 후안이 곁에 있기를 바라는 마음이 컸기에, 나는 말없이 가만히 앉아 밤에 손목이 욱신거릴 만큼 힘을 주어 엄지손톱 끝으로 벤치에 욕설을 새겼다.

참으로 점잖은 노인이었다. 훗날 나는 성과 젠더에 관해 생각할 수 있는 온갖 방식의 어휘들을 배우게 되지만, 그런 단어들을 불러오는 건 시기상 맞지 않다 — 나는 아무도 모르는 촌 동네 출신인 10대였다. 내가 알 수 있었던 건 후안이 계집애 같은 남자들에 관해 알고 있던 모든 것들을 초월하는 존재였다는 점이었다. 대화할 때면 그는 암시를 담아 문학적으로 말했고, 중간중간 말을 끊고 내가 이해하고 있는지를 표정으로 확인했다. 내가 그의 말을 곧바로 이해하는 걸 기대했으리라고는 생각하지 않는다. 그보다는, 내가 나에 대해 얼마나 모르는지를, 내가 뭔가 엄청난 것을 아직 모르고 있다는 것을 알길 바랐으리라. 전복적이며 변종적인 문화. 하나의 유산.

우리는 나란히 앉아 있었다. 분노와 수치심으로, 묻지 않은 질문들로 살짝 달아오른 나. 후안은 나를 기다리고, 지켜보았다. 동시에, 나는 그가 어딘가 다른 곳에 있는 것 같다고 느꼈다. 마치 우리 둘 다 지금 벌어지는 다른 사건,

우리 머릿속에서 끝없이 반복 재생되는 과거의 루프를
바라보는 목격자인 것처럼. 후안은 몸을 상당히 심하게 떨 뿐
아니라 경련까지 있어서 일정한 빈도로 고개를 한쪽으로 홱
젖혔다. 눈에는 눈물이 늘 고여 있었다. 「솔직히 말하면.」 그가
어느 날 아침 입을 열었다. 「약 때문이야. 그리고 치료, 또
나이……. 망가져 가는 이 몸.」 그러더니 그는 팔짱을 끼고
어린아이가 삐친 듯한 흉내를 내며 아랫입술을 내밀었다. 「안
울어. 아무것도 아닌 것을 두고 울진 않을 거다.」

「거기 있을 때, 어느 날 저녁 당신이 랭보 이야기를 했던 거
알아요? 당신의 발음을 듣고 나는 그 이름이 영화 제목처럼
람보라고 쓰는 건 줄 알았어요. 나중에 도서관에서 람보라는
작가의 책을 찾아보니 한 권도 없었죠.」
　「아, 감상적인 넋두리 같은 건 하지 말자꾸나.」
　「하지만 그렇게 되네요. 그러니까…… 최소한 감정이
차오른다고요, 그때의 당신을 생각하면요. 당신이 했던 말
때문이 아니라, 내 말을 듣던 방식 때문이에요. 바짝 귀를
기울였죠. 때로는 눈을 꼭 감고, 불편할 만큼 한참이나 그대로
있었죠. 나는 당신이 정말 좋았어요. 당신의 스타일을 따라
하고 싶었죠. 당신은 어딘가 엉성한 구석이 있었어요.」
　「난 육체에 대한 무관심이라는 표현을 선호한다.」
　「음, 저는 그…… 무관심을 따라하고 싶었어요. 또, 다른
사람에 대한 당신의 점잖고 교양 있는 관심도.」

「**상대의 에고를 훔치기 위해 포주들에게 자신을 내준 젊은 망나니.** 장 주네를 묘사한 사르트르의 말이지.」

「맞아요. 정확히 그 말처럼, 당신의 에고를 훔치고 싶었어요. 아, 그 시절 전 참담했어요. 제 몸이 수치스러웠어요. 살갗을 찢고 나가고 싶었어요. 세상을 알고 싶었어요.」

나는 미시시피션 부두 노동자로 일했다 나는 마이애미로 돌아갔다 좋았다
싫었다
나는 우울했다 글을 쓰고는 했다
전보가 왔다
나는 부서졌다 일하려 애썼다
정신을 붙들 수 없었다
그만뒀다 해고당했다

섹스에 대해서는 생각할 수 없었다. 그런 것을 생각하기에는 먹을 것조차 변변치 않았다. 남자 화장실에서 몇 달러를 벌어 보고 싶었다
그 생각이 마음에 들지 않았다.
나는 서부로 가서 아무렇게나 돌아다녔고
어느 유대인 녀석을 만났다 뉴욕으로 갔고
그 유대인 녀석을 또 만났다
그랬다. 나는 그를 살짝 때렸다 새빨개질 정도로 세게 때렸다 그가 탐정인 줄 알았다.
일주일간 방을 빌렸다 속옷이 몇 벌 있었다 없었다
등을 대고 눕자 그가 그걸 내 다리 사이에 넣었다
그가 나를 브라운하게 내버려두었으리라. 나는 다른 사람을 만났다
돌아왔다 그가 내 아래로 내려가게 내버려두었다 나는 가기 시작했다
나는 미쳐 있었다
잘 하고 있었다. 나는 계속 동네를 돌아다니며 남자들과 일을 벌였다
한 번에 10달러에서 20달러 그리고 옷가지를 조금 받았다
나는 스무 살이었다 나는 그 시절 많은 걸 깨달았다

자기애 사례

펠리스의 더운 방, 텁텁한 공기 속, 죽음의 존재 곁에서, 내 몸은 부끄러운 줄도 모르고 생명력을 뿜어냈다. 나는 허영심이 강했고 쉽게 자극받았다. 스물일곱 살. 격렬한 감정에 시달렸다. 내 〈나긋나긋한 체형과 라틴 혈통〉이, 실제 나이보다 어려 보이는 것이 자랑스러운 한편으로, 잇몸을 지나치게 드러내는 — 어느 고객이 언젠가 말한 대로, 개 같은 — 내 미소를, 부러져 갈색으로 변한 앞니를 병적으로 수치스러워했다. 게다가 못 배운 티가 지독했다. 후안이 자는 동안, 즉 온종일이나 마찬가지인 시간, 나는 블라인드를 내려 유리창에 아무것도 비치지 않는 방 안에서 공작처럼 으스대며 돌아다녔다. 내가 거부할 수 없는 매력을 뿜어낸다고, 생기가 넘친다고 상상했다.

「한번은 교양을 길러 보려고도 해봤어요.」
　「그러냐?」
　「네, 장학금을 받아 비싸고 좋은 대학에 들어갔죠.」
　「그래서 어떻게 됐지?」
　「혼란에 빠져 있었어요. 정신 병원에서 막 나왔을 때니까. 마음을 산란하게 하는 일들이 너무 많아서 계속 다닐 수가 없었어요. 딱 한 달 만에 그만뒀죠.」

「네네, 아마 넌 그 모든 걸 낭만으로 포장했겠지?」

「모든 거라뇨?」

「실패 말이다. 네가 되려고 했던 영리하고 번지르르한 청년. 망나니 동성애자라는 관념 그 자체.」

입원 18일째, 정신없이 일하던 한 간호사가 약으로 가득찬 병 세 개를 카운터 위에 남겨 뒀고, 난 그것들을 슬쩍했다. 항우울제, 항정신병제, 진정제, 총 90정이었다. 어린애처럼 알약을 삼키는 데 서툴렀던 나는 한 번에 한두 알씩 삼키느라 한 시간을 들였다. 나는 내가 발견될 걸 예상했었고, 실제로 아슬아슬하게 때를 넘기지 않고 발견된 나는 그대로 중환자실로 실려 가 코마 상태로 며칠을 보냈다. 기계가 심장을 뛰게 만들고 폐에 공기를 드나들게 했다. 코마에서 깨어났을 때부터 그 뒤로 2주 동안 단기적으로 기억을 잃었다. 여기가 어디냐, 왜 오게 된 것이냐, 오늘은 며칠이냐, 의식을 잃었던 시간이 얼마나 되느냐 하는 질문을 끝도 없이 묻고 또 물었다. 기억은 돌아왔지만 손상된 채였다. 마침내 중환자실을 나갈 수 있는 상태가 되었을 때 나는 완전히 다른 곳, 지난번보다 훨씬 더 우중충한 곳으로 병원을 옮기게 되었다. 몇 달 뒤, 마지막 병원에서 퇴원하자마자 소포가 도착했다. 투명한 비닐봉지 속에 내 신발 끈, 옷가지를 비롯한 개인 소지품과 함께 작은 금십자가가 달린 목걸이가 들어 있었는데 그건 내 것이 아니었다.

 떠올리려 애썼다. 후안의 러닝셔츠 목깃 위로 언뜻 비치던 목걸이를 본 적 있었나? 확신할 수 없었다. 그동안 나는 대개 바닥이라든지 후안의 손을 내려다보았으므로.
그제야 나는 후안을 더 자세히 바라보며, 왕에게나 어울릴 그
얼굴이 사라지기 전 기억에 새겨 두지 못한 것을 후회했다.

그곳에서의 마지막 이미지:

　　점심시간이 되어 우리는 벤치에서 일어난다. 함께 보내는
마지막 날이지만 둘 모두 그 사실을 모른다. 후안이 균형을
잡으려고 내 어깨에 한 손을 올린다. 우리는 그날 아침을
완전한 침묵 속에서 보냈지만, 후안이 문득 입을 연다. 대화를
시작하려는 게 아니라 끝내려는 것 같은 말투다. 그는 늘
문학이나 영화에서 가져온 말들을 하고, 내게 스페인어로
말할 때는 느리게, 단어 하나하나를 끊어 말한다. 그러면 마치
내가 그의 말을 알아듣고, 시간이 지나면 말뜻까지도 알게
되기라도 한다는 듯이.

　　「요 크레오 케 로스 레예스 데사파레센.」[11] 그가 말한다.

---

11 yo creo que los reyes desaparecen. 스페인어로 〈왕들이 사라지리라고 믿는다.〉

「너는 10년간 나를 완전히 잊고 지냈잖니, 네네.」
「그러다가 후안, 당신이 다시 밀려온 거예요.」
「한꺼번에?」
「홍수처럼.」
「아프레 무아, 르 데뤼주.」[12]

---

12 après moi, le déluge. 〈내가 죽고 나면 물난리가 일어나든 말든 상관없다〉라는 뜻으로, 루이 15세가 말한 것으로 전해지는 프랑스어 관용구.

펠리스에 있던 후안의 방 안, 낡아 빠진 주철 라디에이터 윗부분에는 금속 덮개가 있어 작은 선반 노릇을 했고, 후안은 움직임이 지금보다 자유로웠을 그 언젠가 두 권짜리 『성적 변종들: 동성애 패턴 연구』를 그곳에 올려놓았다. 선반에는 다른 책이라고는 한 권도 없이, 오로지 견장정에 제목이 금박으로 돋을새김 된, 생김새가 완전히 동일한 이 책 두 권만 똑바로 꽂혀 있을 뿐이었다. 평행을 이룬 두 개의 검은 책등을 보자 쌍둥이 빌딩이 떠올랐다. 책 내지는 노랗게 바래 금방이라도 바스라질 것 같았다. 1권 제목은 단순히 〈남성〉, 2권 제목은 〈여성〉이었지만, 책에 담긴 이야기들은 이토록 손쉬운 이분법을 헝클어뜨리는 것이었다.

    〈남성〉과 〈여성〉은 각각 세 개의 범주로 세분되어 있었다. **양성애 사례**, **동성애 사례**, 그리고 **자기애 사례**.

첫 권인 〈남성〉을 펼쳤을 때의 충격을 어떻게 묘사할 수 있을까? 책등의 접착제가 삭은 것도 모른 채 무심코 책을 펼치자 떨어져 나온 페이지들이 바닥에 무질서하게 흩어졌는데, 대부분 검은색 마커로 뒤덮여 있었다. 언뜻 보았을 땐 실성한 상태로 아무렇게나 줄을 죽죽 그어 놓은 것처럼 보였고, 그래서 아마도 주(州) 공무원이 삭제한 것이 아닐까 싶었지만, 곧 이 공들인 정확성과 노력, 집착에 가까운 정성은 검열을 뛰어넘는 것임을 알 수 있었다. 삭제된 텍스트. 기분이 좋다기보다는 심연의 놀라움, 강렬한 흥미가 일었다. 나는 후안에게 그 삭제는 도발이었다고, 하지만 남은 단어들은 어긋난 음조로 울려 퍼지고 있다고 말했다.

의견:

~~~~~~~~~~~~~~~~~~~ 살에게 ~~~~~~ 부모의 열두 번째이자 막내 아이가 되도록. ~~나쁜 건강과 나쁜 시력으로 삶을 시작하도록. 이러한 장애가 ~~~~~~~~~~~~~~~~~~ 그에게 일어나도록.

~~~~~~~~ 얼굴을 남자의 궁둥이에 대고 누르고 싶다는 욕망을 자각하게 된 일곱 살 나이에 ~~~~~~~~~~~~~~~~~~~~~

~~~스터드~~~

▇▇▇ 늑하게 자리 잡기를 ▇▇▇▇▇▇ 남자의 무릎 위에 안겨 키스하고 쓰다듬을 받기를 ▇▇▇▇▇▇▇▇▇▇▇▇▇▇▇▇▇▇▇▇▇▇▇▇▇▇▇▇▇▇ 얼굴을 남자의 궁둥이에 대고 누르고 싶다는 ▇▇▇▇▇▇▇▇▇▇▇▇▇▇▇▇▇▇ 남자 교사들과 결부되었기를 ▇▇▇▇ 음경과, ▇▇▇▇▇▇▇▇ 음경을 관찰하기를. ▇▇▇▇▇▇▇▇▇▇▇▇▇▇▇▇▇▇▇▇▇▇▇▇ 자위행위와 수동적 동성애에. ▇▇▇▇▇▇▇▇▇ 매부의 음경을 입으로 애무하도록 ▇▇▇▇▇▇▇▇▇▇▇▇▇▇▇▇▇▇▇▇▇▇▇▇▇▇▇▇▇▇ 경험하도록 ▇▇▇▇▇▇ 음경에 키스하도록 ▇▇▇▇▇▇▇▇▇▇▇▇▇▇▇▇▇▇▇▇▇▇▇▇ 남성답게 행동하도록 ▇▇▇▇▇▇▇▇▇▇▇ 발기하도록 ▇▇▇▇▇▇▇▇▇▇ 꿰뚫어서 ▇▇▇ 행위를 완성하도록 ▇▇▇▇▇▇▇▇▇▇▇▇▇▇▇▇▇▇ 만족하도록 ▇▇▇▇ 그들을 만족시키도록 ▇▇▇▇▇▇▇▇▇▇▇▇▇▇▇▇▇▇ 레즈비언들과 그의 성적 문제들을 상의하도록 ▇▇▇▇ 형을 행복하게 해주려고 ▇▇▇▇▇▇▇▇▇▇▇▇▇▇ 자기를 희생하도록 ▇▇▇▇▇▇▇▇▇▇▇▇ 안아 주기를, 그의 몸 위에 눕기를, 그와 하나가 되기를, ▇▇▇ 여성처럼 되기를, ▇▇▇▇▇▇▇▇▇▇▇를 성취하기 위해 그의 입을 사용하기를 ▇▇ 만족시키기를 ▇▇▇▇▇▇ 그의 성적 욕망에 ▇▇▇▇▇▇▇▇▇▇▇▇▇▇▇▇▇▇▇▇▇▇▇▇▇▇▇▇▇▇▇▇▇▇ 호모 ▇▇▇

███████ ██████████ 계속하려면. ████████ 모든 성적 감정에서 놓여나려면.

██████████████████████████████
██████████████████████████████
████████ 무엇이라도 하려면 ████████
██████████████████████████████
██████ 붕괴되려면.

████ 죽는다

퇴원한 뒤, 나는 겉치레로 세월을 보냈다. 실제보다 더 어린 척, 더 순수한 척, 다 잊은 척, 아니면 두렵지 않은 척, 더 난잡한 척, 더 급진적인 척 — 선동가 — 그러다 실수하고, 들키고, 드러난 곳이 타버린 적도 여러 번이었다.

후안은 과거를 비웃으라고, 파토스로 향하는 내 기질을 비웃으라고 가르쳐주었다. 오래전 다른 곳, 우리가 가련하게, 그러나 낄낄 웃으며 단둘이 벤치에 앉아 있던 시절, 그는 내게 일종의 익살스러운 농담의 본보기가 되어 주었다.

그럼에도 그곳, 펠리스에서 후안과 이야기하고 있노라면 때때로 거짓 자아, 철학적으로 가장한 자아, 순진한 척을 일삼는 자아를 상기하거나, 아니면 찰나의 순간 바에서의 한 장면을, 어떤 남자와의 잠자리가, 또 내가 얼마나 가짜였는지, 얼마나 두렵고 메스꺼웠는지가 자연스레 떠오르고는 했다. 내가 존경을, 동정을 구하려 얼마나 간절하게 몸부림쳤는지, 그러려고 거짓말했는지, 그러다가 또다시 수치심으로 활활 타버려서 더는 나아갈 수 없었는지.

「가끔 당신과 있으면 이런 생각이 들어요. **이건 내가 아니야.**」
「네가 아니라니, 네네?」
「이렇게 생각해요. **진실해지고 싶다.**」

「저런, 그 이유는?」

「그냥, 지금처럼 대화를 나누다 보면 문득 제가 바보 같다는 생각이 들어서요. 바보짓을 한 기억이 떠오르면 수치심을 느끼죠. 예전만큼 뜨거운, 아니, 더 심한 수치심이요. 왜냐하면 그건 후안, 당신 때문이니까요.」

「말해 보렴.」

「사실은 별거 아니에요. 유혹하고 싶은 연상의 남자와 함께 바에 갔었죠. 그러다 도발과 쾌락에 관한 어떤 지질한 대사가 하나 떠올라서, 그 대사를 달콤하게 속삭였어요. 난 열아홉 살이라 몸 파는 게 낯설 뿐 아니라 호감 표시조차도 서툴렀고, 그 남자가 저를 보는 눈길에는……잘 모르겠어요…… 동정심, 그뿐 아니라…….」

「불신?」

「맞아요. 마치 자기가 감독이고, 전 무슨 대공황 시대의 할리우드 요부 역할 오디션을 보고 있기라도 한 것처럼. 또 제가 그 오디션을 말아 먹었다는 듯이 쳐다봤죠.」

「정확히 뭐라고 말했니?」

「**난 쾌락보다 도발이 좋아요** 따위의 대사였어요.」

「그러니까 그 남자가 뭐라 대답하든?」

「기억나요. 이렇게 말했죠. **아마 넌 그 두 가지를 혼동하는 것 같다.** 그러더니 제 손을 토닥이고는 등을 돌렸어요.」

「그 남자 말투가 마음에 드는걸.」

「후안, 책에 줄을 그어 삭제한 사람이 누군지 알아요? 아니면, 가려진 텍스트는 무슨 내용인지 아세요?」

「알 수도 있지. 아마 모를 거다.」

「절 답답하게 만드는 게 즐거우세요?」

「도발하는 거 아니고? 쾌락을 즐기는 걸까?」

「없던 말로 해주세요.」

「얘야. 자기 자신을 너무 심각하게 받아들이는 거야말로 제일 부끄러운 일이지. 아무튼, 그게 바로 미스터리이지 않을까? 네 블랙아웃, 그 삭제된 기억 말이야. 예술로서의 좌절?」

' cried Manuelito happily.

후안은 죽어 가고 있었지만, 오직 빛 속에서만, 오직 몸속에서만 그랬다. 어둠 속에서 그의 목소리는 나보다 더 예리하며 생기로 충만하게 방 안을 채웠다.

매일, 해뜨기 전, 동틀 녘 찰나의 여명 속에서, 사막이 푸르고 환하고 부드러운 빛으로 물들면, 나는 커튼을 열었고 후안은 매트리스 위에 포개진 채 잠들어 죽음을 바라보았다. 바로 그 몸이 한때는 아름답기 그지없는, 긴 속눈썹을 지닌 여성스러운 어린 소년이었음을 나는 알고 있었다. 후안은 어린이 책 삽화 모델 노릇을 했고, 찢어 낸 삽화 한 장을 침대 옆 벽에 붙여 두었다. 사슴 같은 눈망울을 가진 말간 어린아이. 삽화 속 그를 보고, 침대 위 시체처럼 누운 후안을 바라보면, 머릿속에서 두 이미지가 도저히 연결되지 않았다. 머지않아 절벽 너머로 솟아오른 해가 흩뿌리는 빛이 방 안으로 꿰뚫고 들어오면, 이제, 다시, 블라인드를 내리고 커튼을 여미 열기를 쫓아낼 시간이었다.

후안이 자는 동안 나는 하루치 쓰레기를 들고 복도로 나가 벽에 설치된 운송 장치 안으로 떨어뜨렸다. 다른 방은 모두 문이 닫혀 있고, 소리도, 인기척도 없었기에 욕실에서 걸어나오는 — 내 쪽으로 성큼성큼 걸어오는 — 남자를 보고 놀랐다. 가슴을 드러내고, 축축하게 젖어 있고, 얇은 흰색 수건 너머로 은근히 불거져 나온 음경 윤곽이 드러나 있다. 도시에 살 때 다니던 섹스 클럽들이 떠올랐고, 마치 그런 곳에서처럼, 남자는 나를 스쳐가며 엄숙하게 묵례했는데, 그건 초대일지도 몰랐다. 나는 그의 방으로 따라 들어가 무릎을 꿇고 그의 것을 내 입안에 담지만, 잠시뿐이다. 그가 내 겨드랑이 사이로 양손을 미끄러뜨려 넣더니 나를 일으켜 세우고, 무릎을 꿇자, 나는 눈을 감고, 곧 사정한다. 우리는 한마디도 나누지 않았다. 그가 사정했는지 아닌지조차 알 수 없었다. 확인하는 대신, 나는 팬티 속에 고추를 욱여넣으며 이기적이게도 자리를 떠나 버린다. 그 남자는 서른 살일 수도, 쉰 살일 수도, 유령일 수도 있었다.

돌아오자 잠에서 깬 후안은 벽을 향해 누운 채 팔꿈치로 고개를 받치고 벽지를 뜯고 있다. 자신이 벽지 아래에서 찾아낸 물개, 어쩌면 바다사자가 코에 줄무늬 비치 볼을 얹고 균형을 잡는 모습을 보라고 내게 손짓했다. 그가 시큼한 악취를 풍기기 시작한 지 며칠이 지났다. 목욕이라는 화제를 어떻게 꺼내면 좋을지 나는 줄곧 생각 중이었다.

──

「네네, 잠들었니?」
　「그럴 리가요, 후안.」
　「지금 넌 어디 있니, 누구와 있니?」
　「집주인 여자요. 전 영원히 이 집을 나서서 돌아오지 않을 작정으로 문간을 향해 가는 중이에요. 복도와 그 여자의 거실을 가르는 프렌치 도어 앞에서 걸음을 멈춰요. 유리 문이고, 커튼은 없어요. 문 너머, 작은 제단 앞에서 기도하는 그의 모습이 보여요. 촛불이며 거울을 차려놓고, 사방에 성인(聖人)들을 그린 그림, 아이와 손주, 자신의 부모인 듯한 흑백 사진들, 물바다 속에서 건져 낸, 섬에 살 때 찍은 오래된 사진들을 붙여 놓았죠. 그는 고개를 돌려 날 바라보지도 않고, 내가 여기 있는 줄도 모르지만, 저에겐 거울에 비친 둥글고 용서로 가득 찬 집주인의 얼굴이 보여요. 물난리 때문에 쌓인 화를 이토록 빨리 풀었다는 게 놀라워요. 그는 집을 수리하려고 물에 젖지 않은 제 소지품을 상자에 넣어 지하실에 가져다 놓았죠. 집수리에는 상당한 시간이 걸릴 테고, 그 사이 이 집은 아무한테도 빌려주지 못하게 될 거예요. 그 사람의 말이 들려요. **어디로 갈 거니?** 하지만 주위엔 아무도 없어요. 그 사람은 혼자예요. 그가 말해요. **네 걱정을 해야 할까?** 그 말이 나를 향한 거라고 믿고 싶고, 또 그의 말이 같은 질문을 가장 친절하게 묻는 방식일 거라 생각해요. 대답하고 싶어요. **모르겠어요, 제 걱정은 하지 마세요.** 그러나 나는 그가 있는 곳으로 들어가지 않아요. 문밖에 서 있어요. 아무 말도 하지 않아요.」

「물난리가 나기 몇 주 전, 집주인은 복도를 지나던 절 불러세웠어요. 볼일을 보러, 아니면 인터넷에서 만난 어떤 남자를 만나러 나가던 제게 그 여자가 선물 가방을 안겨 주며 지난번 고향에 다녀오던 길에 저를 위해 사 온 자잘한 기념품이라고, 그런데 깜빡 잊고 주지 못했다고 하더군요. 야자수 모양 열쇠고리, **푸에르토리코의 누군가가 당신을 사랑합니다**라고 쓰인 머그컵. 그땐 이미 제가 집중하기 힘들어진 뒤였어요. 무슨 말을 해야 할지 몰랐죠. 저는 머그컵을, 그의 얼굴을, 그의 머그컵을, 아무것도 달려 있지 않은 열쇠고리를 차례차례 쳐다보았어요. 할 말을 찾지 못한 채로. **내가 가져다 놓아도 되겠니?** 집주인은 2층 방향으로 고개를 주억거리며 말했어요. **네 방문 앞에 가져다줄게.** 그래서 저는 선물 가방을 돌려줬죠.」

　「네 어머니 이야기를 해주렴.」
　「지금이요?」
　「맥락이 필요하니까.」
　「하지만 자꾸만 과거로 돌아가고 있는걸요.」
　「부탁이다. 딱 하나만 이야기해 주렴. 아주 지독하게

말이야.」

내 어머니는 곧잘 비명을 지르곤 했다. 초조하고, 겁에 질려 있고, 쉽게 공황에 빠졌다. 그러나 소리치는 어머니의 모습을 떠올릴 때 머릿속에 보이는 건 내가 태어나기 전에 있었던 어떤 장면이다. 내가 아주 어린아이였을 때, 어머니는 처음 이 이야기를 들려줬다. 영영 내 머릿속을 떠나지 않는 생생한 장면. 과거로 침잠하듯 벽장 속 1950년대, 1960년대, 1970년대에 찍은 사진들로 가득한 신발 상자를 열어 보면서, 어머니는 내게 이런저런 것들을 말해 주었다. (**흰색 테두리, 물결 모양 가장자리. 후안, 지금은 왜 그런 식으로 사진을 인화하지 않을까요? 네네, 모든 게 그대로라면, 소중한 노스탤지어에 명분이 없어지지 않겠니.**) 벽장 바닥에 앉아 신발 상자를 품에 안고 있을 때면 어머니에게서 엄청난 중력이 생겨났다. 어머니가 나더러 따라오라 한 적은 없다, 그럴 필요가 없었으니까. 나는 그저 이끌린 채 옆에 앉아 이야기를 기다렸다. 모든 이야기가 놀라웠다 — 우리 동네를 떠나 본 적 없었던 나와는 달리, 어머니는 고작 열다섯 살 나이에 임신한 몸으로 세상을 떠돌았던 모양이다. 어머니가 대초원의 어느 헛간에서 홀로, 말들이 나직하게 우는 소리에 둘러싸인 채 건초 더미에 등을 기대고 앉은 자세로 내 형을 낳았다고 해도 나는 놀라지 않았을 것이다. 아니면 여물통

안에서라든지. 아름다움이나 신비로움으로는 그 어떤 여성도, 제아무리 성모 마리아라 해도 비교할 수 없었던, 숭앙의 시절.

자기애 사례

전반적 인상:

로즈에 대한 그 어떠한 묘사도

하나의

로즈는

모음을 늘이고

망설이고

한 조각상을 　 묘사하며

희고 투명한 피부.

그녀를 　 하나의 　 루벤스

그림

꿈꾸는 듯한 푸른 눈 　 기민하며 꿰뚫어 보는 　 낮은

로즈는

여전히

하나의 　 로즈

어느 　 분명한 귀환.

공군에 입대했을 때 아버지는 따지자면 그저 어린애였다. 입대하자마자 아버지는 법적으로 성인이 되었다. 베트남 파병은 끝났다. 그런 면에서 아버지는 운이 좋았다. 군대는 아버지를 노스다코타의 배드랜드[13]로 보냈다. 어머니는 울고, 얼굴을 일그러뜨린 채 애통해했다. 브루클린으로 돌아간 어머니는 10대 미혼모 쉼터에 갇혔다. 금욕적인 수녀들. 아버지는 책임으로부터 도피했지만, 어머니가 공군 기지로 보낸 편지들이 아버지의 마음을 바꾸었고, 어느 날 아버지는 사람을 보내 어머니를 데려갔다. 분명 외로웠던 것이리라. 후회했거나. 어쩌면 진정으로 신앙이 생긴 것이었는지도. 아버지가 어렸을 때, 할아버지는 할머니와 이혼하고 재혼한 뒤 가톨릭에서 여호와의 증인으로 개종했고, 그래서 아버지도 공군으로 주둔하던 마이놋에서 증인들을 만나 개종당했을 때 이 종파를 익숙하게 알고 있었다. 여호와의 증인에서는 군 복무를 금한다 — 어떻게 아버지가 증인이 될 수 있었는지 모르겠다. 어쩌면 그때부터 조기 제대 구실을 만들었던 건지도 모른다. 아무튼, 아버지는 어머니를 데려갔고, 어머니는 따라 나섰고, 둘은 결혼했고, 어머니는 그곳

---

13 The Badlands. 특히 미국 중서부에서, 침식의 영향으로 기암괴석이 관찰되며 초목이 거의 자라지 않는 지대.

마이놋에서 내 형을 낳았다. 그들은 트레일러 파크에 살았는데, 이웃 중에는 군인도 있었지만 대부분 증인이었다. 부모님은 하느님을 두고 싸웠다. 물리적으로 말이다. 그러다가 화해했다. 열정적으로. 두 분은 10대였으니까. **(상상할 수 있으시겠죠, 후안. 네네, 상상이 되는구나.)** 브루클린에 살다가 마이놋으로 이사한 두 분에게 겨울은 일렀고 상상 이상으로 춥고 혹독했다. 아버지는 어머니를 때렸다. 이웃 몇몇이 경찰에 신고했다. 어머니는 비명 지르기 선수였으므로. 그러나 어머니가 아버지의 처벌을 바라지는 않았다. 그러다 명절을 맞았다. 추수 감사절은 포기했지만, 크리스마스만은 지키려 어머니는 선을 그었다. 내게 전한 표현대로라면, **우리 아기는 크리스마스를 누리게 할 거야.** 그래서 아버지가 없을 때 어머니는 아주 조그만 전나무를 어떻게든 구해서 집 안으로 끌고 와 세운 뒤, 나무에다가 털실이라든지 종이 오린 것, 귀걸이 한 쌍처럼 구할 수 있는 온갖 것들을 달아 꾸몄다. 아기가 구경할 수 있도록. 그러나 여호와의 증인은 명절을 쇠지 않기에, 아버지가 귀가하자 두 분은 싸웠고, 어머니는 온 힘을 다해 비명을 질러 댔고, 다시 경찰이 왔고, 이번에는 한 경찰관이 어머니를 한쪽으로 데려가서는 이렇게 말했다. **꼬마 아가씨, 여기서 뭐 하는 거야?**

이야기의 이 부분에 이르면 어머니는 늘 울음을 참지 못했다. 벽장 안에서, 눈물을 흘렸다. 나는 이 이야기를 수없이 들었지만, 어머니는 같은 이야기의 같은 부분에서 어김없이 울곤 했다. **그 사람이 내게 한 말을 영영 잊지 못할 거란다. 꼬마 아가씨, 여기서 뭐 하는 거야?**

「상황을 고려하면 일리가 있는 질문인걸.」

「그거 아세요, 후안? 저는 그 경찰관을 오랫동안 머릿속에 지니고 다녔어요.」

「이마고.」[14]

「그런 단어는 몰라요. 무슨 뜻인지도 모르고요.」

「응. 아니면 라캉이었던가. 만약 내가 정신 분석가라면 이런 대화를 나누는 대가로 네가 나한테 엄청난 돈을 치러야 했을 거다.」

「제가 드리는 걸로는 부족해요, 후안?」

「지니고 다녔다는 게 무슨 뜻이냐? 그 경찰관, 어떻게 생겼니?」

「모르겠어요. 잘생겼고, 키가 크고, 콧수염이 있지만, 그밖에는 텅 비어 있어요. 그저 입, 입술, 콧수염, 나머지는

---

14 imago. 정신 분석학자 카를 융이 사용한 개념. 주로 어린 시절을 기반으로 형성되는 부모 또는 중요한 인물에 대한 무의식적 이미지를 가리킨다.

머리에 쓴 서부풍 경찰모의 챙이 만든 그림자에 가려져 있어요. 세로줄 무늬 바지의 가랑이는 꽉 끼고, 부츠, 장갑도 딱 붙죠. 그는 부드럽기 그지없는 목소리로 **꼬마 아가씨,** 말해요. 그 사람이 아기를 받아 안더니 어머니더러 집 안에 들어가서 짐을 싸라고 했다고, 그다음에는 경찰차 뒷좌석에 태우고 아기를 돌려주더니 그대로 공항까지 태워 가서는 고향 브루클린으로 돌아가는 비행기표를 사줬다고 어머니는 말했어요. 비상금으로 갖고 있으라며 돈도 주었다고요. 저는 경찰관에 관해 온갖 질문을 던져 댔어요. 어머니가 잘 지내고 있는지 안부 전화한 적 있어요? 고마움의 표시는 어떻게 했어요? 아마 전 그 경찰관을 찾고 싶었던 모양이에요. 하지만 어머니는 내 질문을 모조리 무시했죠. 중요한 건 경찰관이 아니라 — 어머니는 경찰한테는 관심이 없었으니까 — **꼬마 아가씨, 여기서 뭐 하는 거야?** 라는 질문이었을 테니까요. 그 말에 어머니는 겁에 질렸어요. 무너졌죠. 그때까지 어머니는 수녀들도, 부모가 집에서 쫓아낸 것도, 아이 낳는 것도, 아버지의 개종도 버텨 냈어요. 아이를 잘 먹여 건강하게 길렀고, 아기 신발과 담요를 떴고, 냉동 채소를 찌고 으깨고, 콩이며 당근을 길러 내서 직접 이유식도 만들었죠. 뱃속에서 자라나던 제 형에게 말을 걸고, 나중에는 형의 얼굴을 바라보며 온갖 두려움을 물리쳤어요. 이제 나는 엄마라고, 꼬마 아가씨가 아니라고 생각하면서요.」

「그러니까 스스로에게 감히 **난 여기서 뭐 하고 있는**

거지?라고 물을 수 없었던 거구나.」

「맞아요. 이젠 알겠어요. 또, 이제는 그 경찰관이 — 뭣 때문에 그런 행동을 했는진 알 방법이 없지만 — 했을 법한 생각도 알겠어요. 1970년대, 노스다코타주 마이놋, 10대 부부, 남자는 푸에르토리코인이고, 여자는 체구 작은 백인이고, 글쎄요, 누가 알겠어요? 어쩌면 그 경찰관의 개입에 인종주의가 묻어 있었던 건 아닐까 하는 질문이 떠오른 건 제가 10대가 되었을 때였어요. 어머니는 그저 어깨만 으쓱했죠. 제가 아직도 그 이야기에 매달려 있다는 게 믿기지 않는다고 했어요. 어머니는 그 당시 당신이 얼마나 순진했는지, 어머니가 아버지를 사랑했고, 또 아버지가 어머니를 사랑했는지 내게 이해시키려 애썼어요. 어린 시절 저는 어머니한테 영웅, 구원자, 아버지상, 또는 법질서 같은 것들이 필요한 게 아니라는 걸 잘 이해하지 못했어요. 어머니는 내 아버지가 아버지 노릇을 하기를, 남편 노릇을 하기를, 그만 때리기를 원했고, 오랜 세월이 흐른 뒤 어머니는 원하던 모든 걸 얻게 되었죠. 그들은 힘을 합쳐 당신들은 물론 우리, 아들들까지 구덩이에서 빼낸 거예요.」

「자랑스러운 목소리구나, 네네.」

「그러니까, 두 분은 똑똑했어요. 부모님에 대해서 아무리 이야기해도, 그 복잡한 사연을 분명히 설명하진 못할 것 같아요. 두 분 다, 꾸준히도 변덕스러웠어요. 문학에 심취했고 엄청나게 영리했던 두 분은 9학년 때 학교를 그만뒀어요. 우리

집에 책이 가득했다는 건 아니지만 — 실제로 그렇지도
않았고요 — 이야기, 탄압받은 자들과 악랄한 자들에 대한
감정적 공감은 넘쳤죠. 두 분은 서사를 제멋대로
쥐락펴락하는 사람이었어요. 인간의 조건에 대해, 우리
가족의 불운에 대해, 누구보다 부조리한 유머를 공유했고요.
그때는 몰랐어요. 그저 두 분이 통제 불능인 상태가 잦다는
것만 알았죠. 그 시절, 마이놋에서, 어머니가 구원을 원치
않았다는 걸 저는 몰랐어요. 왜냐하면 어린 시절, 그 집에서,
저는 구원을 간절히 원했으니까요. 아버지는 어머니를 향한
손찌검은 멈췄을지 몰라도, 우리한테까지 그만두지는
않았어요. 특히 반항적인 청소년기에 접어든 큰형이 심하게
얻어맞았죠. 어쩌면 현실에서 그 경찰관은 잘생기지
않았었을지도 몰라요. 또, 누군가를 **꼬마 아가씨**라고 부르고,
여기서 뭐 하는 거야라고 물었을 때, 그 말이 어떤
억양이었을지도 모르고요. 그러나 어린 시절 제 머릿속에서,
그는 어머니에게 몹시 상냥하게, 정말로 몹시 친절하게,
호의와, 걱정과, 동화 속에서나 등장할 법한 은은한
에로티시즘이 담긴 말투로 물었죠. 저는 어딜 가든 그 사람을
찾아다녔어요.」

그러다가 내가 여남은 살 됐을 무렵 아버지는 주(州) 경찰관이 되기 위해 반년간 집을 떠나 훈련소에 들어갔다. 아버지의 긴 부재도, 주 경찰관이라는 진로도 뜬금없이 등장한 것이었다. 아들인 우리들은 어른들의 세계에서 이루어지는 의견 교환에 접근할 수 없었으므로. 훗날 나는 아버지가 스페인어를 할 줄 안다는 이유로, 브루클린 억양으로 영어를 할 줄 안다는 이유로, 피부 색과 곱슬머리 덕분에, 연기할 줄 안다는 이유로 마약 전담 수사관으로 채용되었음을 알게 된다. 원래도 힘이 셌던 아버지는 완전히 다른 사람이 되어 집으로 돌아왔는데, 근육이 새로운 방식으로 잡혔을 뿐 아니라, 정강이를 덮는 긴 검은색 부츠에 보라색 리본이 달린 스테트슨[15] 펠트 모자를 쓴 새로운 복장에다가, 무장까지 하고 있었다. 언젠가부터 우리 집에 경찰들이 수시로 드나들며 커피 테이블 위에 두 발을 올려둔 채 술을 마시고, 욕지거리를 하고, 고함을 질렀다. 아버지의 새로운 사교 생활이었다. 나를 **꼬마 소년**이라고 부르고, 여기서 뭐 하냐고 물으며 나를 구해 주러 온 이는 아무도 없었다. 어머니는 목소리를 낮추어 **돼지들,** 하고 내뱉었다. 그런 경멸적인 호칭을 들은 건 그때가 처음이어서, 어머니가 지어낸 것인 줄 알았다.

15 Stetson. 전형적인 카우보이 모자의 디자인을 가진 모자 상표명.

훨씬 긴 시간이 지난 뒤, 나는 아버지의 전화 통화를 엿들었다. 마약 거래상의 여자 친구이자, 함정 수사를 1년간 이어 가며 가까워진, 아이가 있는 어린 여성을 체포한 것이 안타깝다는 내용이었다. 마지못해 마약 거래에 얽혀든 그 여자는 마지막 불시 단속에 휩쓸리고 말았다. 나는 아버지가 앞으로 아이들은 어떻게 될 것인지를 자세히 말하는 것을, 그 목소리에 담긴 고통을 들었다. 그러다 아버지가 스페인어로 말하기 시작해서, 나는 전화 상대가 아버지의 파트너 경찰관인 헥터임을 알 수 있었다. 남과 어울리기 좋아하는 성미인 헥터는 우리 집에 저녁을 먹으러 올 때면 저질 농담을 하거나 아버지의 잘생긴 외모를 놀리는 말을 하고 나서, 마치 우리가 아버지를 안정된 삶에 붙들어 놓는 중요한 과업의 공모자라도 된다는 듯 내게 눈을 찡긋해 보이고는 했다. 나는 헥터의 그런 면이 좋았지만, 밤늦은 시간, 맥주를 잔뜩 마시고 난 뒤 두 사람 사이 농담이 사라지고 그 자리를 일 이야기가 메우기 시작하면, 늘 스페인어로 이루어지는 그 대화에서 나는 배제되어 있었지만 알아차릴 수 있는 것들이 있었다. 두 사람이 서로의 눈을 얼마나 깊이 바라보는지. 한 사람이 한쪽 눈썹을 들어올리면, 다른 한 사람이 그만두라는 듯이 한 손을 내젓는 모습을. 둘 중 누군가가 중요한 말을 할 때 담는 열정을, 상대의 말에 귀를 기울일 때 내보이는 극도의 진지함을 알 수 있었다. 그들이 하는 일은 무척 위험하다고 들었기에 나는 아버지가 들킬까 봐, 칼에 찔리거나, 총에 맞을까 봐 겁이 났다. 그러나 두 사람이 함께 술 마시는 모습을 보면서, 나는 그 위험이 내 생각보다도 더 은밀한 것이며 이미 찾아온 것임을 서서히 깨달았다. 그들이 〈그 일〉이라고
부르는 그것이 두 사람을 다치게 할지도 모른다는 것을 넘어, 이미 다치게 **하는 중**임을 나는 — 그 어떤 정치적 틀에도 담을 수 없는, 미숙하고 유치한 방식으로 — 느꼈다.

사막, 팰리스에서, 나는 시간 감각을 잃었다. 그저 몇 시인지, 며칠인지에 대한 것뿐 아니라, 하루의 진행에 따르는 일종의 시간적 감각 자체를. 예전의 삶에서 내 하루하루의 리듬은 빈털터리가 되는 것, 돈을 구해 보는 것, 돈이 없다고 걱정하는 것, 아니면 그 걱정에서 눈을 돌리는 것들로 이루어져 있었다. 그러나 이곳에서는 모든 것이 헐값이었다. 담배도, 술도 살 수 있었다. 집세를 내지도 않았다. 버스 정류장에서 수음을 해주거나 고추를 살짝 빨아 주고 번 푼돈으로 한도 끝도 없이 버틸 수 있는 것 같았다. 그러나 가난이라는 습관은 깊숙이 배어 떨쳐 낼 수 없었기에, 표면 아래 도사린, 오래된 두려움은 그대로였다. 무언가 모호하고도 끔찍한, 긴급 사태를 처리하는 것을 잠깐 잊어버렸다는 기분이 떠나지 않았다. 꿈과 현실이 혼재하는 상태에서, 지난 삶으로 이루어진 몽상 속에서 문득 깨어나며 나는 **맙소사, 무슨 일이 벌어지려는 거지?** 생각하곤 했다. 어쩌면 때때로 그 말을 입 밖에 내기도 했는지, 간혹 후안은 마음을 누그러뜨리는 분명한 목소리로, **아무 일도 없단다, 네네. 그저 네가 지닌 없음뿐**, 이라고 대답했다. 그러면 나는 다시 그 산란한 중간 지대, 세상의 것이든 아니든 그 어떤 불안도 없는 곳으로 다시 미끄러져 들어가고는 했다.

하루하루의 구분이 더욱 흐릿해지면서 나는 점점 무기력해졌다. 심한 더위로 식욕이 거의 없어서 먹을 필요도 없었다. 오래지 않아 해가 지평선 아래로 넘어간 다음에야 나는 바깥에 나갔고, 그마저도 긴 외출이 아니라 그저 근처 가게에 들러 후안에게 줄 수프 한두 캔, 때로는 내가 마실 맥주 한 병을 샀고, 가게 주인이 온열 램프 아래, 계산대 위에 놓인 금속 통 안에 차곡차곡 쌓아 놓고 파는 타말[16]을 매일 밤 하나씩 샀다. 주인은 타말을 감싼 옥수수 껍질을 벗겨내고 살사 베르데 소스를 한 국자 부은 다음 마사 한가운데 플라스틱 포크를 푹 찔러 넣어 내게 건넸다. 둘 다, 어떤 언어로도 말은 하지 않았다. 우리는 몸짓으로 소통했고, 그 모든 의례가 언젠가 본 흑백 영화를 떠올리게 했다. 부두교 의식. 작은 어린아이 인형을 싼 포장을 벗긴 뒤, 찌르면, 그다음에는 침묵뿐.

---

16 부드러운 옥수수 반죽에 다진 고기와 치즈 등으로 속을 채워 옥수수 껍질이나 바나나 잎에 싸서 찐 멕시코 음식.

2
변종들
THE VARIANTS

대개…… 기록하려는 충동과 사라지려는 충동은
서로 모순되는 것임에도 결합한다.

— 헤더 러브, 『언더독 *Underdog*』

「저한테도 뭔가 주셔야죠. 후안, 저 두 권의 책에서 배운 걸 하나만 알려 주세요.」

「하. 생명의 신비 말이냐? **남성**과 **여성**의 진실?」

「부탁이에요, 후안.」

「그렇다면야 알았다, 네네. 하지만 이건 존경심이 일 만큼 대단한 네 조급증 때문인 걸 잊지 마.」

●보상

성적 변종 연구 위원회는 1935년 봄 설립되었다 ▓▓▓
▓▓▓▓▓▓▓▓▓▓▓▓▓▓▓▓▓▓▓▓
▓▓▓▓▓▓▓▓▓▓▓▓▓▓▓▓▓▓▓▓
▓▓▓▓▓▓▓▓▓▓▓▓▓▓▓▓▓▓▓▓
▓▓▓▓▓▓▓▓▓▓▓▓▓▓▓▓▓▓▓▓
▓▓▓▓▓▓▓▓▓▓▓▓▓▓▓▓▓▓▓▓
▓▓▓ 만지고 ▓▓▓ 끌어안고 ▓▓▓▓
▓▓▓▓▓▓▓▓▓▓▓▓▓▓▓▓▓▓▓▓
▓▓▓▓▓▓ 걱정하며 ▓▓▓▓▓▓▓▓
▓▓▓▓▓▓▓▓▓▓▓▓▓▓▓▓▓▓▓▓
▓▓▓▓▓▓▓▓▓▓▓▓▓▓▓▓▓▓▓▓
▓▓▓▓▓▓▓▓▓▓▓▓▓▓▓▓▓▓▓▓
▓▓▓▓▓▓▓▓▓▓▓▓▓▓▓▓▓▓▓▓
▓▓▓▓▓▓▓▓▓▓▓▓▓▓▓▓▓▓▓▓
▓▓▓▓▓▓▓▓▓▓▓▓▓▓▓▓▓▓▓▓
▓▓▓▓ 가혹한 ▓▓▓▓▓▓▓▓▓▓
불충분한 ▓▓▓▓▓▓▓▓▓▓▓▓▓ 이 논문은
▓▓▓▓▓▓▓▓▓▓ 처음부터 ▓▓▓▓
체현되었다 ▓▓▓▓▓▓▓▓▓▓▓▓
일군의 ▓▓▓▓▓▓▓▓▓▓▓▓▓▓
▓▓▓▓▓▓▓▓▓ 자발적 ▓▓ 성적 변종 집단에 의해

그들은 옹호하기 위해, 알리기 위해, 공격과 체포에 항의하기 위해 찾아왔다. 그들은 호기심이 일어 찾아왔다. 그들은 충동적으로, 재미 삼아 왔다가 절로 흥미가 일었다. 그들은 호의를 베푼다는 심정으로 찾아왔다. 어떤 이들은 의분에 차 있었고, 어떤 이들은 혼란스러운 나머지 자살하기 직전이었다. 치유를 간절히 바라며 찾아온 이들도 적지 않았다. 박차고 나간 이들은 돌아오고는 했다. 그들은 자신의 욕망에 대해 무언가 배웠다. 기억해 내라는 요청에 따라 기억했다. 샤워 중인 아버지를 훔쳐보았던 것. 이웃집 소녀와 함께 있는 모습을 들킨 것. 형편없는 혀 놀림. 나일론 스타킹이 발명되기 전 실크 스타킹이 발목까지 부드럽게 돌돌 말려 내려가던 모습. 그들은 양육권을 빼앗긴 자식들을 떠올렸다. 자신들이 버린 자식들을 떠올렸다. 그러다 옷을 벗으라는 요구를 받으면 순순히 따랐고, 익명으로, 흐릿한 얼굴로 처리된 그들은 벌거벗은 채 이름표가 붙어 상징계에 속박되었다. 나르시시스트, 동성애자, 불량배 — 측정되고 지워진.

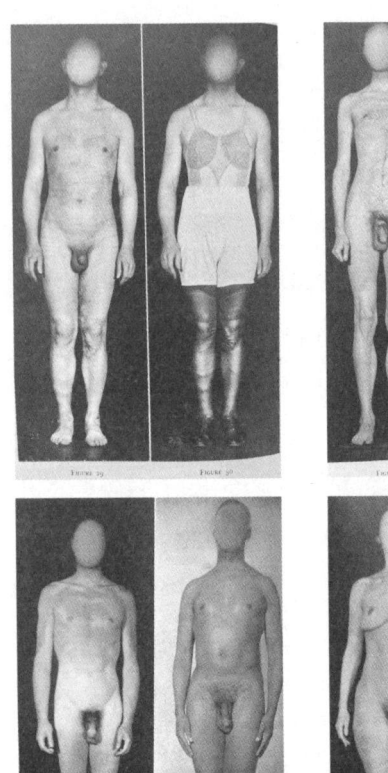
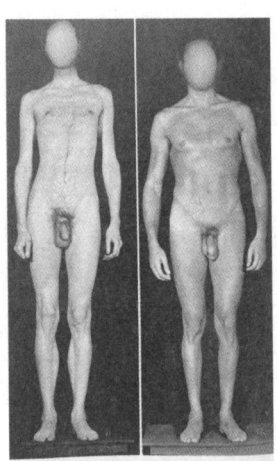
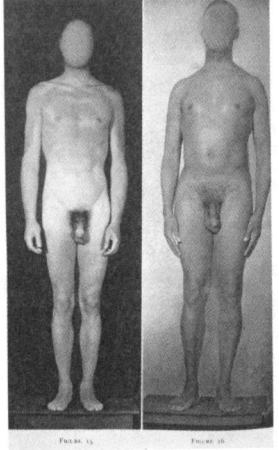
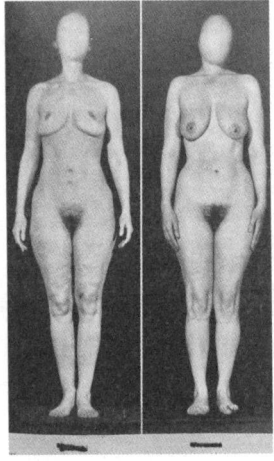

FIGURE 29 FIGURE 30 FIGURE 19 FIGURE 20

FIGURE 15 FIGURE 16

조지 W. 헨리 박사가 위원회장으로서 연구팀을 이끌었기에, 『성적 변종들』 표지를 장식한 건 오로지 그의 이름뿐이었다. 그러나 실제로 이 프로젝트는 헨리가 등장하기 수년 전 잰 게이가 시작한 것이었다. 프로젝트가 위원회에 넘어간 뒤에도 잰은 연구팀에 남아 핵심적 역할을 했고, 연구 참여자로 자원할 사람들을 개인적으로 모집했다. 친구들도 있었고, 친구의 친구들도 있었고, 몇몇은 자주 가던 바에서 접근한 이들이었다.

이 연구가 처음 발표된 것은 1941년이었지만, 연구가 본격적으로 시작된 것은 1935년이다. 시간이 흐르며 이 연구는 점점 몸집을 불려 가던 퀴어 사교계로 퍼져 뉴욕의 퀴어신을 이루는 다양한 인종들에게 닿았다. 이탈리아인, 아일랜드인, 흑인, 쿠바인, 폴란드인, 유대인, 앵글로색슨족, 부유한 이들과 가난한 이들. 대공황이라는 고단한 시절이었고, 잰이 모은 연구 대상자들은 중하급 계층으로 약간 치우쳐 있었으며, 또한 산업 노동자나 서비스직 노동자보다는 예술가 유형에 몰려 있었다. 연구 대상자 중 다수가 연인이나 전 연인, 또는 어쩌다 보니 시시[17]거나

17 sissy. 지정 성별이 남성인 이들 중 여성적이라고 불리는 기질을 드러내는

부치인 형제자매를 데려와 함께 참여했다.

어느 부유한 남성이 (정확히는 부유한 집안 출신이었으나 커밍아웃함에 따라 유산 상속에서 배제된 남성이) 자신이 자주 만나던 허슬러[18]들을 설득해 연구에 참여시켰다. 그는 토머스 페인터라는 남성이었는데, 연구 참여자를 모을수록 점점 더 영향력 있는 인물이 되어갔다. 토머스는 잰처럼 아마추어 연구자였지만 그의 연구 관심사는 더 개인적이고 육체적이었기에, 이성애자 허슬러, 퀸[19]을 고객으로 삼는 스터드[20]를 기록했고, 끝내는 자신의 모든 성관계를 기록했다.

위원회가 두 권짜리 연구 결과물을 펴내고, 전쟁이 끝난 다음 전후 시기를 지나 1950년대가 오기까지 — 뉴욕으로 푸에르토리코인들의 대량 이주가 진행되던 기간에 — 토머스 페인터는 푸에르토리코인에 대한 특별한 흠모를 품게 되었고, 푸에르토리코를 여러 번 찾아 연구를 수행했다. 직접hands-on 연구는 물론 입술을 마주대는lips-on 연구를 이어 가며 언젠가는 발표할 수 있기를 바랐다. 그는 1950년대를 자신의 푸에르토리코 시기라고 일컬었다.

이를 나타내는 용어. 이때 여성성이란 나약함, 남자답지 못함 등 부정적 의미를 함축한다.
    18 hustler. 동성애자 남성을 상대하는 남성 성 판매자.
    19 queen. 화려하고 과장된 여성적 특징을 드러내는 동성애자 남성.
    20 stud. 남성적인 성적 매력을 드러내는 남성.

「둘 다 당신과 아는 사이라고요?」

「이야기하는 사람이 나잖니.」

「정말 신기해요, 후안.」

「잰은 내가 어린아이였을 때 알게 됐다. 당시 잰의 아내이던 제냐를 통해서 알게 됐지. 아주 잠깐이지만 나는 그들에게 보살핌받았어. 내가 북쪽, 뉴욕으로 보내졌을 때 두 사람이 내 보호자 노릇을 했지. 그리고 오랜 세월이 지난 뒤, 어른이 되었을 때 톰을 만났고.」

「차례차례 말하려는 노력이라도 좀 하세요. 건너뛰지 말고요.」

「톰은 때로 위원회에서 했던 연구에 대해, 그곳에서 동료 연구자였던 여성에 대해 이야기하곤 했어. 그 여성은 나체주의자에다가 불대거[21]였는데, 술을 마시지 않고 옷을 제대로 입은 상태일 때는 꽤 유쾌한 동료였다고 했지. 톰이 하는 그 사람 이야기는 웃기지만 약간은 잔혹한 데가 있었어. 그때는 그 사람이 잰인 건 꿈에도 몰랐지. 훗날, 그 책이 내 삶에 나타났고, 그 책에서 잰의 이름을 보았을 때야 모든 게 하나로 맞춰졌어. 서문에 겉치레 삼아 실린, 제공해 준 협력에 감사하다는 게 잰에 대한 언급의 전부였다.」

---

21 bulldagger. 부치 레즈비언을 가리키는 속어로, 모욕적 호칭으로 간주된다.

잰은 1902년 중서부 지역에서 태어났고, 열두 살의 나이에 화려하게 커밍아웃했다. 유럽으로 떠나 저명한 성과학자 마그누스 히르슈펠트와 함께 연구했지만, 나치가 히르슈펠트의 연구소를 약탈하고 책을 모두 불태워 버렸다. 잰은 제냐와 함께 업스테이트 뉴욕[22]에 나체주의 공동체를 만들었다. 미국과 유럽의 자연주의 운동사를 담은 『벌거벗은 삶에 관하여On Going Naked』라는 책을 썼을 때 세상이 떠들썩했던 데는 책에 삽입된 벌거벗은 남성과 여성의 사진, 그리고 제냐가 직접 그린 삽화도 한몫했다. 이 책을 각색한 다큐멘터리 영화 「이 벌거벗은 세계」의 각본 역시 잰이 집필했다.

베를린에서 파리로, 런던에서 옥스퍼드로 유럽을 종횡무진 돌아다니던 잰은 레즈비언의 삶을 부수적인 프로젝트 삼아 연구하기 시작했다. 히르슈펠트의 기법을 완화한 방법론을 사용해 3백 명 이상의 여성을 인터뷰하고 그들의 성애사를 기록한 뒤 원고로 묶었다. 의학 전문가의 허울 없이는 이러한 외설적인 주제의 책을 맡겠다는 출판사가 없었다는 사실이 결과적으로 성적 변종 연구 위원회의 설립으로 이어졌다.

22 upstate. 뉴욕주에서 뉴욕시를 제외한 북부 지역.

아마추어 연구자인 잰이 위원회의 근본을, 기원을, 이로부터 탄생할 모든 것을 만든 것이었다.

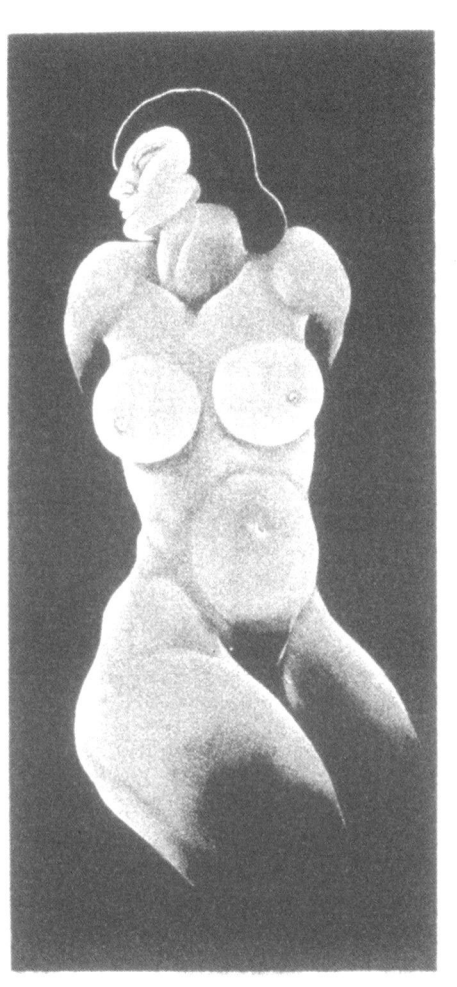

후안은 다큐멘터리를 찾아보고, 『벌거벗은 삶에 관하여』도 읽었지만, 그것은 잰과 제냐를 알게 되고 수십 년이 지난 뒤, 그가 성인이 되었을 때의 일이었다. 후안이 보았을 때 이 책의 가장 뛰어난 점은 책에 담긴 나체주의의 역사보다도 그 책이 보여 주는 두 가지 버전의 현대 유럽이었다. 『벌거벗은 삶에 관하여』는 1932년 출간된 책이었고, 다큐멘터리는 1920년대 후반에서 1930년대 초반 프랑스와 독일에 있던 나체주의자 공동체들을 촬영한 기존의 영상 자료들을 끼워 맞춘 것처럼 보였다. 훗날의 시각으로 본 덕분에 나체주의자 캠프에 산재한 초창기 파시즘이 후안의 눈에 띄었다. 단련된 신체에 대한 추종, 미학적 형태를 갖춘 완벽한 몸, 민속 전통과 스포츠를 중시하는 것, 요트 클럽. 그러나 이와 경합하는 아나키즘 정신도 있었다. 공동의 자원에 관한 집단적 비전 말이다. 나체주의자 공동체는 타인, 그리고 자연과의 합일을 중시하는 빈자와 노동 계층에 의한 것이자, 이들을 위한 것이었다. 이 공동체는 즉 돈이 부족하거나 없는 사람도 배를 굶지 않는 곳이자, 이상적 운동 능력을 전제하는 개념들에는 무관심한 곳이었다.

후안은 자신이 아나키스트라고 주장했다. 그는 아나키즘을 일종의 신앙이자 영적 수행으로 보았다. 후안은 정치적으로 활발하지는 않았지만 그럼에도 뉴욕에서 활동하는 푸에르토리코계 사회주의자들, 그중에서도 헤수스 콜론을 존경해 그가 「데일리워커」에 매주 싣는 칼럼을 구도(求道)하듯 따라 읽었다. 그는 내게 콜론의 이야기를 들려주었다. 1917년 고작 열여섯 살이던 그가 푸에르토리코를 떠나는 여객선 이불장에 숨은 채로 돈 한 푼 없이 뉴욕까지 밀항했다고. 그가 뉴요리칸[23]의 아버지였음을, 푸에르토리코인의 경험을 처음으로 영어로 기록한 위대한 연대기 작가가 흑인이자 사회주의자였음을 반드시 기억해야 한다고 했다. 또 그가 자신의 민족, 즉 푸에르토리코인을 비롯해 더 넓은 범위의 흑인을 위해, 또 세계의 노동자를 위해 삶을 헌신했다고도. 콜론은 공산당에 가입했고, 반미 활동 위원회에 부쳐지고도 탈당을 거부했다. 후안 자신은 정당 활동이 맞지 않았음에도 이야기와 유머, 휴머니즘을 통해, 그리고 글쓰기를 통해 인종주의와 자본주의에 균열을 내려는 콜론의 접근 방식을 높이 평가했다. 콜론은 짧은 글에 일상의 단면을 담아냈고 — 하나의 순간을 불러냈고 — 그로 인해 교조주의와 거대 서사라는 오류를 피해 갈 수 있었다. 콜론이 쓴 짧은 글 한 편 한 편들은 대상을 바라보고 공감하는 새로운 방식을 알려 주는 일종의 명상이라고 후안은 말했다.

---

23 Nuyoricans. 뉴욕시를 둘러싼 지역에 정착한 푸에르토리코인들과 그 후손, 그리고 그들의 문화를 가리키는 말.

「헤수스와 잰은 고작 한 달 차이로 태어났어. 어떻게 생각하니, 네네?」

「그럼 후안도 헤수스를 알거나 만난 적 있겠네요?」

「젊음은 그 열정으로 불이 꺼지지도, 노래가 그치지도 않도록 지켜 냈다. 콜론이 쓴 글이다. 난 그의 메시지를 네게 전해 주고 있어, 시간을 가로질러서.」

「계속 노래할 수 있도록?」

「그리고 계속 타오르도록, 네네.」

「그런데, 잰이 진행했던 최초의 연구를 본 적 있으세요?」

「남아 있지 않아. 흔적조차도.」

「역사에서 지워진 걸까요?」

「고의로 폐기한 거지. 잰이 직접 폐기한 건 아니야. 여러 학제의 수많은 박사며 전문가 들 — 정신과 의사, 초심리학자, 여성의학과 의사, 모성 건강 전문가, 화학자, 벨뷰 병원장, 전 뉴욕시 교정국장으로 이루어진 이 위원회는 잰의 연구에서 자기들 연구에 필요한 걸 전부 흡수한 뒤 원고를 영영 돌려주지 않았어. 톰의 연구도 주지 않으려 했지만, 그가 발작하다시피 분노하며 소송을 걸겠다는 둥 난동을 부렸기에, 자신들의 연구가 끝나자 그에게는 원고를 돌려주었지. 그 뒤로 톰은 실험적 다큐멘터리 형태의 접근에 호의적이던 킨제이와 함께 연구했다.」

「**실험**이라는 건, 섹스의 대가로 돈을 건넨 상대에 관한 논문을 썼다는 소리예요?」

「그래. 에로틱한 경험은 추잡한 것으로 전락할 수 있는 법이지, 네네. 하지만 꼭 그래야 한다는 법은 없지 않겠어?」

「당신은요, 후안? 후안도 톰의…… 연인 중 하나였나요?」

「중요한 건, 위원회는 연구 결과가 토머스의 이론에도, 레즈비언 삶을 기록하는 잰의 활동가적 접근에도 물들지 않기를 바랐다는 거다. 위원회는 프로이트의 최신 성 심리 이론을 일탈에 관한 정신 사회학적 설명과 결합한 병리학에 초점을 뒀지. 즉, 우생학 말이다.」

"I will go to the bank by the wood and become undisguised and naked, I am mad for it to be in contact with me."

「나는 숲가 강둑으로 가서
허울을 내려놓고 벌거벗으리라,
그것이 나와 닿길 미치도록 갈망한다.」

각본 잰 게이, 『벌거벗은 삶에 관하여』 저자.

「발표될 최종 논문에 어떤 변종들을 수록할지는 헨리 박사가 결정했어. 위원회는 수백 명의 변종들을 인터뷰했지만 80개 사례만 발표했지. 남성 40명, 그리고 헨리의 말에 따르면 인터뷰가 특별히 유익했던 여성 40명이었어. 남성 40명, 여성 40명. 40일의 낮, 40번의 밤. 성경의 은유가 지금보다 널리 통하던 시절이었다. 그렇기에 그 숫자가 뜻하는 바는 분명했겠지. **40과 40**은 시험과 시련의 시기를 가리키는 일종의 준말이자 두루뭉술한 개념이었어. 모세가 사막에서 금식했던 40일 밤낮. 모세가 시나이산에서 주님으로부터 십계명을 받은 40일 밤낮. 예수가 사막에서 금식했던 40일 밤낮.」

「대홍수도 마찬가지죠? 40일 밤낮으로 비가 내렸잖아요.」

「정화에 걸리는 시간. 그리고 소돔에서 아브라함이 주님께 이 도시를 구해 달라 빌자 주님은 협상을 제안했지. **만일 내가 소돔 내에서 50명의 의인을 찾는다면 이들을 위해서 이 도시를 용서하리라.**[24] 그러나 아브라함은 흥정을 시도했다. **50명의 의인 중에 행여라도peradventure 다섯 명의 의인이 부족하면 그 이유로 온 도시를 멸하실 것입니까?**

24 모든 성경 구절은 옮긴이가 문맥에 맞추어 번역했다.

그래서 주님은 의인의 수를 45명으로 줄였지만, 아브라함은 계속 밀어붙였지. **그렇다면 40명은 어떻습니까?** 그렇게 주님은 **40명을 위해** 소돔을 멸하지 않기로 했다.」

「세상에, 후안은 어떻게 그런 걸 다 알아요?」

「소돔 이야기잖니, 애야. 애써 기억할 가치가 있다. **보소서, 저는 티끌이나 먼지에 불과하지만 제가 주님께 말하나이다**……. 아쉽게도, **신과 협상한다**는 말은 이제 보편적인 상투어이자 애도의 한 단계가 되어 버렸지. 그러나 여기, 아브라함은 문자 그대로 흥정하고 있다. 또, **행여라도**라는 단어가 참 좋지. 제임스 1세 시대[25]야말로 영어의 황금기가 아니었을까?」

「저야 모르죠.」

「뭐, 내 말을 믿으려무나. 아무튼, 내게 중요한 건 말이다. 『성적 변종들』에는 우리 모두를 지옥의 불길에서 구원할지도 모르는 40명의 남성과 40명의 여성, 즉 의인들의 간증이 수록되어 있다는 점이지. 영광된 모습으로 드러난 변태들.」

「검게 칠해지기 전에 이 책을 본 적 있으세요?」

「딱 한 번, 잠깐이지만 있었지. 도서관에서 특별 열람을 신청해야 볼 수 있었고, 관외로 가지고 나갈 수 없는 조건이었다. 내가 책을 읽는 동안 사서가 선 채로 나를 지켜보았는데, 네네, 혐오감이 담긴 눈길이었지. 하지만 나는

---

25 흠정역이라고 불리는 성경의 대표적인 영문판 킹제임스 성경을 편찬한 시기.

우리가 가진 이 책, 내가 찾아낸 모습 그대로 새까맣게 지워진
이 책이 더 좋아. 깨달음의 짧은 시들로 가득한 이 책 말이야.
헨리 박사의 지침이 무엇이었든 이에 대항하는 서사인
셈이지. 책을 순서대로 읽는다고 해서 무슨 이득이 있겠어?
아무 페이지나 열어젖히면 그 속에 과거로부터 솟아오른 어떤
삶의 스케치가 끝없이 펼쳐지고, 그 하나하나가 등장한
인물이 극복했거나 극복하지 못했음을 토로하는 단 하나의
증언인 것을.」

나는 애쓰지 않는다.

한 꺼풀 벗기면

남성적 자긍심.

도착적인 모성 콤플렉스. 나는 아기를 싫어한다 마치 벌레처럼 조그맣다. 나는

평균적 레즈비언 그 이상이다.

나는 결코 잠들지 않는다

내가 사랑하는 건
튀르키예식 목욕탕, 증기와 혼란, 끌사나운 육체들
싸구려 와인과 매춘부들.
배를 마사지받는 기분이 좋다.
사람들이 천부적인 동성애자 재능 이야기를 하면 나는 생각한다

모두 테이블 아래
나는 작은술 가득한 맥주를 마신다 잠긴다
땅속으로 잠들 수 없다

어떤 밤 나는 수술실에 있었고 거기엔
두 다리가 절단된 한 촌뜨기 여자가 있었다.
유쾌한 여자.
어쩌면 내 경제적 문제를 해결할 수 있을지도

나는 두렵다 잠과 두려움 다음

「일전에 거짓말한 게 있어.」

「무슨 거짓말이요?」

「사실 아브라함은 주님한테 계속 흥정을 시도해 40명이 아니라 열 명까지 의인의 수를 줄였지. 하지만 40이라는 숫자가 더 편리하지 않니, 니뇨?[26] 내가 들려주는 이야기 속에서는 말이야.」

「어느 쪽이든 웃기잖아요. **도시 전체에서 남색하는 사람 중 의인 열 명을 찾으면 멸하지 않겠다.** 꼭 펀치라인을 노리고 한 농담 같아요.」

「맙소사, 난 딱 한 명을 찾느라 평생을 기다렸는데.」

「좋은 패그[27]는 찾기 힘들죠.」

「저속하구나, 네네.」

「소돔: 디스코 인페르노.[28]」

「바스타![29] ······ 내 오줌보가 부실한 걸 잊지 마라······.

26 niño. 스페인어로 〈소년.〉

27 fag. 동성애자를 가리키는 모욕적인 호칭으로, 이 구절은 플래너리 오코너의 단편소설 「좋은 사람은 찾기 힘들다 A Good Man Is Hard to Find」를 비튼 것이다.

28 Disco Inferno. 트램프스 The Trammps의 1976년 발매된 앨범과 동명의 수록곡 제목. 실제로 라틴어에서 유래한 것은 아니나, disco는 〈나는 배운다〉, inferno를 〈지옥〉 또는 〈연옥〉에 해당하는 라틴어와 연관지을 수 있기에, 이를 라틴어로 〈나는 지옥으로부터 배운다〉라는 말로 해석하는 농담이 있다.

29 Basta. 스페인어로 〈이제 그만.〉

매트리스가…….」

후안의 낮잠은 하루하루 더 길고, 깊고, 격렬해졌다. 나는 그를 지켜보다가 그의 꿈속에서 어마어마한 대결이, 오랜 시간 고된 싸움이 진행되고 있다는 작은 신호를 알아차렸다. 후안은 이를 갈고 눈썹을 찌푸렸고, 시트를 붙들고 주먹을 움켜쥐었다. 짧고 날카로운 소리를 흘리고, 끙끙거렸다. 이 방 안에서 그의 움직임과 소리는 단조로 펼쳐졌지만, 꿈의 세계에서는 형편없는 오케스트라가 금관악기를 불고 심벌즈를 부딪히는 가운데 후안이 마치 천사를 붙잡고 축복을 내려달라 매달렸던 야곱처럼 어느 얼굴 없는 사악하고 숭고한 괴물과 씨름하고 있으리라는 걸 알았다. 그리고, 후안이 패배할 것이라는 것 또한.

후안은 깨지 않았다. 내가 아무리 시끄럽게 굴어도 소용없었다. 때로는 그 비참한 투쟁에서 생각을 돌리려고 큰 소리로 노래를 부르기도 했다. 이제 그의 눈을 볼 수 있는 날이 없다시피 했다. 낮에는 잠을 자고, 밤이면 칠흑 같은 어둠 속에 앉아 있었으므로. 후안은 침대 옆 탁자의 조명을 켜는 것도, 내가 침대 옆자리에 눕는 것도 견디지 못했다. 앞을 보려면, 그에게 수프를 가져다주려면, 책이라도 읽으려면, 문을 살짝 연 채 복도에서 새어드는 가느다란 빛에 의지해야 했다.

그럼에도 밤이 오면 어둠 속에서 후안은 그의 상냥한 정신과 유머가 담긴, 육체로부터 벗어난 목소리로 살아났다. 낮이면 나는 책을, 삭제된 페이지들을 읽고 또 읽었다. 이 증언들 속에서 나는 무엇을 찾아야 할까? 위로? 전략? 후안이라는 사람? 그러나 후안도 연구의 참여자 중 하나였느냐고 내가 묻자 그는 그저 웃기만 했다.

「나? 그럴 리가. 계산 좀 해 봐라. 여기 실렸다면 죽은 지 오래였겠지.」

「죄송해요, 후안.」

「난 안 죽었잖니?」

「안 죽었죠, 후안.」

「그런데 너는 — 살아 있는 거냐, 아니면 유령이냐? 말해 보렴, 꼬마 소년아. 여기서 뭐 하는 거니?」

낮이면 창밖의 거리는 줄곧 고요했고, 지나가는 차는 없었으며, 햇빛에 익어 버린 인도 역시 텅 비어 있었다. 저녁이면 지나가는 사람들이 몇몇 있었고, 남자가 개를 향해 휘파람 부는 소리나 두 사람이 서로 대화를 주고받는 소리가 들리기도 했지만, 말의 내용까지는 알아들을 수 없었고, 그저 웃음소리라거나 놀라 낮게 감탄하는 소리가 나는 것이 전부였다. 그러던 어느 날 저녁, 여러 명의 목소리와 발소리가 들렸는데 — 삶의 소리 — 그 소리가 점층적으로 커지자 우리가 여태 이 동네에서 한 번도 본 적 없는 인파가 모여들었다는 게 확실해졌다. 후안은 나더러 창밖을 내다보고 거리의 모습을 설명해 달라고 했다.

처음 알아본 사람은 구식 복장에 머리에는 만틸라[30]를 쓴 구멍가게 주인이었다. 장례식에나 어울릴 법한 문양이 새겨진 검은색과 다양한 채도의 보랏빛이 도는 친츠[31] 드레스 차림으로 인파의 중심에 가까운 위치에 서 있었다. 그다음에는 마찬가지로 괴상한 의상을 입은 몇몇을 더 알아보았다. 구멍가게 주인은 종이꽃이 든 바구니를 든 채

30 mantilla. 스페인과 라틴아메리카 지역에서 여성들이 착용하는 전통 복장으로, 머리부터 어깨까지 덮는 실크나 레이스 베일.
31 chinz. 인도산 날염 직물의 명칭이나 오늘날엔 흔히 시골풍의 꽃무늬 패턴을 일컫는다.

우리가 있는 건물을 마주보는 거리에 세워 놓은 단상으로 올라갔다. 무대를 둘러싼 여남은 명이 조용해졌다. 여자가 눈썹을 한껏 추켜세웠다. 이곳에 서서 거리를 바라보는 게 죄일 리 없으련만, 그가 나를 알아보았을까 봐 겁이 났다. 그는 근심 어린 얼굴로 팰리스 창문 안을 들여다보면서 외쳤다. **플로레스…… 플로레스 파라 로스 무에르토스.**[32] 그는 〈o〉 발음을 길게 늘이면서 그 구절을 한없이 되풀이했다.

더 크게! 인파 속에서 또 다른 여자가 외치는 소리가 들렸지만, 누구의 목소리인지는 알 수 없었다. 구멍가게 주인이 목소리를 높이더니, 말의 속도도 낮추는 바람에, 그의 목소리에 한층 피로가 묻어났다. **플로레스…… 플로레스 파라 로스 무에르토스…….**

「꼭 당장이라도 질질 끌려가 무덤 파는 파테코[33]라도 만날 것 같은 표정이구나.」

「끔찍해요, 후안.」

「이 장면 모르겠니? 테네시 윌리엄스. **그들이 나더러 욕망이라는 이름의 전차에 오르라고, 그리고 묘지라는 이름의**

---

32 Flores Para los Muertos. 〈죽은 사람을 위한 꽃〉이라는 뜻으로, 테네시 윌리엄스의 희곡 「욕망이라는 이름의 전차」에서 꽃 파는 멕시코 여자가 외치는 스페인어 대사.

33 Pateco. 푸에르토리코 설화에 등장하는 인물. 1899년 산시리아코의 허리케인으로 수천 명이 사망했을 때 죽은 이들을 묻은 인물의 이름으로부터 유래했다고 알려진다.

전차로 갈아타라고 했어요…… 엘리시언 필즈라는 곳에 내리라고요. 리허설 중일 거다. 네네. 그뿐이야. 이제 창가에서 떨어지렴.」

「저 사람을 알아요. 꽃 파는 사람 말이에요.」

「당연히 알겠지. 이제 그 여자가 널 알아보고 어느 모골 송연한 연극으로 꾀어 들이기 전에 창가에서 떨어져라. 어서 오렴. 이야기를 들려주마……. 아, 커튼 치는 걸 잊었구나.」

「미라.[34] 나는 예전의 삶에서 서서히 물러나면서 이 방에서 참으로 긴 시간을 보냈어. 책을 읽었지. 도서관이 폐쇄되기 전이었고, 믿기지 않겠지만 심지어 이 유령 마을에 한때는 책방도 있었단다. 그래서 난 그 두 군데를 오가며 읽을 책을 찾아다녔지. 단편소설집이나 시집 말이야. 장편소설을 읽을 인내심은 사라졌거든. 장편소설을 읽다 중간에 죽고 싶지 않았으니까. 나는 그저 결말을, 마지막 대사를, 이별을, 재회를 원했어. 내 마지막은 어떨지 궁금했지. 내 삶의 마지막 문장은 어떻게 읽힐까? 최후의 판결은?」

「제가 여기 있으니 분명 훨씬 오래 사실 거예요.」

「그래? 너라면 그렇게 생각할 수도 있겠지. 사람은 때로 온갖 헛된 생각들을 하는 법이니까……. 아무튼, 어느 날 나는 전혀 알지 못하는 작가가 쓴 단편소설을 한 편 읽었어. 그 사람이 쓴 소설들은 작가가 죽고 난 뒤, 쓰인 지 수십 년 뒤에야 주목받기 시작했지. 작가의 이름은 콜린스였다. 어쨌거나, 내가 말하는 소설 주인공 역시도 고립된 삶을 살았어. 여자, 지성인이거나 예술인이었던 것 같은데, 자세히는 기억 안 나지만, 아름답고, 세상 물정을 잘 알고, 또 오래 시달린 여자였다. 약간 미친 사람이었던 것도 같고. 개척

---

34 mira. 스페인어로 〈봐라.〉

정신을 가진 여자였지. 네네, 내 젊은 시절에는 다들 각자의 비밀스런 우상을 향해 기도했단다. 그 우상이란 유명한 여성, 대체로 여성 배우였지. 우리는 그 배우의 대사를, 모습을 외웠고, 압도당한 채 긴 소파에 몸을 내던지는 동작을 연습했지. 우리 모두 구식 시시들이었기에, 우린 그 여성들을 우리의 의식 속에, 또는 의식과 나란히 품고 살았단다. 그 사적인 우상들이 지닌 버릇이며 재치를 자기 안에서 불러내며…… 미메시스, **디오니소스적 모방**…… 하지만 그런 일은 이제 유행이 지난 모양이구나.」

「어, 그레타 가르보같은 사람이요?」

「라 루프같은, 리나 혼같은……. 아무튼 소설 속 주인공은 마치 그때의 나처럼 외톨이였고, 손 닿는 것이라면 무엇이든 읽어 댔어. 물론 책의 장르가 다양했다는 점에서, 나보다 체계적인 독서였지. 죽그릇을 앞에 둔 골디락스처럼, 아무것도 그를 만족시키지 못했다. 그의 은둔을 끝내지 못했지. 외로움이 극에 달했다고 느낀 순간, 그는 회고록을 읽기 시작했어. **그 어떤 인간도 고독이라는 시련을 벗어날 수 없다는 사실을 알게 되었을 때가 내게는 결정적인 순간 중 하나였다. 다른 이들 역시도 극도의 소외와 유기를 겪었고, 이들의 재치와 아이러니, 고색창연한 설교조 흉내를 읽고 있자면 잠시나마 나 자신을 벗어나 영적 애도의 차원으로 솟아올랐다.** 그리고 그때, 내가 찾아 헤맨 게 무엇인지 알 수 있었지. 나도 그런 기분을 느끼고 싶었어. 나 자신을 벗어나는 것. 솟아오르는 것.」

「세상에, 후안, 그 긴 문장을 다 외웠어요?」

「이보다 더 딱 맞는 표현은 본 적 없으니까. **고색창연한 설교조 흉내.**」

「그래서 그다음은 어떻게 되는데요?」

「주인공이 — 아, 이제 기억났다. 음악가였어 — 실수로 자기 집을 태워 버리지.」

「농담이죠?」

「뭣 하러 농담하겠어?」

「꼭 홍수 같아요. 절 여기로 오게 한 그 물난리요.」

「그래? 난 이 이야기가 네가 아니라 나에 관한 이야기라고 생각했는데.」

후안이 『성적 변종들』을 발견한 곳은 펠리스 로비, 계단 발치에 내놓은 아무도 안 쓰는 물건들이 담긴 종이 상자 안에서였다. 상자 날개에는 검은 마커로 **공짜**도 아니고 **가져가세요도** 아닌, **이제 전 당신 겁니다**라고 쓰여 있었다. 그 글에 담긴 캠피함[35]에 후안은 큭큭 웃음을 터뜨렸다. 그 글을 썼을 외로운 영혼이 머릿속에 그려졌다. 후안은 상자를 뒤지다가 두 권의 책을 찾아서 들고 위층으로, 방 안으로, 자신만의 고독 속으로 돌아가서는, 변종들의 간증 속 남은 부분들을 읽고, 또 읽었다. (**한참이나 읽었어. 얼마나 오랫동안 읽었는진 아무도 모르겠지.**) 영리하고, 부조리하고, 솔직한 방식으로 지워진 변종들의 이야기. 그들의 고통과 희망, 그리고 성적 욕망에서 남은 부분들. 그들이 사용한 고유한 언어와 관용어들. 1930년대 언더그라운드 — 후안의 시대 직전에 존재한, 아니, 후안이 그 속에 태어나 청소년기에 그 태도를 고스란히 흡수하게 했던 퀴어 세계의 어휘들. 그들의 슬픔, 그들이 겪은 박해가 가진 독특함. 그리고 성행위, 성 역할, 성 정체성을 이야기할 때 그들이 더 자유롭고

---

35 campiness. 한껏 과장된 인공적인 것이 주는 아이러니한 미학을 뜻하는 말로, 모더니즘에서 고급 예술을 전복하는 미적 가치와 취향을 가리키며 역사적으로 퀴어 문화와 연관되는 개념이다.

유동적이었음을 확인하는 것이, 아직 정의되지 않은 것이 너무도 많던 시대를 떠올리는 일이, 아주 오랜 시간, 이 모든 것들이 정확히 평온을 가져다준 것은 아니었지만, 후안 자신을 벗어나 솟아오르게 만들었다.

「다음은……어디라고 했죠? 그곳은…….」
　「영적 애도의 차원.」
　「우리가 지금 있는 곳이 거기인가요?」
　「네네, 네가 도착한 뒤로 낮이 짧아지고 밤과 어둠이 길어진 걸 알아차렸니? 추위도?」
　「아니에요, 후안. 이제 초여름인걸요.」
　「공기가 바뀌었어.」

━━━━━━━━━━━━━━━━━━━━━━━━━━━━━
━━━━━━━━━━━━━━━━━━━━━━━━━━━━━
━━━━━━━ 줄곧 나는 상상하지 않을 수 없었다 ━━
━━━━━ 육욕을 ━━━━━━ 상상할 수조차 없는 ━
━ 상상하며 ━━━━━━━━━━━━━━━━

때로 나는 예수의 외모에 비견되었다 ━━━━━ 똑같이 평온한 표정.
━━━━━━━━━━━━━ 보통 여성성과 연관짓는 섬세함.
━━━━━━━━━━━━━━━━ 예수 같은
━━━━━━━ 나는 왔다 ━━━━━ 팔레스타인에서 ━
━━━━ 묵주로, ━━━━━━━━ 실에 매달린 매듭
여러 개. ━━━━━━━━━━ 나는 그 묵주를 사용해 기도하려
시도했다 ━━━━ 의자에서 ━━━━ 손에는 묵주
━━━━━━━━━━━━━━━ 바깥엔 햇빛, 나무, 꽃,
온기. ━━━━━━━━━━━━━━━━━ 불협화
음이라고는 없이 ━━━━ 마치 평범한 것 너머로 순간 이동한 것처럼. ━
━━━━━━ 기도로 고양되어 ━━━━━━━━
━━━━━━━ 생리적 상대.
━━━━━━━━━━━━━ 평온한 상황
━━━ 내가
━━━━━━━━━ 욕망하되 이해하지 못했던 ━━
━━━━━━━ 《너무나 많은 고충을 겪던 그 끔찍한 시절
━━━━━━ 털어놓을 이 하나 없던 시절. 내가
━━━━ 용기를 잃었을 때 ━━━━━━━━━━
━━━━━━━━━━━━━━━━━━━━━
━━━━━━ 내게 ━━━━━━━━ 온갖 비정
상이 있었을 때 ━━━━━━ 알 수 있었다 ━━━ 《
━━ 갈 수 있었다 ━━━━ 내가 원하는 것 ━━ 》 평온한 상황.
━━━━━━━━━━━━━━━━━━━━━

사례 연구

「들려요? 오늘도 모였어요, 후안. 연극을 하는 사람들이요.」

　「그거 아니? 연극 〈욕망이라는 이름의 전차〉 영화판에 등장한 꽃 파는 멕시코 여자는 멕시코인이 아니라 흑인이었단다. 레즈비언이자 훌륭한 배우였지. 에드나 토머스. 스코틀랜드가 배경인 〈맥베스〉를 아이티 배경으로 바꾸고, 모두 흑인 배우들로만 제작한 공연에서 레이디 맥베스 역을 맡기도 했다. 그 연극은 〈부두 맥베스〉라고 불렸어. 큰 화제가 됐지. 에드나는 잰과 제냐의 지인이기도 했다. 또, 이 연구에 등장하는 변종들 중 하나였고.」

「이젠 말하는 게 피곤하구나. 좀 듣고 싶다.」

「저한테요?」

「너한테서. 디가메.[36] 네 허슬러 시절 이야기 하나 들려다오. 나를 웃겨 줘.」

---

36 Dígame. 스페인어로 〈내게 말해 다오.〉

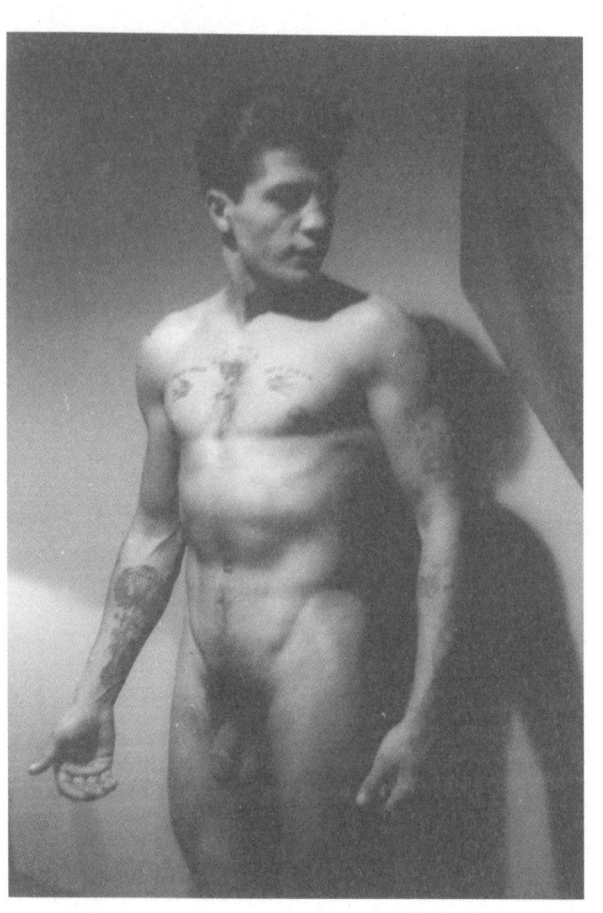

언젠가, 그리 오래되진 않았지만, 아주 먼 곳에서, 나는 한 웹사이트에 〈두루두루 잘하지만 제대로 하는 건 없음〉이라는 제목으로 구직 광고를 올렸다. 청소하고, 세탁소를 다녀오고, 쓰레기 집을 정돈하고, 개 산책시켜 주겠다는 광고였다. 그 광고를 구인 카테고리, 그중에서도 남자를 찾는 남자들을 위한 페이지에 올렸다. 나는 스물다섯 살이었지만 더 어리다고 속여도 쉽게 통했기에 — 뺨이 수염 없이 매끈했다 — 열아홉 살이라고 올렸다. 가을이었던 것, 또 친밀함과 거리감 둘 모두에 대한, 퀴어한 접촉에 대한 참을 수 없는 열망에 시달렸던 게 기억난다. 광고를 올린 가장 큰 이유는 빈털터리가 되어서였지만.

받은 수신함이 넘치는 바람에 넋을 잃고 멍때리며 오후를 흘려보낼 만큼 많은 답장이 도착했다. 대개는 **사진 보내**라는 대문자로 나체 사진을 달라는 간단한 요구였다. 그중에서도 돋보이던 한 응답자가 있었는데, 절제되고 편안한 말투였다. 심부름하고 개 산책시킬 사람이 필요하다고 했다. 주겠다는 시급의 액수가 섹스를 암시했지만, 우리는 조심스럽게, 직설적 화법을 피하며 이메일을 주고받았다. **이젠 널 좀 알 것 같아,** 그는 이렇게 썼다. 머리가 센 50대 초반의 관리 잘한 백인 남자였다. 돈 많은 나르시시스트. 그가 나를 안다기보다는, 세상에 그가 모른다고 생각하는 사람은 아무도 없다는 쪽이 더 정확했을 것이다. (**관리를 잘한다는 건 라즈베리에나 맞는 표현이지 남자한테는 안 어울리는 표현이야, 네네. 그 남자는 꼭 — 드라마 「매드맨」에 나오는 배우가 떠오르긴 하는데 후안은 그 드라마를 전혀 모르죠? 정신 병원이 배경인 드라마냐? 그보다 더해요. 광고 업계거든요.**)

개에 대해 기억나는 것. 그 개는 종일 개장 안에서 지냈다. 매드맨은 재택근무였는데도 말이다. 훈련받지 않은, 파괴적인 개였다. 내가 집으로 들어가는 소리에 미쳐 날뛰었고, 나를 보면 날뛰는 게 더 심해져서 철망 달린 문을 맹렬하게 긁어 댔고, 그 바람에 문을 열기가 더 힘들어진 나머지 개의 고통이 길어질 뿐이었다. 짖지는 않았다. 짖을 수가 없었으니까. 짖을 수 없도록 개량되었지만, 짖음이 그 개 안에 살고 있다는 것은 그 녀석의 얼굴에서, 녀석이 입을 열고 성대를 떠는 동작에서 읽을 수 있었다. 불그스레한 옅은 갈색에 가슴이 저밀 정도로 잘생긴 그 개는 건강하고 비싸 보였다. 바센지.[37] 가식적일 정도로 상냥하면서도 미심쩍어하는 것 같던 검은 눈, 눈썹을 팔자로 만들면 이마 한가운데 뾰족 솟은 주름이 생기던 것이 기억난다. 집에 있을 때 개는 소리 없이 애원하는 그 표정을 줄곧 띠고 있었지만, 우리 둘만 있을 때면 개의 얼굴엔 그늘이

---

37 Basenji. 낑낑거리는 소리만 내도록 개량된 소형 사냥개의 한 품종.

스쳤고, 성이 나서 이목구비가 사나워졌다. 날 물려고 덤빈 적도 여러 번이다.

처음에는 개가 개장에서 지내는 게 충격적이어서 그 녀석의 신경증이 놀랍지도 않았지만, 몇 주가 지나니 연민의 정도 사그라졌다. 하루는 매드맨이 내게 현금 6백 달러를 주며 근처에서 가죽 재킷을 사 오라고 시켰다. 개가 입을 가죽 재킷 말이다. 매드맨이 사는 곳은 웨스트빌리지였으니 말도 안 되는 일도, 불가능한 일도 아니었다. 내 월세가 44달러였다. 브루클린에서 힙하지 않은 동네의 어느 거실에 놓인 침대 하나를 쓰는 대가였다. 혼자 쓰는 방이 아니라, 다 같이 쓰는 거실 한쪽 구석, 차단막 뒤에 처박힌 침대 하나. 개를 데리고 개 옷 가게에 가는 사이 매드맨에게 느낀 분노는 개한테로 옮아갔다. 그러다 보니 무슨 수로든 개를 없애고 돈을 들고 튀는 상상을 하고 있었다. 우리 둘 다 매드맨을 주인으로 섬기며 바닥을 구르는 신세였으니 연대감을 느껴야 마땅했으리라. 그러나 그 대신 나는 개의 작고 완벽한 재킷을 질투했다.

그 일을 그만두고 제대로 된 직업을 구하는 걸 고려했다. 부엌 식탁에 노트북을 펼치고 앉아 있는 가운데 친구들이 내 이력서 경력란에다가 〈암캐 짓을 했음〉이라 적으라고 농담했던 게 기억난다. 햇빛이 드는 건 부엌뿐이어서, 우리는 식탁 앞에 다닥다닥 모여 앉고, 몇몇은 싱크대 위에 앉아서, 개똥 같은 와인을 마셨다. 터프한 여자들과 퀴어들로 이루어진 내 친구들은 각자의 직업에는 맞지 않게 너무 예민하거나 너무 창의적이었다. 마치 내가 아는 모든 사람, 그 시절 어울리던 모든 사람이 돈 때문에 각자의 매드맨에게 굴종하는 것이나 다름없었다. 우리는 그 부엌 안에 다닥다닥 모여 앉아서 서로가 고비를 넘어가게 돕겠다며 어두운 유머를 구사하고 조언을 외쳐 댔다. 우린 모든 것을 씹어 댔다. 여기서 요령은 수치심에, 아니, 더 나쁘게는 정적에 빠지지 않는 것이었다.

내가 노스탤지어에 잠긴다면 그 위태롭던 시절에 행복했기 때문이 아니다. 그러나 나는 우리가 가진 기지(機智)에 깊이 감동하며 지냈다. 배경에 자리하는 부자 부모 없이, 우리는 서로가 가라앉지 않도록 지켜 주었다. 흥청망청 술을 마셨고, 누군가 물속으로 고꾸라져 들어가면 나머지가 쫓아가 도와주고, 상황이 가볍게 느껴질 때까지 조롱하고, 수면 위로 나올 때까지 놀려 댔다. 우리는 늘 돈이 생기기를 기다렸다. 마치 한 가닥 햇살처럼 돈이 쏟아지기라도 할 것처럼. 우리는 기다렸고, 기다리는 내내 시끌벅적했다.

난 매드맨이 그 개를 버렸을 거라는 직감이 든다. 버렸거나, 드디어 죽였거나. 어쨌거나 개는 이제 늙었을 테고, 아니면 죽었을 것이다. 그러나 나는 그 개가 아직도 거실을 씹어 발기고, 개장 밖으로 나오려고 몸을 부딪치는 상상을 종종 한다. 다만 상상 속 개는 목소리를 낼 수 있어 캉캉 짖기도 하고 우우 울기도 하는데, 그것은 일종의 음악이어서 온 동네 사람들이 그 녀석의 좌절감을 듣고 이해하는 거다. 개의 노래는 캠피하면서도 블루스를 닮은, 암캐로 사는 것은 부끄럽지 않지만, 그렇다면 적어도 짖을 줄 아는 암캐가 되고 싶다는 비가(悲歌)다.

「노스탤지어를 익숙한 거리로 돌아가자 익숙한 지형이 함부로 바뀌어 버린 걸 깨닫는 것에 비유한 이가 누구더라? **반쯤은 진짜이고, 반쯤은 잠든 정신의 재배열이니……**. 이 비슷한 말이었는데. 이 구절을 처음 읽었을 땐 경고처럼 느껴지더구나 — 그곳, 잘못 기억한 과거, 탈출하는 법이 기억나지 않는, 반쯤은 꿈인 그 구역으로 또다시 돌아가 길을 잃지 말라는 경고. 안 그러니, 니뇨?」

「하지만 후안을 웃게 해드렸잖아요.」

「조그만 가죽 재킷을 걸친 개라. 그 녀석이 꼬마 폭주족처럼 선글라스까지 끼고 있는 모습이 마음의 눈으로 보이는 것 같아.」

이제는 세상 어디에도

    진실을 제외하면 선한 것이 없도다, 그러나 이건, 뭔가 다른 것.

    선하다 증명되었으나, 진실처럼 보이지 않는 이것은 무엇일까?

어느 밤, 후안은 로버트 브라우닝의 서사시 줄거리를 들려주었다. 브라우닝은 1860년 피렌체의 어느 길거리 노점상에서 〈오래된 네모난 노란 책〉을 한 권 샀다. 그는 책에 담긴 이야기에 사로잡혔다. 2백 년 가까이 된 그 책은 1690년대를 떠들썩하게 했던 어느 재판에 관한 온갖 자료 — 소책자, 법적 서류, 개인 서신 — 를 모아 둔 자료집에 가까웠다. 재판받은 자는 어느 하급 귀족으로, 열세 살 소녀에 불과한 그의 아내가 사제의 꼬임에 넘어갔다. 오쟁이 진 남편은 질투와 수치심에 사로잡혀 어린 아내뿐 아니라 아내의 온 가족을 살해했다. 그는 체포되어 재판받은 뒤 참수를 당했다. 재판은 그가 살인을 저질렀는지 아닌지에 대한 것이 아니라, 남편인 그에게 부정을 저지른 아내와 그 〈공범들〉을 살해할 권리가 있느냐 없느냐를 다투는 것이었다.

우리의 프로젝트, 후안이 내게 물려주고자 한 과업은 그 재판의 상세 내용과는 무관했다. **이 이야기를 머릿속에 새겨 놓겠다는 생각은 하지 않아도 된다, 네네.** 후안이 브라우닝 이야기를 꺼낸 것은 그 시인이 작문이라는 행위에 어울리는 의문들을 제기했기 때문이었다. 브라우닝은 단순히 그 사건 이야기를 들려주는 것을 넘어, 과거와 현재, 예술과 사실,

재료와 기술에 관해 명상한다. 브라우닝은 자신이 찾아낸, 오래된 노란 책을 황금에, 자신을 금 세공업자에 비유한다. 사실이라는 순수한 경물질을 상상력이라는 합금으로 세공하노라고.

내가 진실과 뒤섞은 이것, 나의 움직임들
　　비활성인 것에 활기를 불어넣어 세공한다
　　오, 이 금은 내 것이 아니다 — 당신이라면 뭐라 이름 붙이겠는가?

당신이라면 어떤 이름을 붙이겠는가?

내가 이해한 대로라면, 후안이 합금하고자 한 이야기는 세 가지였다. (1) 어둠 속에서, 그를 즐겁게 해주려고, 조각조각 이야기했던, 내가 팰리스에 가게 된 이야기 — 그의 표현대로라면 내 허슬러 시절 이야기. 이 이야기가 그를 살아 있게 하고, 내 곁, 이 방 안에 머물러 있게 한다는 나의 과대망상적 환상 때문에, 나도 모르게 결코 마지막 문장에 다다를 수 없도록 한없이 길게 이어 간 이야기. (2) 후안 자신이 죽고 난 뒤 전하라고 억지로 약속을 받아 낸,『성적 변종들』연구에 관한 이야기, 잰 게이의 이야기. (**그러나 약속해 주렴, 네네. 뒤틀고, 거짓말하고, 지어내서 비활성인 것을 세공하겠다고. 약속할게요, 후안.**) (3) 끝의 이야기, 후안 자신의 이야기, 물론 그는 영영 인정하지 않았을 테지만.

3
동족
THE KINSHIP

때로는 위협적이고, 때로는 매혹적인 법안이 제기하는 의문은
수수께끼로 바뀐다.

— 퍼트리샤 게로비치,
『푸에르토리칸 신드롬 *The Puerto Rican Syndrome*』

안틸레스 사령부의 정신 병리학적 반응 패턴

마우리치오 루비오 소령, 미국 육군 예비군 소속 군의관.

마리오 우르다네타 대위, 미국 육군 예비군 소속 의무 지원 참모단.

존 L. 도일 중위, 미국 육군 예비군 소속 군의관.

안틸레스 사령부 소속 도서 지역 (푸에르토리코) 인원 중 명확한 성격 장애를 지닌 병사들에게서 경미한 스트레스가 유발하는 뚜렷한 정신 병리학적 반응 패턴들이 관찰되었다. 이러한 행동 장애는 조현병이나 뇌전증과 같은 더욱 심각한 상태와 임상적으로 유사하므로 의료적 조치 및 행정적 처리에 문제를 야기한다.

어느 밤, 후안은 우리 같은 사람들이 강제로 시설에
수용되었던 일을 가리키며 미국 의학의 어두운 정신사라고
표현했다. 1974년까지 미국 심리학회는 후안이
비블리아로카[38]라고 표현한 『정신 질환 진단 및 통계 편람』에
동성애를 포함했다. 퀴어인 것은 미친 게 분명했으며 치료
대상이었다. 1974년 편람에서 동성애를 제외한 조치는 정신
의학계의 거센 반발에 부딪혔고, 6년 뒤 1980년에는 **자아
이질적 동성애**라는 새로운 진단명이 등장해 비블리아로카
제3판에 실렸다고 했다. 이 진단명은 일종의 타협이자,
〈비정상적〉 섹슈얼리티를 질병으로 정의해야 한다는 주장을
꺾지 않는 대다수의 심리학자에게 내민 올리브나무 가지였던
셈이다.

「그 정의는 다음과 같다, 네네 — 준비됐니?」
　「쪽지 시험을 볼 건가요? 필기라도 할까요?」
　「언제든 내 말을 멈춰도 좋아.」
　「잠깐만요, 장난도 치면 안 되나요?」
　「돼. 그냥 들어도 되고.」
　「젠장, 후안, 그럼 말해 보세요…….」

　38　biblia loca. 스페인어로 〈미친 성경.〉

「자아 이질적 동성애의 정의는 둘로 나눠진다. 첫째, **환자에게 이성애적 성적 흥분이 지속적으로 결여되어 있어, 원하는 이성애 관계의 초기 반응이나 유지에 방해가 된다.** 둘째, **원치 않는 동성애적 성적 흥분이 지속적으로 나타나며, 이로 인한 고통이 지속된다.** 교묘하지? 예컨대, 그 어떤 어른한테서도 동성애에 관해 긍정적인, 심지어 중립적인 말도 들어 본 적 없는데, 그럼에도 농담, 질문, 적대적 비난의 형태로 여러 번 경험했다면, 사내답지 못하다는 소리를 듣는, 그러니까 과거의 너와 비슷한 소년이 자신의 욕망을 욕망하기란 참으로 어렵지 않겠어? 게다가 그 욕망을 가진다는 건 정신 장애를 가졌다는 뜻, 변태라는 뜻이니까. 나중에는 그 진단명 역시 사라졌지만, 비정상적 섹슈얼리티를 정신 질환과 연관 짓는 시선은 사라지지 않았지. 복음 전파에 열 올리는 이들뿐 아니라, 정신 의학계 내에서도 보수적인 이들도 마찬가지였다. 특히 그 시절, 우리가 갇혀 있던 그곳, 그 벤치에서는……」

「그렇죠. 역사적인 사실까지 자세히 알지는 못하지만, 대강의 윤곽은 알아요. 저도 그걸 버텨 냈잖아요. 당신과 함께. 그 모든 게 제 눈에는 약간……」

「**현학적이다**, 그렇게 말하려고 했겠지.」

「불만 있으세요?」

「네네, 넌 언제부터 네가 미쳤다고 믿었니?」

「아닌가요?」

「그곳에서 약을 꾸역꾸역 삼켰을 때, 넌 대체 무슨 짓을 하고 있다고 생각했어?」

「그래서 후안의 마음이 다쳤나요? 언제나 그게 궁금했어요.」

「네가 다치게 하려던 건 **내** 마음이 아니야. 어쨌든, 현학적인 말을 해서 미안하지만, 잠깐 다시 그 미친 성경 이야기로 돌아가 보자꾸나. 편람을 쭉 읽다 보면 1950년대 군의관들이 집어넣은 또 다른 진단이 나오지. 내가 정신 병원에 갔을 때 처음 진단받은 질환이었어. 푸에르토리칸 신드롬이다.」

「그게 그 책에 나온다고요? 세상에 그런 병은 없어요.」

「내가 살아 숨 쉬는 한 있을 수 없는 일이지.」

「당신이 죽어 숨 쉬는 한에서도요.」

「짓궂은 녀석.」

「못 믿겠어요. 어떻게 푸에르토리코인인 게 증후군이 돼요?」

「네가 자주 쓰는 그 저속한 표현이 뭐였더라…….」

「말이 안 되잖아요, 후안.」

「**……똥 싸고 있네!**」

반응 패턴

가장 뚜렷한 반응 패턴은 의식이 부분적으로 소실되는 상태가 그 특징이며, 경련성 움직임, 과호흡, 신음과 울부짖음, 다량의 타액 분비, 그리고 자신 또는 타인에 대한 물기, 할퀴기, 때리기 형태의 공격이 빈번히 동반된다. 또한 갑작스럽게 시작되고 끝나는 것이 특징이다. 드물게는 완전한 이완 상태가 나타나기도 한다. 지속 시간은 몇 분간의 단발성 발작에서 몇 시간 지속되는 발작 형태, 또는 이틀까지 이어지는 이완형까지 다양하다. 삽화가 일으킨 주변의 즉각적 반응이 지속 시간에 직접적 영향을 미치는 것으로 보인다. 즉, 이차적 이득이 클수록 더 오래 지속된다. 발작은 매우 극적이고, 중대 내에서나 자택에서 발생하는 경우 주변 사람에게 큰 경계와 혼란을 유발하고, 때로는 스트레스 요인이 즉각 제거되기도 한다. 이 발작에는 상당한 관심이 뒤따르고, 환자에게 특혜가 주어지게 되며, 환자를 병원으로 이송해 시원하고 어두운 병실에 격리하면 대개 수 분 내로 증상이 가라앉는다.

로드리게스 군 병원, 뉴욕주 뉴욕시 APO 851.

후안이 어렸을 때, 세상은 경이로운 것들을 머금은 채
나직하게 웅얼거렸고, 그는 세상의 경이에 사로잡혔다. 물잔
속을 통과하는 햇빛 줄기들을 한참이나 들여다보며 그는
어떻게 햇빛이 자신의 작은 유리잔 속에서 번득이고 또
반짝이는지 이해하려 애썼다. (**빛이 반짝이고, 또 춤춘다고
생각하면 놀랍지 않니, 네네? 누구를 위해 하는 일일까?**)
유리창에 번진, 특정한 각도에서만 보이는 손바닥 자국에도
사로잡혔다 — 이런 사소한 것들을 바라보며 후안은 숨은
세계, 드러난 세계를 생각했다. 그 시작은 언제나 이해하고자
하는 강렬한 욕구였지만, 금세 이해가 다다를 수 없는 곳,
언어로는 닿을 수 없는 곳으로 가버렸다. 마치 그는 몹시 느린
속도로 펼쳐지는 끔찍한 행동을 목격한 듯이, 입을 느릿하게
벌리며 눈을 떼지 못했다.

후안의 누이 중 둘, 형제 중 하나, 그리고 고모 하나는
간헐적으로 급작한 발작, 즉 아타케[39]에 빠졌다. 그리 보기
드문 일은 아니었다. 바닥에서 몸을 뒤틀고, 이를 갈고, 침
흘리고, 목구멍 안쪽에서 작은 신음을 토해 내도 후안은 그저
바라보기만 했다. 어린 후안은 어느 순간 아타케의 근본적인

---

39 ataque. 스페인어로 〈발작.〉

이유에 관한 순전히 감각적인 가설을 하나 만들어 냈는데, 그 가설은 어른이 된 지금까지도 말로 표현할 수가 없다.

「파피의 손마디를 뒤덮은 거미 다리와 닮은 검은 털……. 뺨을 후려치던 손의 회전력……. 마미, 울부짖음, 전기, 마스카라…… 끊임없이 되풀이되던 짤막한 동요 한 소절, 〈아로스 콘 레체, 세 케레 카사르〉…….[40] 신체적 차이가 빚어낸 모든 사소한 충격과 잔여들…… 나, 누이들, 형, 어머니의 뼈밖에 없는 몸속에 강제로 욱여넣어진 낯섦, 감각할 수 있는 괴팍함…… 피부 아래 갇혀 있다가, 어느 날 파열되어 튀어나오고 게거품을 일으켜도 놀랍지 않은……. 그리고 네네, 지금도 내 입에서 쏟아져 나오는 말들은 형언할 수 없는 중심으로부터 너무나 먼 동시에 너무나 가깝고, 때문에 놀라운 동시에 또 실망스러워.」

---

40 arroz con leche, se quiere casar. 〈우유 넣은 쌀 푸딩이 결혼하고 싶대요.〉라는 뜻으로, 스페인어 전통 동요의 한 구절.

큰누나가 처음으로 격렬한 발작을 일으켰을 때 후안은 그 자리에서 장면을 목격했다. 그는 가만히 있었다. 둘은 그래 봤자 멋대로 날뛰는 어린애들이었고, 특히 아버지가 보지 않는 곳에서는 더했기에, 그로테스크한 몸부림이야말로 그들의 특기였다. 후안은 누이들이 함께 쓰는 방바닥에 널브러져 경련하던 누나의 모습을, 콘페티처럼 드문드문 색깔 있는 천을 엮어 손으로 짠 어두운 러그를 기억했다. 그가 가족을 불렀는지, 그래서 가족들이 왔는지, 어쩌다가 부모님 둘 다 집에 있었는지는 기억나지 않지만, 두 분의 반응은 기억했다. 모든 것을 이해한다는 듯 차분하던 아버지의 눈빛, 문득 심각해진 어머니, 평소 상태가 완전히 역전되고 말았던 것. 그날 후안에게 줄곧 충격으로 다가왔던 건 발작 자체가 아니라 ― 온갖 에로틱한 혼돈, 전율하는 에너지, 그들의 집이 품은 과잉된 분위기, 어린 시절 그 자체를 생각하면 누나가 온몸을 뒤트는 광기에 굴복하는 게 이상하지 않았다 ― 아버지가 이토록 지독할 만큼 차분하게 마음 쓸 수 있다는 사실, 어머니가 그토록 심각하게 집중할 수 있다는 사실이었다. 후안은 언제나 두 분이 각각 그만큼의 관심을 기울여 아이들을 대하기를 바랐으나, 이제 그 관심을 얻기 위해 치러야 하는 대가가 무엇인지 분명해졌다.

「물론 그 모든 건 말과는 거리가 먼, 일종의 감각적 언어로서 이해했단다 — 어머니의 눈가 피부, 부드럽게 버티던 아버지의 자세, 나아가 설명할 수 없는 어떤 냄새. 양육의 페로몬이 변화했던 거야.」

이러한 삽화성 발작은 극적이며, 특히 환자가 다른 문화와 언어의 관점에서 관찰될 때, 보다 심각한 정신 질환으로 혼동된다. 그러나 스트레스 요인이 제거되면, 과도하게 의존적이고 감정적으로 불안정한 기본 성격이 드러난다. 삽화들 사이의 시기에 신경증적 증상은 전혀 나타나지 않는다. 이런 성격 장애 환자들을 재활하려는 노력은 이들의 극단적 의존 욕구와 질병으로 인해 얻는 이차적 이득으로 인해 저해된다.

「그건 그렇고, 내 질문에 대답하렴. 약을 먹었을 때, 대체 어쩔 작정이었지?」

「몰라요. 자살?」

「말도 안 되는 소리 집어치워. 발견될 걸 알고 있었잖아.」

「그래요, 후안 말이 맞아요. 알고 있었어요.」

「그러니 의식의 표면 아래, 네 정신을 지나가던 그 생각을 기억해 보렴. 눈을 감아. 깊은 곳, 상징계에서 너를 추동한 게 무엇이었는지.」

「결연한 기분이었던 것, 몹시 차분했던 게 기억나요……. 알약을 삼키고 또 삼키는 게 물리적으로 생각보다도 어렵다고 느꼈던 것도……. 목구멍이 막히며 캑캑거린 게, 그때 제가 낸 소리가 헤어볼을 토해 내는 고양이 같았던 것도……. 이 과정을 빠르게 해치울 수 있으면 좋겠다고 생각했던 게 기억나요……. 어수선한 침대 옆, 바닥에 무릎을 꿇고 알약들을 매트리스 위에 늘어놓았어요……. 꼭 자기 전에 기도하는 기분이 들었다는 것도 기억나요. 할머니 집에서 자고 올 때면 억지로 그렇게 해야 했었거든요……. 전 어릴 때도 약 먹는 게 싫었어요. 질식할까 봐 무서웠거든요. 그런데 아직도 알약을 넘기는 게 어려워요……. 음, 부끄러웠죠……. 그렇게 생각했던 것, 또 샤워하는 것 역시 마찬가지라고 생각했던 게 기억나요……. 전 샤워하는 게 무서웠어요……. 될 수 있는 한 씻는 걸 피했지만, 그곳에서 그들은 절 억지로 샤워 부스 안에 집어넣고 제 모습을 봤어요……. 물에 대한 두려움은, 씻을 때마다 겁에 질렸던 어린 시절의 연장이라는 걸…… 그 유치한 저항감이 10대가 될 때까지도 이어진 거라고 생각했던 게 기억나요. 이젠 다 컸으니 극복해야 마땅했고 때로는 그런 척했지만, 속으로는, 여전히 병적 두려움의 흔적에 지배당하고 있었던 거예요.」

「빠르게 해치우고 싶다라. 그래서 약을 한꺼번에 삼킨 거니?」

「무슨 뜻이에요?」

「글쎄, 넌 약의 쓸모가 뭐라고 생각했지? 치료?」

「아니에요, 후안. 그렇게 생각했던 건 결코 아니에요. 아마 그 약을 먹으면 어떤 어두운 의식을 완전히 절멸할 수 있을 거라 믿었나 봐요. 불편한 세상을 살아가기가 더 쉬워질 거라고요.」

「놓여나고 싶다는 욕망의 욕망으로부터 놓여나겠다고.」

「우리, 당신과 제가 똑같다는 말씀인가요?」

「아니야, 네네. 너와 나보다 더 큰 어떤 닮은꼴을 말한다는 생각이다.」

「하지만 후안은 세상에 푸에르토리칸 신드롬 같은 게 존재한다고 믿지는 않잖아요?」

「당연히 안 믿지. 하지만 그 신드롬으로 설명되는 게 있지 않니? 또, 그런 진단명들, 그런 연구라든지 병리학적 서술이 등장한 게 언제인지를 살펴보는 것 역시 중요해. 예를 들면 『성적 변종들』은 1935년 뉴욕에서 시작한 연구다. 훗날 〈팬지 열풍〉[41]이라는 이름으로 불리게 된, 1920년대 초반에서 1930년대 초반까지 이어진 현상이 막 끝나갈 시점이었지. 글래디스 벤틀리, 진 말린 같은 인물들, 드래그 퍼포먼스, 크로스드레싱, 할렘의 언더그라운드 신 같은 것이 유행하던 시기였어……. 이성애 문화가 우리 문화에 관심을 보이기 시작했고, 순식간에 가시화됐으니 당연히 백래시가 뒤따랐지. 지금 당장 경찰관이 이 방에 들어온다 치자. 그 조그만 팬티 하나만 입은 네가 약해 빠진 내 옆에 누워 있는 모습을 보자마자, 경찰관의 눈에는 범죄가 보였을 거다.」

「무슨 범죄요?」

「불법 동거. 넌 허가 없이 몰래 들어온 거잖니. 또, 기자가 들어온다면 그 사람 눈에는 기삿거리, 스캔들이 보일 거다. 만약 의사가 들어왔다면 질병이 보였겠지. 내 몸이 가진 병뿐 아니라, 네 머리에 든 병.」

「범죄화, 낙인, 병리화. 학생이라면 배울 게 보였겠군요.」

「네네, 방금 그 말 웃겼다. 자, 1950년대와 함께 일종의 푸에르토리코인 열풍이 불었어. 비행기로 이동하기 편리해지면서, 이민의 양상은 완전히 바뀌었고 특히 뉴욕으로

---

41 Pansy Craze. 뉴욕의 그리니치빌리지와 할렘 지역을 중심으로 퀴어 가시성이 높아지며 특히 드래그 퀸 공연의 인기가 높아졌던 현상.

이민을 가기 쉬워졌지. 특히 푸에르토리코인들이 점점 더 가시화되며 경찰의, 기자의, 의사의 눈길을 끌게 됐다. 그들의 눈에 무엇이 보였을까? 푸에르토리칸 신드롬이라는 특수한 진단을 처음 내린 게 군의관이라는 것도 놀랍지 않지. 왜냐하면 다른 흐름도 있었으니까. 특히 군대에서는 보린케니어스[42]와 관련해서⋯⋯ 그리고 더 넓게는 기나긴 식민 구조 전반에서⋯⋯. 그러나 네 표현대로 이런 배움은 나중으로 미루도록 하자꾸나⋯⋯. 중요한 건, 어떤 문화건 압도적인 감정, 공황 발작, 신경 쇠약, 아타케 데 네르비오스[43]같은 것을 표현하는 코드화된 방식이 존재하고, 그것들은 전부 서로 연결되어 있다는 거야. 정신적으로 붕괴할 때조차 문화적 코드들이 존재한다. 비록 신경 쇠약을 수용할 수는 없더라도, 판독할 수는 있게 만드는 행동들 말이다. 너도 **히스테리아**라는 용어의 역사는 당연히 알겠지?」

「대강은 알죠. 그런데, 아까 푸에르토리칸 신드롬으로 무언가를 설명할 수 **있다고** 하셨죠? 그게 뭐예요?」

「점점 늘어나는 푸에르토리코인의 존재감에 대한 히스테리 반응이지. 히스패닉 패닉이라고 불러도 좋고.」

「백인 신드롬?」

「식민주의자 신드롬이지. 그것이 푸에르토리코인들에게

---

42 Borinquenerrs. 한국 전쟁에 참여했던 푸에르토리코 장병들로 이루어진 미군 제65 보병 연대의 별칭.

43 attaque de nervios. 스페인어로 〈신경 쇠약 발작.〉

투사되어, 그들이 공격받은 거야. 그게 첫째라면, 둘째는 엄청난 압박을 받으며 사는 사람들은 실제로 이따금 정신적 붕괴를 겪지 않니?」

「맞아요. 우린 그렇죠.」

「그도 그럴 게, 그렇지 않다면 우리가 서로를 무슨 수로 알아보겠어?」

거짓 자살 시도는 이런 남성 중 일부에게서 나타나는 네 번째 임상 양상이다. 손목, 팔뚝, 흉부의 전면에 면도날, 만년필, 핀으로 살짝 낸 얕은 자상이 자해의 가장 흔한 수단이다. 쥐약이나 소독약을 음료에 섞어 마시는 것과 목매는 시도 역시 빈번히 나타난다. 이 모든 시도는 극적인 형태로, 행위를 쉽게 중단할 수 있는 여러 사람이 있는 곳에서 이루어진다. 시도 중 다수가 외출 허가를 받았을 때 자택에서 발생하며, 환자는 가족에게 자신의 의도를 과장된 어조로 선언한다.

「내 아버지는 이런 발작, 즉 아타케가 영적 현상이라 여겼지. 미겔 삼촌이 가장 심했지만, 다른 고모나 삼촌들 대다수도 경련을 경험하며 고함지르고, 몸부림치며, 떨고, 숨 가빠하고, 의식을 잃었어. 파피의 눈에, 아타케는 두고 봐도 될 정도로 흔한 일이었다. **애를 좀 내버려두자고.** 확실한 건, 아버지는 발작이 사람을 쇠약하게 만드는 게 아니라고, 나아가 꼭 필요한 카타르시스일 수도 있다고 여겼다는 거야. 조부모님은 열렬한 강신술사였고, 아버지는 자신이 더 현대적이며 이성적이라고 믿었고, 또 어지간한 민간 신앙은 거들떠보지 않았지만, 우리가 영과 세상을 나눠 쓰고 있다는 사실에는 결코 의문을 제기하지 않았지. 불멸의 영혼이 존재한다는 사실에도 마찬가지였고.」

「후안은요? 당신도 그런 걸 다 믿어요?」

「어머니는 영들도 우리만큼 막막한 존재라고 말씀하시고는 했지. 어쩌다 보니 유령이 된 존재도 있다고 믿으셨다. 저세상으로 건너가는 데 도움이 필요한데, 자신에게 뭐가 필요한지, 어떻게 미련을 떨칠지, 심지어 어떻게 도움을 청해야 할지도 모르는 유령이 우리 집을 찾아올 수도 있다고.」

「제가 여길 찾아온 것처럼요?」

「그렇게 생각한다면야 그렇지, 네네. 중요한 건, 어머니와 아버지 모두 무엇에 씐다는 현상을 믿지 않았다는 거야. 내가 뭐에 씌었는진 지금도 설명할 길 없지만, 그 상태가 삶에서 백인을 대할 때 쓸모 있었던 적이 두 번이나 있었다. 한 번은 내가 스무 살 즈음, 우리 가족이 일자리 때문에 할렘을 떠나 다른 데도 아닌 시러큐스까지 가서 살게 된 지도 한참 되었을 무렵, 아타케는 멍한 증상을 넘어 극심한 전신 발작까지 악화했어. 발작 때문에 군 복무도 그만둬야 했는데, 결국 나는 군대 대신 정신 병원에 들어가게 됐지 — 진단상으로도, 증후군으로서도, 푸에르토리코인이었으므로. 그러니까 솔직히 난 그것도 영을 믿는 것에 들어가는지 아닌지 잘 모르겠구나.」

「절대 아니죠. 다른 한 번은 언제였어요?」

「어릴 때였어. 집 밖으로 나와 어정거리다가 길을 잃고 말았지. 산투르세[44]에 살 때였는데, 집에 식구들이 잔뜩 있었는데도 눈을 피해 집을 몰래 빠져나와 시장 쪽으로 걸어갔다. 이제 생각하면 멀리 가지도 못했을 텐데, 그때의 나는 공황에 빠져 머릿속이 새하얘질 만큼 겁에 질렸지. 나는 꽃 파는 수레 언저리 길가에 서서 그저 멍청하게 꽃을 꽂아 놓은 조그만 양동이만 바라보고 있었어. 극락조라고 기억하지만, 기억은 속임수를 부리는 법이지. 실제로는 카네이션이라든지 다른 꽃이었을지도 몰라.」

---

44 Santurce. 푸에르토리코의 수도 산후안에 속한 한 지구.

「반쯤은 현실이고, 반쯤은 잠든 정신 한 다발이네요.」
「귀엽기도 하지.」
「어떻게 됐어요?」
「발견됐어. 날 발견한 건 제냐였다. 기억나지 않지만, 나중에 제냐가 말하길 나는 꼼짝하지 않고 가만히 선 채 양동이 속 꽃을 바라보면서 눈물만 줄줄 흘리고 있었다고 했지. 나를 둘러싼 세상이 징징 울렸어. 내 주변에선 상인들이 물건을 팔러 다녔고, 여자들이 끊임없이 오고 가며 서로 인사를 나누느라 고함쳤지. 그때 장을 보러 나왔던 제냐는 내가 — 자기가 어렸을 때처럼 — 이 세상의 아름다움과 혼돈에 감동받고 황홀해져 일종의 신비주의적 마비 상태에 빠진 게 아닌가 생각했었대. 그러다가 내가 꼼짝하지 않고 있는 모습이 우울하고, 으스스하고, 좀비 같다는 데 생각이 미쳤고, 다가와 내 앞에 쪼그리고 앉아 내 정신이 돌아오길 기다렸던 거야. 그러더니 외국인이 쓰는 어색한 스페인어로 말을 걸었어. **길을 잃었구나, 그렇지?**」

제냐는 그때, 어린이 책 삽화가였다. 벽에 붙은 후안 그림을 그린 사람이 바로 그다. 그날 시장에서 처음 만난 뒤, 후안은 제냐에게 그림 모델 노릇을 해주었다. 제냐와 잰은 산후안 구시가지의 콜로니얼[45] 주택에서 함께 살았다. 여러 가구로 나뉜 이 주택에는 공유 정원이 있었는데, 소박한 정원이었지만 그 시절 후안의 눈에는 웅장했다. 식물 화분, 석조 분수, 커다란 고리버들 의자. 후안이 그 의자에 올라가 가만히 앉아 있으면 제냐는 그의 표정을 그림으로 그렸다.

「후안이 그분의 뮤즈였던 건가요?」

「어린아이가 어른 여성의 뮤즈가 될 수 있다면, 그렇지.」

「그 고리버들 의자는 어떤 거였어요? 생김새가 기억나세요?」

「커다랬고, 앉는 부분에 푹신한 쿠션이 있었지. 등받이는 아래쪽이 넓고 위로 갈수록 뾰족해지는 눈물방울 모양이었어. 하지만 네네, 의자에 집착하는 건 네가 가진 이상한 페티시란다.」

「제냐와 잰은 어떤 사람들이었어요?」

45 유럽 식민지 지역에서 나타난 건축 양식. 대칭적이고 직사각형이며, 널찍한 것이 특징이다.

「외계인 같으면서도 너무나 친숙했지. 나는 어린 소년들이 가진 자연스러운 나약함에 대한 참을성이 빠른 속도로 사그라지는 나이대에 접어들고 있었단다. 온 마을이 결탁해서 내 행동거지를 교정하러 드는 것만 같았어. 가까운 가족이며, 먼 친척은 물론, 식품점 주인, 교장 선생님까지, 모두가 내가 남자라고, 그러니까 남자답게 행동해야 한다며, 어떻게 걸어야 하고, 말해야 하고, 놀아야 하는지, 어떻게 걸으면 안 되고, 말하면 안 되고, 놀면 안 되는지 잔소리해 댔지. 그렇다고 날 괴롭히려 든 건 아니었고, 잔인해서도 아니었고, 그저 사실을 말한다는 식으로 말이야. 하지만 제냐와 잰이라는, 외계에서 온 두 세뇨라는 내 부드러운 말투와 수줍은 태도를 참 좋아했지. 물론 대놓고 그렇게 말한 적은 없지만. 그걸 내가 어떻게 알았는지는 모르겠다. 그들의 너그러움이 가진 따스한 온기 속에서 전해진, 말로 표현된 적 없는 앎이었을 테지.」

Zhenya Gay with the original "Manuelito",

제냐 게이와 실제 〈마누엘리토〉.

그 시절 후안은 그가 만들어 낸, 보는 이 없이 안전한 자신만의
세계에서 혼자 놀면서 발뒤꿈치로 걷는 습관이 생겼다.
허공을 향해 발가락 끝을 뾰족하게 세우고, 양팔을 쫙 펴 양손
손가락도 벌린 채로. 그는 혼자 노래를 흥얼거리기도 했다.
앞뒤가 맞지 않지만 마음을 달래 주는 가사를 가진 노래였다.

어느 날, 부엌에 갔더니 제냐가 후안의 꿈결 같은
걸음걸이를, 혀짤배기 어린아이의 목소리를 흉내 내고
있었고, 잰이 — 평소 그리 명랑한 편이 아닌데도 — 떡갈나무
식탁 앞에 홀로 관객처럼 앉아 눈물 나도록 웃어 대고 있었다.
후안을 본 순간 잰은 얼른 팔을 뻗어 제냐를 가리킨 뒤 눈썹을
추켜세워 보였다. 마치 **이거 좀 봐, 완전 똑같지?** 말하는
것처럼.

후안은 자신이 놀림당하고 있는 건지 아닌 건지 몰라
당황한 채 그대로 문간에서 발을 떼지 못했는데, 그때 잰이
식탁을 손으로 탕 치더니 의자를 뒤로 밀며 일어났다.
그러더니 자신 역시 후안의 걸음걸이를 흉내 내기 시작했다.
후안은 수줍음이 많아서 함께할 수는 없었지만, 두 사람이
함께 즐기는 모습이, 그리고 그들의 유쾌함 속에서 비쳐
보이는 자신의 모습이, 자신의 움직임이 좋았다.

둘은 후안을 열대 우림으로 데려갔다. 제냐는 앵무새와 종려나무를 그리고, 땅에 주저앉아 길 양옆 그늘에 엎드려 있는 두꺼비들을 그렸다. 후안은 제냐의 등 뒤, 어깨 너머에서 그림이 살아 숨 쉬기 시작하는 모습을 넋을 잃고 바라보았다. 작은 두꺼비 중 하나가 특히나 더 참을성 있게, 고귀하게, 조그만 턱을 치켜들고 두꺼비 특유의 동작으로 목 거죽을 오르락내리락하며 포즈를 취하고 있었다. 후안은 다음번에 고리버들 의자에 앉을 땐 더 열심히 포즈를 취하겠다고 생각했다. 가만히, 위엄 넘치게, 두꺼비 왕자처럼.

앞서 서술한 네 가지보다 눈에 덜 띄는 마지막 반응 패턴의 특징은 집중력 저하, 건망증, 외모에 관한 관심 상실, 약간의 몰두, 감정 표현의 감소 등으로 표출되는 경미한 해리다. 대개 하루에서 이틀 지속된다.

후안은 잠에 들었고, 나는 어느새 반쯤 잠든 상태로 창가에 서서 무심결에 한 손으로 목 언저리를 더듬어 잃어버린 십자가 목걸이를 찾았다. 후안의 선물이라고 믿었던, 개인 소지품이 든 가방에 숨겨져 있다가 내가 열여덟 살이 되어 정신 병원에서 빠져나온 다음 날 나타난 그 목걸이였다. 그때부터 줄곧 그 목걸이를 한 채 만지작거리는 버릇이 생겼다 보니, 손가락은 저절로 그것을 찾곤 했다. 근육에 새겨진 기억. 10년. 나는 10년이나 그 목걸이를 하고 다녔다. 그 사실이 중요한 건, 내가 무엇을 찾는 사람이 아니라 잃어버리는 사람이어서다. 만성적 상실자chronic loser. 그건 아나 프로이트의 에세이를 통해 최근에야 알게 된 용어다. 후안이 그 에세이가 실린 곳을 알려 주었다. 그가 가진 정신 분석학 서적 속, 모서리를 접어 둔 페이지. 프로이트한테 딸이 있었는지조차 몰랐는데, 아나 프로이트의 글은 명료한 데다 이해하기 쉬워서 놀랐다. 또, 그 글에 내가 설득되었다는 사실 또한. **읽도록 해**, 후안은 말했다. **너 자신을 알라.**

그 글에 따르면, 만성적 상실자는 끊임없이 물건을 잘못된 장소에 둔다. 쓸모 있는 물건이건 아니건 마찬가지로. 내 경우에는 시계, 열쇠, 지갑, 장갑, 모자, 선글라스, 안경이 그랬다. 되찾을 때도 있었지만 대개는 영영 잃어버렸다. 내가 읽은 대로라면, 그것은 리비도 과정의 변화에서 비롯된 증상이다. 욕망이 형성되는 내면 깊은 곳 어딘가에서 무언가가 잘못 작동하면서 애착 형성의 어려움을 낳는다. **(그럼 전 방임이 빚어낸 유아기의 드라마를 재현하고 있는 걸까요? 그럴 수도 있지, 누가 알겠니?)** 하지만 나는 이해할 수 있었다. 물건에 대한 것이든 다른 대상에 대한 것이든, 우리의 애착 에너지는 끊임없이 변동한다. 우리는 소유하고 싶고, 소유되고 싶고, 소유물로부터 한꺼번에 놓여나고 싶다. 호더hoarder는 붙들어 두면서 가치와 애착이라는 문제를 해소한다. 만성적 상실자는 전부를 잃어버린다. 일상 용품뿐 아니라 필수품까지도 아무 데나 두는 일이 부지기수다. 나는 여권, 출생 증명서, 사회 보장 카드, 운전 면허증 여러 개, 도서관 하나를 채울 만큼의 책을 잃어버렸다. 그렇다고 그 물건들이 동시에 나를 떠난 것은 아니다. 불이 났을 때처럼 한꺼번이 아니라 하나씩 차츰차츰 잃어버렸다. 그리고 이곳, 팰리스에 있는 지금 나는 마치 삶 자체를 잘못된 장소에 둔 것 같은 기분이 든다.

「정신 병원에서 간호사가 준 그 스케치북을 언제, 어떻게, 어디서 잃어버렸는지 도무지 모르겠어요. 여기, 사막으로 오기로 다짐했을 때야 생각이 났어요. 당신을 찾으면, 스케치북 속 그림을 보고 싶어 할지도 모른다고 생각했거든요.」

「그래, 그랬을 거다.」

「하지만 그사이에도 목걸이는 한 번도 잃어버린 적 없어요. 금십자가가 달린 그 목걸이요.」

「아, 그래. 오직 죽음만이 죄수를 사슬에서 풀려나게 하는 법.」

「그러니까, 저는 여태까지 제가 지닌 소중한 것들에 정성을 쏟거나, 매달리거나, 그것들을 의식한 적도 없었어요. 목걸이를 잃고 나서야 제가 그걸 쭉 갖고 있었다는 걸 깨달았죠. 목걸이를 푼 적이 없었거든요. 없어지고 나서, 손가락이 버릇처럼 십자가를 만지작거리려다 그것의 부재를 느끼게 된 뒤에야, 전 그 십자가가 생각할 수 있도록, 오랜 꿈에 잠기는 동시에 현실 세계, 제 몸에 뿌리내릴 수 있게 해준 거라고 느끼게 됐어요. 물론 그 말이 얼마나 우스꽝스럽게 들리는가도 깨달았지만.」

「페티시의 대상.」

「그렇게 생각하세요? 저는 제게 페티시가 있다고 생각해 본 적이 없는데.」

「의자. 스테트슨 모자를 쓴 상냥한 경찰관의 이마고는 어쩌고? **꼬마 소년아, 여기서 대체 뭐 하는 거야?** 자, 그런데 지금 네가 금목걸이에, 어쩌면 사슬에 집착하고 있잖니.」

「맙소사, 후안. 저 정말 클리셰 투성이군요.」

「그래도 재미있는 클리셰지. 계속하렴. 눈을 감아. 나를 네 연상 속으로 데려가다오.」

아버지는 목걸이를 차는 사람인 동시에 차지 않는 사람이기도 했다. 내가 여남은 살 무렵, 평범한 주 경찰관이던 아버지는 마약 수사대에 들어가면서 잠복 수사를 하기 시작했다. 그 때문에 아버지는 자신의 〈뿌리〉를 두드러지게 보여야 했는데, 즉 아버지가 진짜 같은 게토 정체성을 수행하는 것이 필요했고, 또 그래야 한다는 기대를 받았다는 뜻이다. 나이 든 사람들에게는 스페인어와 스팽글리시로 말하며 어울리고, 젊은이들 상대로는 덜 시적이고 보다 저속한 최신 속어를 사용하고, 갱스터 같은 위압감과 매력을 체화해야 했다. 형들과 내가 숨어들어 가길 좋아했던 아버지의 업무용 차량은 창문에 선팅이 되어 있었고 그때 우리가 쓰던 표현대로라면 휘황찬란했다. 아버지가 진짜 갱스터였던 것은 아니다. 집에서나 우리가 살던 백인 노동 계층 마을에서 아버지는 이웃에 뒤처지지 않으려 승진에 열을 올리는 야심가였다. 그는 집을 나섰다가 다른 아빠들과 다를 바 없는 옷차림으로 퇴근했다. 아주 드물게, 우리로서는 알 수 없는 이유로, 아버지가 눈부시게 꾸민 채 집을 나서는 날들이 있었다. 다이아몬드 박힌 귀걸이, 금목걸이, 금십자가, 메달 장식, 금시계. (집에 혼자 있을 때면 나는 그 장신구들을 찾아 집을 뒤졌지만, 매번 실패로 돌아갔다.) 결국은 그것들이 전부 침대

밑 자물쇠 달린 상자 속에 아버지의 권총과 나란히 숨겨져 있는 게 분명하다고 짐작하며 포기했다. 아버지가 청바지를 축 늘어뜨려 입으면, 우리는 그를 따라 잔뜩 폼 잡고 걸었다. 「느낌 좀 살려 보라고.」 아버지가 말하면 우리는 애썼지만 대개 잘 되지는 않았다. 그런 때마다 수면 위로 솟아오르는 아버지의 페르소나는 기이했다. 평소와는 다른 이 갱스터 아빠는 어느 정도는 전형적인 것, 어느 정도는 아버지가 우리 모르게 숨겨 둔 어떤 신비로운 본질에서 끌어내 만든 것이었다. 업스테이트에 살던 시절, 아버지가 아무리 재미없게 굴어도 브루클린 억양과 갈색 피부 덕분에 어디서든 멋진 사람 취급을 받았다. 그러나 이러한 변신 — 그 누구보다 화려하고 눈부시게 — 의 순간이면, 진정한, 거의 만질 수 있을 것 같은 뚜렷한 멋스러움이 아버지의 내면에서부터 흘러나왔다.

아버지는 자긍심이 넘치면서도 다혈질이었다. 감상적이고, 애정을 듬뿍 쏟고, 유쾌하다가도, 동시에 폭발하듯 폭력적으로 변하고는 했다. 어머니는 아버지가 어린 시절 가난하게 자라며 겪은 편견과 굴욕 때문이라고 설명했다. 〈나쁜 아빠〉를 해명하며 우리에게 다시금 〈이 정도면 괜찮은 아빠〉를 보게 하는 건 어머니들이 담당한 비밀스러운 임무이기도 하다. 그러나 짧은 순간 내보인 누구인지, 무엇인지 알 수 없는 모습이 사라지고 나서, 아버지가 자기 비하와 경외심이 동시에 담긴 태도로 장신구를 몸에 걸치고 또 다른 페르소나, 그 무자비하고도 멋진 변신술사의 모습을 불러내면 ─ 뭐랄까, 나는 그 남자가 남김없이 해명되길 원치 않았다. 나는 그 모습이 사라지지 않기를 바랐다. 어린 나에게 그림자 아빠가 지닌 모든 매력은 그 반짝이는 장신구들에서 나오는 것으로 보였다. 그리고 그중에서도 가장 신비롭고 마법 같았던 건, 내가 걸칠 수도, 만질 수도 없었던 십자가 목걸이였다.

「그러다 무슨 일이 벌어졌다는 거지, 니뇨? 무언가 끔찍한, 아니면 시시한 일이지만, 그 과시적이고 냉담한 남성성과 네가 맺는 관계를 뒤바꿀 만큼 강력한 일 말이다.」

「이 이야기 재미있어요?」

「계속해. 기억을 내게 주렴. 현재형으로.」

우리는 촌구석에 있는 집에서부터 6시간을 차로 달려 고모, 삼촌, 아부엘라[46]에다 사촌 다섯 명까지 모두 함께 사는 브루클린의 침실 세 개짜리 아파트로 순례 여행을 떠난다. 도착하자 다른 티오[47]며 사촌들도 와 있고, 뒤늦게 도착하는 이들도 있다. 붐비고, 시끄럽고, 공기는 탁하다 — 아직 사람들이 실내에서 담배를 피우던 시절이다. 나는 인사며, 되풀이되는 소개며, 얼른 말하라는 부추김을 애써 견뎌 낸다. 난 수줍음이 많으니까. 거실에는 사촌 동생들이 텔레비전 앞에 바짝 붙어서 모여 앉아 만화 영화를 보고 있다가 커지는 소음에 지지 않으려고 자꾸만 볼륨을 높인다. 장난감이며 설탕 묻힌 시리얼 광고가 펼쳐진다. 동생들과 놀고 싶지만, 눈치를 보지 않고 끼기에 나는 너무 나이가 많다. 그래서 동생들에게 슬금슬금 다가가는데, 처음 보는 젊은 남자가 거실로 들어온다. 아름답다. 브루클린에 오면 내가 아는 삼촌들 말고도 늘 새로운 남자들이 등장한다. 육촌이라든가, 이복남매의 이복남매라든가, 누군가의 남자 친구라든가, 그런 사람들이 전부 누구누구 〈삼촌〉이라는 식으로 소개된다. 그 삼촌의 이름이나 나와의 혈연관계는 기억나지 않고, 그저

46 abuela. 스페인어로 〈할머니.〉
47 tío. 스페인어로 〈삼촌.〉

처음 보는 얼굴이었다는 것만, 그리고 그날 이후로 다시는 본 적 없다는 것만 기억난다. 아름답다. 피부에 도는 은은한 광채는 우뚝한 콧날과 이마 덕분에 더욱 빛난다. 모든 것이 날카롭다. 그의 페이드 헤어컷,[48] 눈썹에 새겨 넣은 선들. 온몸에서 장신구가 번쩍거렸다. 다이아몬드 박힌 귀걸이, 목걸이, 느슨하게 찬 금시계. 얼마나 아름다운지, 다른 남자들도 그 사실을 스스럼없이 인정하는 듯 잇새로 휘파람을 불며 **프리티 보이**라고 부른다. 그는 고작 10대인 것 같은데도 사람들이 건네 오는 악수며 하이파이브며 축복의 말들을 여유롭게 받아넘긴다. 나는 그가 지퍼를 내리고 재킷을 벗는 모습을 노골적으로 빤히 본다. 재킷 속에는 만화체로 그린 토끼가 인쇄된 티셔츠가 있다. 어린이용 시리얼 트릭스의 마스코트다.

 티셔츠에는 이렇게 쓰여 있다. Silly Faggot, Dix are for chix(멍청한 패갓, 음경은 여자를 위한 거야).[49]

 다른 사람들의 반응은 전혀 기억나지 않지만, 아마 몇몇은 웃고 몇몇은 한 소리 했을 것이다. 1990년대 극초반이므로. 그때의 나는 무엇을 알고 있나? 패갓에 대한 혐오는 에이즈와 관련 있다는 것을 알고, 이번에도, 아직

---

48 옆머리를 짧게 밀되, 위로 올라갈수록 점점 길어지도록 명암의 차이를 둔 헤어 스타일.

49 패갓은 동성애자를 가리키는 모욕적 명칭이으로, 이는 시리얼 트릭스의 광고 슬로건인 〈Silly rabbit, Trix are for Kids(멍청한 토끼, 트릭스는 아이들을 위한 거야)〉를 패러디해 동성애에 대한 멸시를 농담의 형태로 포장한 혐오 표현이다.

제대로 형태를 갖추지 못한 깊은 곳에서, 패갓에 대한 혐오가 나와도 무관하지 않다는 것을 안다. 이제 내가 만화 영화와 설탕 발린 시리얼의 세계를 떠나야 할 때임을 알고, 그러나 아직 준비되지 않았다는 사실이, 자꾸만 뒤돌아본다는 사실이 수치스럽다. 그 삼촌을 바라보면 위험한 기분이 든다는 것도 알지만, 그래도, 보고 싶다. 나는 애써 시선을 그의 두 눈, 그리고 티셔츠의 메시지 사이 공간에 붙든다. 십자가 목걸이가 걸려 있는 곳 — 아빠가 집 안 어딘가에 숨겨둔 그 목걸이와 완전히 똑같은 복제품이다. 그곳이 고착 지점이자, 내 안에서 불타는 무언가를, 그리고 저 바깥세상을 태워 버리는 추악함이 가진 새로운 깊이를 불현듯 동시에 깨달으며 기억이 끊겨 버리는 지점이다.

OVER

「사람들이 페티시에 매달리는 이유가 뭔지 아니? 우리 자신이 품은 양가감정을 견디기 위해서지. 어쩌면 목걸이, 특히 그 십자가는 욕망과 혐오 모두를 흡수하는 토템이 된 건지도 모르겠구나. 그 광채와 무게 속에서 네가 원하는 모든 것, 그리고 두려워하는 모든 것이 비친 걸지도 모르고.」

「모르겠어요, 후안. 그때 그런 건 하나도 생각하지 않았어요. 부모님이 이혼했고, 아버지를 잃었는데, 그 과정은 천천히 진행됐고 제가 당신을 만날 때쯤 마무리됐어요. 퇴원한 뒤로는 아버지를 다시 본 적이 없고, 어머니한테 충격을 줄 일은 뭐든지 다 했죠.」

「오스카 와일드의 재담 한 구절이 떠오르는구나. **부모 중 하나를 잃는 건 천운인지 몰라도 둘 다 잃는 건 소홀함이다.**」

「맞아요. 전 제 삶에도, 부모님이 제게 쏟는 정성에도 소홀했어요. 그 모든 게 곪은 나머지 극적으로 터져 나왔고, 그러다 마침내 저는 도시로 나왔고, 그곳에서 외톨이가 되었고, 빈털터리가 되었고, 그러다 어느 날 노상강도까지 만났죠.」

「아, 잘됐구나. 마침내 액션의 등장이라.」

〈터널〉이라는 클럽에서 나선 친구와 나는 첼시의 어느 구역을 걸어가고 있다. 1998년 9월이었을 텐데, 오전 5시에도 여전히 깜깜하다. 그 녀석은 손에 칼을 쥐고 있다. 클럽 주변을 어슬렁대는 사람들이 몇이나 더 있는데도 말리려 드는 사람이 없다. 그 녀석은 칼만 들었지 우리보다 키가 작고, 아마 나이도 어린 것 같다. 쉬운 상대로 보였겠지, 우리는 약하고, 도시가 아직 낯선 데다가, 열여덟 살이며 술에 완전히 절어 있었다. 우리가 웃은 건 긴장된 극도의 공포감 때문이기도 했지만, 내놓을 게 하나도 없어서기도 했다. 나는 주머니를 까뒤집어 보였다. 친구는 핸드백을 열어 립스틱이며 휴지 뭉텅이 따위 잡다한 물건들을 꺼내 보이면서 되풀이했다. **봐, 난 가진 게 없어. 우리한텐 아무것도 없어.** 우리 둘에게는 신용 카드도, 심지어 지갑이나 핸드폰도 없다. (사람들이 핸드폰을 갖고 다니지 않던 시절이다. 적어도 우리 같은 사람은.) 우리의 신분증도 가짜였다. 진짜는 집에 두고 왔다. 우리는 딱 입장료만큼의 현금을 갖고 나와서, 밤새 남들이 남기고 간 술을 마셨다. 클럽에 있는 녀석들은 우리를 무시했다. 그들은 방탕하게 노는 모습조차도 세련되기 그지없었다. 반면 우리는 촌뜨기였다. **얼마 안 가 우리도 촌놈 신세에서 탈출할 거다!** 인도를 비틀비틀 걷던 우리는 그런 다짐을 밤하늘에 대고,

칼날 끝에 대고 부르짖었다. 노상강도의 반응은 기억나지 않는다. 그 상황을 어떻게 벗어났는지도. 내 기억은 친구가 만취한 채 쪼그리고 앉아 인도에 핸드백을 휙 내버리는 장면에서 끝난다. 친구는 말한다. **난 가진 게 없어. 우리한텐 아무것도 없어.** 그 말은 사실이다.

며칠 뒤, 나는 내 소지품이 담긴 가방에서 금십자가가 달린 목걸이를 발견했다. 그건 강도질의 반대라고 할 수 있는, 선물받기다. 나는 후안을, 그곳을 생각했고, 그가 내 가방에 목걸이를 슬쩍 집어넣는 모습을 상상하지만, 곧장 그 기억을 밀어낸다. 그곳에서의 경험 자체가 아직 생생해서 지금은 똑바로 바라볼 여력이 없었으니까 — 잊어야 했다. 그때 나는 소유의 변덕스러움을 느꼈다. 소용돌이치는 도시에서 나는 누군가의 의지에 따라 만들어질 수도, 허물어질 수도, 소유될 수도 있지만, 온전히 혼자일 수는 없었다. 그러니 안정이나 소유에는 많은 걸 투자하지 않아야겠다고, 붙잡으려 애쓰지 않아야겠다고 생각했다. 이런 생각이 고달프기보다는 희열로 다가왔다. 나는 정말 어렸다. 뼈만 앙상했다. 내가 입는 옷이라고는 중고품 가게 남자 아동 코너에서 파는 티셔츠가 전부였는데, 보통은 리틀 리그나 여름 캠프에 관한 글귀, 아니면 아이러니하게도 D. A. R. E.[50] 라고 쓰여 있었기에,

---

50 Drug Abuse Resistance Education. 미국 학교를 대상으로 진행하던 마약 남용 교육 프로그램의 명칭.

나는 옷을 뒤집어 입기 시작했다. 그렇게 하면 더 성숙해 보이는 동시에 목걸이도 잘 보일 거라고 믿었다. 나는 목걸이를 절대 풀지 않았다. 샤워할 때도, 특히 — 마침내, 드디어 벌어지게 된 일 — 남자들이 바에서 나를 골라 집으로 데려가 섹스할 때도.

「**해 아래서 보니 경주는 빠른 자에게 주어지는 것이……. 빵이 지혜로운 자에게 주어지는 것도, 재산이 명석한 이에게 주어지는 것도 아니며…… 시기와 우연은 이 모두에게 임한다……**.[51] 이 비슷한 구절이 떠오르는군.」

「예수의 말인가요?」

「구약에 나오는 말이지. 전도서……. 물론 지금은 가물가물하구나. 말하는 사람이 누군지도, 성경 구절 전체가 떠오르지도, 장면이 제대로 된 순서로 떠오르지도 않아…….」

「정말이지 당신의 머릿속에 담긴 성경이나 시를 훔쳐 오고 싶어요.」

「**……그러나 죽은 자들은 아무것도 모르며, 다시는 상을 받지 못하는 것은, 그들의 기억이 잊혔기 때문이라……**[52] 아, 지긋지긋하구나. 다 틀렸다. 네네, 나는 이제 눈을 감고 잠깐 다른 세상에 다녀와야겠어. 내일은 네가 바에서 만난 남자 이야기를 해주렴.」

「안 돼요. 내일은 후안 차례잖아요. 그것까지 잊어버리진 않았다고요.」

「그래?」

51 전도서 9:11.
52 전도서 9:5.

「제대로 된 이야기를 해주겠다면서요. 약속하셨잖아요.」
「제멋대로인 녀석을 위한 제대로 된 이야기 말이지.」

후안의 책 무더기에서 어린이 책들을 전부 골라냈는데, 모두 제냐가 삽화를 그린 것이었다. 제냐가 글까지 쓴 책도 많았고, 공동 집필한 책 중에는 잰이 쓴 것도 몇 권 있었다. 제냐가 삽화를 그린 책 중에는 성인용 도서도 두어 권 있었는데, 고전을 복간한 것들로 그중 한 권은 음산한 삽화가 함께 실린 오스카 와일드의 『레딩 감옥의 발라드』였다. 나는 후안에게 제냐의 책을 빠짐없이 다 모은 거냐고 물어보았다.

「사냥하고, 긁어모았지. 어쨌든 지금 내가 생각하는 이야기, 네가 찾았으면 하는 책은 제냐의 후기 작품이다. 1965년에 나온, 제냐가 직접 쓴 책이지. 아프리카 사바나의 동물들이 전부 물가에 모여 있는데, 갑자기 처음 보는 낯선 생물이 등장한다. 어린 소년이었지. 그 책을 읽으면서 스톤월[53] 이전의 은밀한 퀴어 바를 상상해 봐. 모든 걸 확장된 은유라 생각하렴. 책 제목은 『누가 겁내나? *Who's Afraid?*』.」

「〈누가 겁내나?〉.」

「난 아니다.」

「우습네요, 후안.」

[53] 스톤월 항쟁. 1969년 뉴욕 그리니치 빌리지의 바 〈스톤월 인〉을 경찰이 단속한 것을 계기로 성 소수자 억압에 반대하여 일어난 운동으로, 성 소수자 인권 운동이 자긍심을 향해 나아가는 데 이정표가 된 상징적 지점.

「난 아냐, 난 아냐, 거미가 파리한테 말했어요.」
「그렇게 흘러가는 게 아니에요.」
「그럼 어떻게 흘러가는데?」
「파리가 말했어요. 난 이 작은 눈으로 그가 죽는 걸 지켜봤어.」

「동네 물가. 아마도 정오. 조용하고 불만 가득한 시간. 어쨌든, 단골들만 모여 있다. 너무 배가 고파서 풀을 모조리 다 먹어 치울까 봐 겁난다고 코끼리가 말하자 사자는 놀려 댄다. 사자는 아무것도 두렵지 않다고. 코끼리는 그건 수사적 표현일 뿐이라고 대꾸하지만, 그때 표범이 달려와 이번에는 사자를 놀려 댄다. 사자의 용맹함은 본질이 아니라 허세라고, 누구나 무언가를 겁내는 법이라고. 이야기는 그런 식으로 흘러간다. 비난, 과장, 혼란, 고조. 야단법석. 오소리는 자기가 바닥에 딱 붙어 있는 바람에 늘 재미있는 걸 놓친다고 여긴다. 원숭이는 한탄한다. **야단만 떨고 깃털 하나 없군.** 그 말에 하이에나가 웃기 시작하고 그 웃음이 전염되며 긴장이 누그러진다.

내 말이! 하마가 중얼거린 뒤 물속으로 머리를 쑥 집어넣는다.」

「모두들 품에 뭔가를 안고 있다. 사자는 제가 먹을 고기, 표범은 제가 먹을 뼈, 원숭이는 제가 먹을 바나나. 전부 수컷이다. 아마 기린이 바텐더라고 상상할 수 있겠지. 목을 쭉 뻗어 팁으로 주는 야들야들한 초록 잎을 받을 테니까. 갈등이 심해지면 평화를 유지하려 애쓰는 건 기린이다. 사자와 표범은 원기 왕성한 마초. 하지만 오직 사자만이 왕이기에, 표범은 질투심을 숨길 수 없다. 코끼리는 예민하기 짝이 없는 중간 계층. 오소리는 자기 몸과 지위에 대한 자신감이 없다. 원숭이와 하이에나는 시시 퀸이다. 언제, 어떻게 웃어야 하는지 안다. 하마는 술꾼이다.

네네, 이런 물가라면 대개 그렇듯이, 이곳 역시도 언제든 경찰이 급습하거나 마피아 단원이 상납금을 수금하러 오거나 이성애자 세상에서 길을 잃고 흘러들어 오는 관광객이 나타날 때도 있다. 때로는 그저 괴롭힐 목적으로 남자들이 찾아오기도 한다. 낯선 사람은 잠입한 경찰일 수도, 악당일 수도 있다. 새로운 사람이 들어오는 순간 모두가 황급히 남자다운 자세를 취하거나 몸을 옹송그린다. 오소리는 공 모양으로 몸을 말아 버리고.

그런데, 이번에 나타난 건 처음 보는 소년이다. 간절한 동시에 겁에 질렸다. 기린은 부드럽게 말을 건넨다.
두려워하지 마. 이리 나와 come out, 우리가 널 볼 수 있게.

코끼리도 애원한다. **나와 줘.**」

「네네, 내가 아는 대로라면, 역사학자들은 **커밍아웃**의 어휘적 의미가 변한 것을 1960년대 중반으로 보고 있어. 스톤월 이후, 커밍아웃의 의미는 **벽장**, 즉 해골, 고립, 폐소 공포의 공간과 단단히 결합해 버렸지. 그런데 1950년대까지만 해도 벽장에는 아무런 은유적 의미가 없었다. **커밍아웃**의 원뜻은 남부 백인들뿐 아니라 흑인 엘리트 사교계의 관습이기도 한 데뷔탕트 문화에서 빌어 온 거야. 한 사람이 장래의 세계로 나오는 곳 말이다. 어떤 경우에는 그 사람이 무도회에 도착했다는 사실을 누군가 소리쳐 알리지. 가령 드래그 퀸이라면 말이야. 아니면 실수로 동네 게이들이 모이는 물가에 들어온 사람도 있지. 화려하게든, 실수든, 한 사람이 새로운 세계에 들어와. 도착해.」

「혹시 제냐가 이 책을 당신을 위해 쓴 건 아닐까요, 후안? 예전에 어린아이였던 당신을 위해서요. 아니면, 당신의 미래일 젊은 청년을 위해.」

「이 이야기가 마음에 드니?」

「모든 게 다 있잖아요? 계속해요, 나머지 이야기도 들려주세요.」

「각자 할 수 있는 만큼 소년에게 필요한 걸 채워 준다. 원숭이는 소년의 허기를 달랠 바나나를 가져다준다. 코끼리는 소년을 등에 태워 준다. 그러면서 또 뭐가 필요하냐고, 어떻게 하면 네 두려움이 누그러지겠냐고. 하지만 소년은 이 낯설게 하기의 감각을, 존재론적인 불편함을 말로 표현하는 법을 모른다. **여러분은 전부 친절하시지만, 그래도 전 아직 좀 무서워요 — 여긴 땅으로부터 너무 멀잖아요.** 하이에나가 유머로 소년의 긴장을 풀어 준 다음 깊은 심연을 앞에 둔 채 퀴어하게 웃는 법을 알려 준다.

그렇게 모두 소년을 호위하며 원래 있던 곳으로 돌려보낸다.

원숭이는 말한다. **내가 소년에게 줄 바나나를 한 아름 챙겨 코끼리 등에 타겠어.** 눈을 찡긋하며, 짓궂은 웃음과 함께.

후방은 우리가 담당하지. 사자와 표범이 말한다.

그럼 나는 후방의 후방을 맡겠어. 우후우우우우우우! 하이에나는 이 두 남자다운 동물들을 자극하기란 얼마나 쉬운지 조롱한다.

가는 길에 술 취한 하마가 바나나 껍질을 밟고 미끄러진다. 그걸 보고 다들 신나게 웃자, 하마는 기분이 상하고 만다. 그래서 물가로 돌아가기로 한다. 한 모금 마셔야겠거든. **물 한잔하면 기분이 나아지겠지.**

일행은 불편하고 혼란스러운 장면에 도착한다. 소년은 그곳에 어머니, 아버지, 형제, 자매, 삼촌, 이모, 그리고 친구들이 있다고 설명한다. **다들 모여 있네요!**

세상에, 정말이야? 코끼리가 묻는다. 동물들과 소년은 몸을 숨긴 채 그들이 하는 말을 엿듣는다. 가족은 소년을 누군가 납치한 거라고 믿고 있다. 멋대로 나간 것도, 길 잃은 것도 아니라고.

납치한 사람을 반드시 찾아서 벌주겠다고 말하고 있네. 그 순간 모두 소름이 끼친다. 판에 박힌 이런 종류의 일을 이미 아는 탓이다. 동물들은 서로 수군거리며 걱정한다. 순진하기 짝이 없는 소년은 아무 문제 없을 거라고 고집을 부린다.

여러분은 제 친구니까 소개해 드릴게요. 어머니한테, 아버지한테, 또……. 그러나 동물들이 소년의 말을 막는다. 그들은 돌아 버리기 직전이다. 서로 속삭인다. 지금 도망가야 한다. 빨리.

애야, 우리가 꼭 오늘 네 가족을 만나지 않아도 괜찮지? 하마가 정말 걱정돼서, 얼른 가봐야 할 것 같아. 코끼리가 말한다. 소년도 이제는 이해한다. 곧게 뻗은 이 길의 나머지는 소년 혼자 가야 한다는 사실을. 하지만, 소년이 무사히 도착했는지, 동물들이 어떻게 알지?

그래요, 하이에나, 당신처럼 웃을게요. 소년이 말한다.

그렇다. 이야기는 여기에서 그만두자. 소년은 가족에게 돌아가고, 동물들은 상대적으로 안전한 물가로 돌아가려 안달이 났지만, 동시에 소년이 보낼 신호를 불안해하며 기다리는 지금. 그러다 그 신호가 들린다. 틀림없는, 겁 없는 팬지의 표식이다. 소리 높여, 행복하게 짖는 소리. 스캐빈저의 비명. 각성을 알리는 퀴어한 울음, 오해의 여지가 없는 하이에나의 웃음.」

4
새벽 4시의 팰리스
THE PALACE AT 4 A. M.

아더먼트 협동조합에서 〈오버홀〉을 입은 남자들이 나와 저녁 속으로
걸어 들어가는 모습이 소돔 호숫가, (성경에 나온 이름이기만 하면
다 괜찮은 이름이었을까?) 긴 그림자 드리운 푸릇한 안개 속에서
금빛과 분홍으로 물들면 소년들은 뻔뻔하면서도 공격적이지 않은
눈길로 바라본다 일용직을 하다 내뺀 남자가 열 올리며 떠들어 대던
것과는 완전히 다르다 「10대 푸에르토리코 애들로 꾀어내다니!」
「뉴욕은 너나 가져!」……

― 제임스 스카일러, 「이따금 Now and Then」

그리고 나는 소리 없는 검보랏빛 하늘을 보며 느꼈다. 아니, 감지했다. 언젠가 날이 밝아 올 것이라고 믿기조차 어려운 그때, 우리는 밤의 반대편 가장 깊은 바닥에 있었노라고.

「잠깐만. 네네. 잠들었니?」

「그럴 리가요, 후안.」

「그래, 눈은 감고 있거라.」

「뜨고 있어요, 후안. 몇 시일까 생각하는 중이었어요. 너무 어둡고 조용해요. 동트는 시간이 점점 늦어지는 것 같지 않나요? 원하신다면, 일어나서 커튼을 활짝 열게요. 분명 새벽 서너 시쯤 됐을 거예요. 별이 보일지도 모르죠.」

「새벽 4시의 팰리스에서. 어디 나오는 구절이더라?」

「몰라요.」

「커튼은 그대로 두거라. 눈을 감아. 네가 몸 팔던 시절 이야기를 하나 해주렴. 영화처럼.」

「영화요?」

「마누엘 푸익을 읽은 적 있니?」

「아뇨, 몰라요. 하지만 리암과 전 밤이면 서로 영화 줄거리를 이야기하곤 했어요. 제가 말했던 것 같은데, 그렇죠, 후안?」

「내 이름을 그런 식으로 부르지 마라.」

「그런 식이 뭔데요?」

「새벽 4시의 팰리스에서, 너는 벽을 통과해 한 방에서 다른 방으로 걸어간다. 어디 나오는 거더라?」

「저도 다른 방들을 보고 싶어요.」

「선조 게이들을 알아야 한다. 푸익, 미겔 피녜로 등등. 특히 연극. 지옥에서 이 걸출한 마리콘[54]들과 마주치면 어떡할 거냐? 모르는 게 얼마나 창피하겠어?」

「에드워드 올비라든지 테네시 윌리엄스는 선조로 쳐주지 않겠죠? **플레로스 파라 로스 무에르토스?**」

「그들은 존재하지 않던 곳에 자리를 만들어 낸 이들이지. 하지만 영화 이야기를 해주렴. 눈을 감고. 잠깐 멈춰서, 이야기를 구상해봐.」

「알았어요, 후안……. 생각해 보니까, 피녜로의 책은 좀 읽었어요. 물론 지옥에서 만났을 때 알아볼 정도는 아니지만…….」

「그래, 네네, 알았으니까 천천히 해라.」

---

54 maricón. 동성애자 남성을 부르는 모욕적 호칭.

안개 자욱한 거리. 가로등. 어린 소년 그리고 키가 약간 크고 턱수염이 난, 가느다란 붉은 핏줄이 콧등에 마구 뻗은 연상의 남자. 둘은 가로등이 내린 빛 속에 바짝 붙어 서서 한참 대화하는 중이다. 남자가 소년을 슬쩍 떠보는 것 같기도 하고, 반대 같기도 하지만, 상황은 정리된다. 남자는 소년에게 돈, 70달러를 건넨다. 기저귀를 입고 포즈를 취하는 대가다.

오래된 4층짜리 빅토리아식 주택으로 장면 전환. 남자는 과거 하녀 방이던 다락방에 산다. 소년은 남자를 뒤따라 구불구불한 뒷계단을 오르고, 또 오른다. 계단이 삐걱거리는 소리, 두 사람이 신은 부츠의 발소리가 딱딱 울리는 소리, 모두 벽에 부딪혀 반향음을 울린다. 마치 군중이 우르르 몰려드는 소리처럼, 심판의 힘처럼 들린다.

턱수염 난 남자한테는 문에 달린 수많은 자물쇠를 푸는 수많은 열쇠가 있고, 마침내 문이 활짝 열리자, 소년은 방 안으로 비틀비틀 걸어 들어가 침대에 앉는다.

「물 한 잔 가져다주실래요?」 소년이 묻는다.

「이름이 뭐냐? 그 소년 말이다.」
　「살이라고 부르죠. 살바토레의 애칭이요.」
　「술에 취한 건가?」

「쉿, 후안. 그냥 들어요. 하지만 맞아요, 약간 취했어요.」

소년은 매트리스 위에 벌렁 누워 팔다리를 쭉 뻗고 침대 전체를 차지한다. 잠시 후, 남자가 와서 낮고 넓은 잔에 가득 채운 물을 건넨다. 살은 일어나서 양손으로 조심스레 잔을 받아 들고, 기울이지 않고 물을 마시기 위해 목을 쭉 뻗는 수밖에 없다. 남자는 한참 그 모습을 쳐다보다가, 꼭 주눅 든 것만 같은 태도로 침대 모서리에 앉아 신발 끈을 푼다.

「착한 아이구나.」 문득 남자가 고개를 돌려 살의 얼굴을 바라보며 말한다.

살은 남자에게 자신을 구해달라고 부탁하지만, 그 말을 소리 내 하지는 않는다. 수줍은 표정으로, 눈빛으로 말한다.

기저귀는 노인들이 쓰는 성인용 기저귀지만, 남자의 의도는 살이 아기 같은 모습으로 아기 같은 짓을 하게 만드는 것임은 뻔히 읽힌다 — 살은 기저귀를 차지 않는다. 천천히 옷을 벗고, 수염 난 남자의 옷을 더 천천히 벗긴 다음, 몸을 굴려 그의 배에 올라탄다. 이 영화에는, 아직, 배경 음악이 없다. 그저 일상적인 소리뿐. 침대 위 둘의 움직임, 바깥에서 나는, 열린 창을 통해 새어드는 누군가의 고함. 남자는 헐떡이며 숨을 토해 내고, 살은 남자의 곱슬머리 속으로 손가락을 쑤셔 넣는다. 둘의 몸은 진짜 몸이다. 영화배우들의 몸매와는 다르다. 밀가루 반죽을 닮은 남자의 하얀 몸에는 여기저기 주근깨가 있고, 소년의 몸에는 딱히 뚜렷한 윤곽이랄 게 없지만, 날씬하고 어리다. 섹스 역시 진짜다. 들어가는 건 쉽지 않다. 남자가 행위를 멈추고 소녀에게 침을 더 바르라고 한다. 몸짓은 서툴지만, 그렇다고 덜 섹시한 건 아니다. 오래지 않아 남자는 욕을 하고, 둘 다 사정하고, 타이틀 카드가 등장한다.

쥐를 굶겨라

그때 배경 음악이 들리기 시작한다. 클래식 음악. 부드럽고 사랑스러운. 다음 장면은 플래시백이다. 살은 달빛 속, 강가에서 다른 소녀들과 앉아 있다. 모두 웃고 있다. 정확히는, 소녀 중 한 명이 나머지를 웃게 만든다. 살을 향해 개처럼 으르렁댄다. 어두운 립스틱을 칠한 소녀의 입술로 클로즈업. 입술이 벌어지며 새하얀 이가, 분홍색 입안이 드러난다. 여기까지다. 다시 다락방으로 장면이 전환되지만, 음악은 계속된다.

「무슨 음악이지?」
　「전 클래식 음악엔 문외한이에요. 당신이 정해 주세요.」
　「에릭 사티로 하지.」
　「좋아요.」
　「하지만 네네, 절정의 순간에 플래시백이라니 진심이냐?」
　「뭐, 너무 유치하다는 뜻이에요? 하지만 그 여자애들

장면은 중요하다고요.」

「그래도 유치하게 느껴지는데.」

「맞아요. 그럼 여자애들은 이 이야기에서 빼야겠어요.」

「아니, 아니다. 이왕 들어왔으니, 두 손 들어 환영해 줘야지. 계속 이야기하렴.」

레코드플레이어가 있는 곳으로 갔던 수염 난 남자가 다시 침대로 돌아온다. 지금 들려오는 음악, 그러니까 사티다. 살은 등을 대고 침대에 누워 있고, 남자는 얼굴을 찌푸리며 올라와 곁에 눕는다. 둘은 가운데가 뾰족하게 솟고 양옆은 비스듬히 바닥과 연결된 천장을 올려다본다.

「자루째로 구운 옥수수를 처음 먹은 순간 기억나세요?」 살이 남자에게 묻는다. 「그 느낌 기억나요? 온갖 일이 동시에 일어나는 것 같던 그때? 옥수수의 달콤한 즙, 따끈한 버터, 잇새에 끼던 껍질? 기억나나요? 처음 옥수수를 베어 물었을 때, 전 뱉었어요. 식탁 위에 전부 뱉어 버렸죠.」

남자는 코로 숨을 쉬며 소리 없이 웃는다. 「전 서프라이즈가 좋아요.」 살이 말한다. 「서프라이즈 좋아하세요?」

남자는 대답하지 않는다. 둘 다 오랫동안 침묵한다. 숨소리가 느리고 깊어지는 가운데, 둘의 가슴 속 심장과 폐는 꾸준히 피와 공기를 순환한다. 살은 남자의 리듬에 맞춰 정확히 똑같은 박자로 숨 쉰다. 레코드가 끝난다. 잠에 빠지는 살을 클로즈업. 거리에서 들려오는 목소리와 소음이 살의 마음속에 메아리치고, 강가에서 개처럼 그를 위협하던 소녀의 얼굴이 다시 수면 위로 떠오르고, 이미지와 소리가 배열되며 꿈이 시작되려는 찰나⋯⋯.

「자고 가는 건 안 돼.」 남자가 말하자 살은 눈을 번쩍 뜬다.

「그런 법이 어딨어요?」

「얘, 진짜로는 몇 살이냐? 열아홉 살 아니지?」

소년은 열아홉 살이다.

「전 갓 태어났어요.」 소년은 아예 과장하기로 한다. 「아직 태어나지도 않았어요.」

남자는 또 한 번 아까처럼 소리 없이 웃는다.

「솔직히 말하는 게 어때? 진짜 이야기를 해줘.」 남자가 말하자, 살은 그 남자에게 키스라도 할 것 같은 표정이 된다. 「네 아버지 이야기는 어때?」 남자는 묻는다. 「그 이야기를 아주 지독하게 들려줘.」 그러자 살은 키스로 그 남자의 얼굴을 내리치기라도 할 것 같은 표정이 된다.

그럼에도 살은 언젠가 아버지와 함께 해변을 걸었던 이야기를 들려준다. 해안을 따라 끝까지 걷자 발견한 건 침묵과 공허.

「또 플래시백이야? 설마 영화 전체가 침대 위에서 잡담하며 흘러가는 건 아니길 빈다. 그런 영화는 너무 많은걸.」

「알았어요. 알겠다고요. 두 사람은 금방 일어날 거예요.」

「잘하고 있네.」

「하지만, 후안? 전 절대 그때로 돌아가지 않을 거예요. 그렇죠? 그러니까…… 떠나는 일은 없다고요……. 여기…….」

「쉿, 영화가 시작해.」

플래시백. 해변 장면. 처음 등장하는 건 사람들. 담요, 붐박스, 모래 묻은 맥주병, 돌아다니며 망고 파는 상인, 오렌지색 옷을 입은 수상 인명 구조대 ― 그리고, 저 멀리, 소년과 아버지. 카메라는 천천히 두 사람에게 다가가 두 사람을 클로즈업한다. 해는 게으름을 피우고, 바람이 거세진다. 아버지는 여기가 다른 곳이라 상상해 보라고 말한다. 어느 나라의 어느 해변이든 될 수 있다고, 아직 발견되지 않은 어느 섬일 수도 있다고. 아이는 맨발에 웃통을 벗고 있어서 춥고, 물려받은 얄팍한 수영복 반바지를 입고 있다. 아버지는 주머니에 똑딱이 단추가 달리고 여미는 부분은 벨크로인, 눈에 거슬릴 만큼 화려한 짧은 하늘색 반바지 차림이다.

소년이 아버지에게 자신이 태어나기 전의 이야기를 묻자, 아버지는 소년에게 그때 자신이 얼마나 어렸겠냐고, 아버지가 되었을 때 자기는 불량 청소년일 뿐이었다고 말한다. 그런 식의 질문이 더 이어진다. 그런 식의 대답도 더 이어진다. 대화의 대부분은 바람에 실려 날아가거나, 부서지는 파도 소리에 잠긴다.

뙤약볕에 바랜 플라스틱 훌라후프를 발견한 소년은 모래 위로 그걸 질질 끌며 걷는다. 하염없이 걷고 또 걷자, 모닥불의 잔해가 나타난다. 소년이 잿더미를 들쑤시자, 불에 타버린 알루미늄 캔이며 병뚜껑이 몇 개 나타난다. 소년이 숯투성이가 된 손가락으로 몸에 얼룩말 무늬를 그리자, 아버지는 손가락을 구부려 네모난 카메라 모양을 만든다.

「기술 좀 아니?」 아버지가 턱짓으로 훌라후프를 가리키며 묻는다.

「목에 걸고 돌릴 수 있어요.」 소년이 대답한다.

「그럼, 내가 사진 한 장 찍어 주마.」

다시 침대 위. 살은 수염 난 남자에게 말한다. 「아빠의 모습을 상상해 보세요. 가슴 한가운데엔 곱슬곱슬한 검은 털이 약간 나 있고, 젖꼭지는 소프트 아이스크림 콘처럼 큼직해요. 그리고 똑딱이 단추가 달린 반바지. 아빠가 얼마나 강한 사람이었는지 머릿속에 그려 봐요. 이제, 이 해변에 있는 식수대를 상상해요. 옆면을 둘러 가며 돌멩이랑 조개껍데기를 박아 놓은 시멘트 기둥처럼 생긴 거 있잖아요. 그리고 내 모습을 그려 봐요. 지금까지 줄곧 우리, 그러니까 아빠와 내가 그 식수대를 향해 걸어가고 있다고 생각했는데, 그제야 애초에 그 식수대가 있는 곳은 이 해변이 아니라, 숲속 공원 오솔길이었다는 사실이 떠올라요. 이렇게 목이 마른 건 평생 처음이죠.」

「목이 마르다.」 남자가 되뇐다. 만족한 목소리다 —
그리고 살은 자신이 이야기하는 방식이, 그 남자에게 해주고
있는 일이 무엇인지 확실히 안다.

해변으로 장면 전환. 모래로 얇게 뒤덮인 훌라후프는 돌릴
때마다 소년의 목을 긁지만 그래도 소년의 기술은 타고났다.
아빠는 쪼그리고 앉아 한참이나 사진 각도를 구상하다가,
일어나 발뒤꿈치를 들고, 가까이 다가왔다가, 한쪽 옆으로, 또
반대쪽 옆으로 간다. 그 사이 소년의 목에 걸린 훌라후프는
내내 돌고 있다.

살은 수염 난 남자에게 말한다. 「아빠가 보여요? 낄낄
웃고 있어요. 아빠가 이렇게 웃는 모습은 처음 봐요. 그러면서
나더러 대단하다고 말해요. **대단하군**, 그 말을 수도 없이
반복해요. 그냥 **대단하다**고. 그래서 난 멈추지 않아요. 그런데
사실, 훌라후프가 돌아갈 때마다 자꾸 목이 졸려요. 점점
어지러워요. 그런데 아빠는 그 모습에 기뻐하죠.」

다시 침대 위. 살은 비스듬히 돌아누워 남자를 바라본다.
「대단하군, 아빠는 말하고, 난 목이 마르고, 화가 나고, 겁이
나요. 그런데 아빠가 나를 찍고 있으니까, 웃고 있으니까, 나는
계속 내 목을 조이죠.」 남자가 살의 자세를 똑같이 따라 하며
비스듬히 돌아눕는다. 소년을 빤히 쳐다본다.

「그를 위해?」

「그를 위해.」

「넌 착한 아이구나.」

구해 줘요, 살은 말한다. 구원해 달라고 부탁한다.

둘은 잠든다. 장면 끝.

「너 정말 그런 식으로 말하냐? 너랑 자는 남자들한테? **우와, 아저씨, 진짜 최고예요. 전 며칠 동안 포섬 말고는 아무것도 못 먹었어요.** 이런 식으로?」

「맞아요, 후안. 그럴 때도 있었죠.」

「그게 통했어?」

「저 자신도 그 말을 반쯤 믿었을 때만요……. 민망할 정도로 쉬운 일이죠.」

「계속해 보렴, 네네. 이 영화가 마음에 드는구나.」

아침, 둘은 여전히 침대에 누워 있다. 수염 난 남자가 살에게 악수를 청하며 처음으로 이름을 알려 준다. 노우드. 아버지 고향의 이름을 딴 것이라고 한다. 살은 그런 식이면 자기 이름은 브루클린, 더 정확히는 고와너스가 되겠다고 말한다. 그래서 남자는 살에게 그 이름을 붙인다. 그 아침부터 이 영화가 끝나는 순간까지 그는 살을 고와너스라고, 때로는 리틀 고고, 때로는 그저 G라고 부른다.

노우드가 사는 비스듬한 지붕 아래 다락방에는 오래된, 아주 제대로 만든 나무 서까래가 빗금을 이루고 있고, 비록 살의 눈에 보이는 거라고는 가로대에 박힌 못의 납작하고 녹슨 머리뿐이지만, 노우드의 설명대로라면 나무 안을 파고든 못 기둥은 둥근 것이 아니라 네모지고, 하나하나 대장장이가 직접 만든 것이다.

「난 오래된 걸 좋아하지 않아요.」 소년이 말하자 노우드는 눈을 깜빡인다. 「난 그런 사람이 아니거든요.」

노우드가 소년에게 옷을 건네주고는 씻기 위해 저벅저벅 걸어간다. 살은 옷을 입은 뒤 침대 시트를 정리하고 요를 갠다. 좁은 주방 개수대엔 그릇이 쌓여 있고 판유리가 네 개 달린 조그만 사각 유리창이 있다. 소년은 말 그대로 소매를 걷어붙이고 작업에 돌입한다. 환심을 사는 작업. 그러면서 아침 일과를 하는 노우드를 보려고 자꾸만 고개를 돌린다. 젖은 머리를 하고 몸에 타월을 두른 노우드가 레코드플레이어 뚜껑을 열고 한 앨범을 튼다. 조금도 사랑스럽지 않은 목소리를 가진 여자 가수가, 사랑스러운 목소리를 내려고 온 힘을 다해, 부끄러운 줄도 모르고 애를 쓴다. 살이 찬장을 열어 찾아낸 커피를 끓이기 시작한다. 한편 노우드는 사용하지 않은 큼직한 기저귀를 바라보며 한참 생각에 잠기다가, 책상 맨 아래 서랍에 집어넣는다.

거칠게 굴지도 않고, 기저귀를 차지도 않았다. 소년은 사랑스럽고 싶다.

갖가지 크기와 색깔의 머그 중에서 소년은 자기 몫으로 하나, 노우드 몫으로 하나를 고른다. 고르는 데 한참 걸린다. 다시 살은, 스토브에서 달걀을 부치면서 자신이 짐을 가볍게 꾸리는 편이라고 말한다. 지금 그가 가진 것이라고는 캔버스 천으로 만든 더플백에 든 옷가지가 전부다. 가방이 너무 꽉 차서 버스 정거장 사물함 두 개를 빌려 옷을 둘로 나눠 넣는다고 말한다.

「정착하고 싶단 생각을 해요.」 소년은 그렇게 말하지만, 고개를 돌리자 노우드는 다른 방에 가 있다. 소년의 말은 노우드에게 들리지 않는다.

「몇 살이에요?」 살이 소리쳐 묻는다.

남자의 수염에는 드문드문 회색 털이 섞여 있고, 코에 혈관이 도드라지고, 배가 나온데다가, 귓속에서 부드러운 털이 비어져 나왔지만, 허벅지와 엉덩이 피부는 탄탄하고 그 아래 근육이 잡혀 있다. 레코드플레이어와 포크 가수는 이제 막 유행을 지난 것이라, 그가 어떤 의도로 그 음악에 접근하는 것인지는 알기 어렵다.

외출복으로 갈아입은 노우드가 부엌에 들어온다. 김이 모락모락 나는 달걀을 바라본다.

「먹고 나면 널 바래다줘야겠다.」 그가 말한다.

노우드의 말투는 가혹하지 않다 — 그러나 소년은, 내내, 비통해하지 않으려 온 힘을 다해 애썼으리라. 살은 지난밤 자신이 해준 이야기를 기억하느냐고 묻는다. 노우드가 손으로 허공에 카메라 모양을 만든다. 그러더니 얼굴 앞에 가져와 버튼을 누르는 시늉을 하며 말한다. 「찰칵.」

「하지 마세요!」 소년이 주먹으로 조리대를 쾅 내리친다.

그는 이번 싸움에서 졌다.

「뭘?」

「내 사진 찍지 마세요. 우리 아빠처럼 굴지 마세요. 날 바래다주지 말라고요.」

다시 강가, 살과 소녀들, 그런데 지금은 모두 몹시 심각하다. 그들이 강물을 들여다보는 가운데 내레이션이 들려온다.

「친구들과 나는 두 개의 진실과 하나의 거짓말이라는 놀이를 즐겨 했다. 하지만 중요한 건, 그냥 세 개의 거짓말, 또는 세 개의 진실만 말하는 거였다. 그러면 누구도 내 속내까지 들여다보지는 못하니까. 내 사진을 찍어요. 우리 아빠처럼 굴어요. 날 여기서 지내게 해줘요.

대부분 백인만 사는 동네, 이 소녀들은 전부 백인이고, 무척 터프했다. 밤이면 어딘가에서 빼돌린 술을 병째 나눠 마시면서 서로를 바라보지 않았다. 우리는 강물을 바라보았다. 그리고 진실도, 거짓말도, 친절하지 않았다. 오히려 잔인했다. 때로 우리 중 한 사람이 말을 마치면 너무나 깊고 아픈 침묵이 감돌았다. 담배 연기를 빨아들이고 밤하늘 속으로 다시 내뱉는 소리밖에 들리지 않을 정도로. 우리는 해야 하는 이야기를 하는 수밖에 없었다. 우리가 얼마나 막막하고, 절망적이고, 비루하다고 느끼는지, 그런 이야기들. 그 모든 이야기는 가족의 서사로 거슬러갔고, 그런 가족들을 조금만 살펴본다면 우리들의 아버지가 보인다. 영혼 때문에,

아니면 독한 술 때문에 반쯤 정신 나간 남자들, 아니면 천한 일과 상한 몸, 그리고 섹스 때문에 치졸해진 남자들. 우리는 마치 나란히 앉은 새끼오리들처럼 강을 바라보았고, 이 강이 영영 마르지 않을 것임을 알았다 — 그 모든 것은 얼마 전의 일, 내내 내게 무척 가까운 일이었다.」

「그럼, 플래시백에다가 내레이션까지 덧입히자는 소리냐?」
「알았어요. 어쩌면 둘 다 꼭 필요한 건 아닐지도요. **소년이 그냥 넋이 나간 채, 블랙아웃 상태로 부엌에 서 있는 걸로 하죠.**」

장면 전환. 노우드가 살의 어깨에 한 손을 올리자, 소년이 움찔한다.
「앉아.」 노우드가 말한다. 「야, 커피도 끓였구나.」
소년은 가슴 앞에 팔짱을 끼고, 심통이 난 걸 알리려 입술을 뽀로통하게 내민다.
「아무튼, G, 어젯밤 그 이야기를 듣다가 물어보고 싶었어. 네가 아버지한테 던진 질문이 뭔지. 그게 궁금하다.」
소년은 다시 기분이 좋아진다.
「이야기가 마음에 들었어요?」 소년은 수줍어하는 척한다. 「진짜 알고 싶어요?」
커피는 쓴맛이다. 소년은 노우드의 컵을 빼앗더니 아직 한 모금도 마시지 않은 커피를 개수대에 버린다. 장면 끝.

「버르장머리 없긴.」

「맞아요, 후안. 하지만 그 시절엔 누가 날 사랑하게 만드는 법은 그것밖에 몰랐어요. 몸부림치는thrashing 것.」

「**몸부림**? 멋진 말이구나……. 털어 내는threshing 게 지닌 쓸모와 망가뜨리는trashing 게 가진 낭비와 폭력의 중간 어디쯤. 그게 바로 요령이지? 내가 그걸 좀 일찍 알았더라면…….」

「침대 위에서도, 밖에서도, 늘, 몸부림쳤죠.」

이번에는 몽타주. 소년은 계속 이런 식으로 돈을 벌고, 노우드는 그게 지구상에서 가장 오래된 방식이라고 놀린다. 노우드와는 몇 주에 한 번 병원에 간다는 조건으로 합의했지만, 가지 않는다. 사실 소년은 엄청난 거짓말을 할 수 있는 능력이 있다.

우리는 그가 다양한 페티시를 가진 다양한 남자들을 만나는 모습을 본다. 그러나 그 모든 남자는 극히 좁은 범위의 어떤 유형에 속한다. 그리고 소년은 그들이 선택하는 열아홉 살짜리의 유형에 딱 들어맞는다. 즉 육체적으로는 마르고 동안이며, 정서적으로는 조숙하고 분노에 차 있어서 (그러나 아직 완전히 쓰디쓴 분노로 뒤덮이지는 않아서) 때로는, 그러니까 섹스 전후에는, 아기 토끼 같은 취약함을 담아, 그리고 다른 때, 즉 비즈니스를 벌이는 시간에는 경멸과 역겨움을 담아 그들을 바라보는 법을 안다는 뜻이다.

남자들은 한 명도 빠짐없이 전부 백인이다. 소년의 민족성은 모호하고, 혼탁하다. 남자들은 묻는다. **이집트 혈통이 섞여 있니? 네! 도미니카인이니? 네!** 그다음에는 소년이 눈을 내리깔고 묻는다. **그런데 어떻게 아셨어요?** 소년은 이런 식으로 지리와 지정학에 대해 많은 걸 알게 된다 — 자신의 추측이 맞아떨어져 만족한 남자들이 출신 국가에 대해 신나게 알려주니까.

하지만 전부 뻔한 유형들이다. 모두가 이 일이 돌아가는 법을 안다. 그들은 마치 지칠 줄 모르는 개구쟁이 아이들처럼 아무리 해도 지치지 않는 게임을 하는 중이다. 그리고 소년은 달려오고, 포즈를 취하고, 그들을 이겨 먹으면서, 사랑스러워지기를 원한다, 간절히 바란다.

오로지 노우드만 소년의 진짜 출신지를 안다. 그 작은 마을, 그 강, 그 터프한 소녀들. 여기서 또 한 번의 플래시백. 소년은 노우드에게 자신들이 앉아 있던 장소를 설명하고 있다. 거대한 배수 파이프를 보호하던 시멘트 판. 빗물이 하수구로 흘러들어와 곧장 그 파이프로 들어가는 모습이 보인다. 그다음에는 아이들이 시멘트 판 위로 기어올라 빗물이 강으로 흘러가는 모습을 구경한다. 조인트[55]를 나누어 핀다. 살은 복도에서, 길에서, 동네에 딱 하나 있는 다이너에서 마주치는 백인 소년들과 문제가 좀 있다. 그는 그런 소년들이 비축하는

---

55 궐련 형태로 만 마리화나.

화약을 발사하기 쉬운 표적이다. 그리고 살의 친구들, 그 아이들도 상황을 전부 이해하지만, 한편으로는 어릴 때부터 그 소년들과 친했기에 그들을 포기하고 싶지 않고, 그래서 살이 웃어넘겨 주길 바란다. 살에게 웃어넘기는 법을 시범해 보인다. 눈을 굴리고, 엿을 날리고, 침 뱉는 법을 알려 준다 — 우리는 애초에 그 어떤 선택지도 살에게 주어져 있지 않음을 느낄 수 있다. 그런 소년들이 남들 앞에서 소녀들을 공격할 리는 없어도, 살 같은 아이는 공격당하고, 거듭 공격당하고, 모욕당한다. 그는 그런 말을 하려고 입을 열지만 곧 입을 다물고 고개를 숙인다. 그는 소녀들이 좋고, 그 사실을 알리고 싶다. 그러니까, 그는 패그가 확실하고, 누구나 지켜보기만 하면 그 사실을 아는데도, 소녀 중 하나가 그를 데리고 배수 파이프 바로 뒤편의 숲속으로 데려간다. 가르쳐 주려고. 살은 소녀의 입에 혀를 집어넣고, 손가락으로 팬티 속을 더듬고, 소녀는 그에게 다음으로 해야 할 일이 뭔지 알려 주려고 하지만, 살은 소녀를 밀어내며 마리화나 기운 때문에 서지 않는다고 말한다.

「그래서, 그들한테는 무슨 일이 벌어지니, 네네? 밖으로 나가긴 하는 거냐? 이 동네를 떠나긴 하는 거야?」

장면 전환. 바에 앉아 있는 살과 노우드. 소년은 자신이 정말로 원했던 것은 소녀들이 자신을 지켜 주는 것이었다고,

그런데 그럴 거라고 늘 믿을 수 있는 건 아니었다고, 그래서 때로는 그 애들이 미웠다는 말로 이야기를 마무리한다.

이 장소는 소년이 자기를 고용할 다수의 남자를 찾기 위해 드나들었던 곳이라는 걸 우리는 알아본다. 구석진 곳에 있는 이 바는 삼각형 모양이다. 벽 두 면은 전부 유리고, 세 번째 벽에 바가 있어서, 손님들은 대부분 바텐더를 등지고 팔꿈치를 등 뒤의 바에 걸친 자세로 앉아서 거리를 흘러가는 삶을 바라본다. 여러 곳의 바가 밀집한 구역이고, 다른 곳은 더 시끄럽고, 젊고, 붐빈다. 그래서 창밖으로 지나가는 남자들 대다수는 시끄럽고, 젊고, 붐비는 곳에 갈 때 입는 그런 옷차림이다— 헐렁하지만 가랑이는 딱 맞는 청바지, 번쩍거리는 버클이 달린 벨트. 이 바를 찾는 손님들은 나이가 더 많고, 몇몇은 늙었다. 춤추는 사람은 아무도 없다. 그 이유, 그리고 더 못돼 먹은 어떤 이유로, 이 바에는 유리 관이라는 별명이 붙었다.

바 안, 사랑스럽고 열정적인 음악이 아주 낮고 부드럽게 흐르고 있다. 폐점 시간이 다가온다. 심지어 이런 곳조차도 더 조용해지는 시간. 남아 있는 몇 안 되는 남자들은 춤추는 대신 그대로 앉아 있고, 이따금 특히 좋아하는 음악이 나오면 한두 사람이 한 팔을 들고는 손으로 공기를 휘휘 젓는 것 같은 동작을 하며 입 모양으로 가사를 따라 부른다. 지나가다 이 모습을 본다면, 그들이 주문을 걸고 있는 것으로 보일지도 모른다. 바를 등지고 앉아 있는 모습은 어색하고, 살 옆에 앉은 나이 많은 남자는 도저히 감당할 수 없는 상대라, 살은 그저 앞을 바라보며 거리를 비추는 비스듬한 거울 속, 끝없이 창밖을 지나가는 화려한 옷차림의 남자들에게서 눈을 떼지 않는다.

「그들한테는 무슨 일이 벌어지니?」 노우드가 묻는다. 「밖으로 나가긴 하는 거냐? 이 동네를 떠나긴 하는 거야?」

「귀엽게 구는구나, 네네. 놀리는 건 상관없다. 하지만 꼭 끝난 것처럼 느껴지는구나. 너무 서둘렀어. 두 사람의 관계가 어땠는지를 더 보고 싶은데.」

「노우드와 소년의 관계 말씀이세요?」

「그래.」

「음, 그래요. 제가 영화 중간 부분을 건너뛴 모양이에요. 그들이 키스하는 장면이 많이 나와요. 입술로요. 노우드가 소년한테 혀를 덜 써달라고 부탁하는 장면도 나와요. 어떤 밤이면 노우드는 그 괴상한 기저귀를 보관해 둔 책상 쪽으로 수줍은 듯 고갯짓하고, 다시 시도해 보는 게 어떠냐고 물어요. 하지만 소년은 노우드의 얼굴을 붙잡고 곧장 자기 얼굴 앞으로 가져와서는 키스를 퍼부어 입을 다물게 하죠. 노우드는 액세서리 디자이너예요. 우리는 노우드의 벌이가 더 큰 집으로 이사하고도 남을 것 같다는 인상을 받죠. 그는 매일 아침 집을 나서서 자기 사무실인지, 작업실인지, 아무튼 액세서리 디자이너가 갈 법한 곳으로 떠나요.」

「그가 일하는 장면이 몇 번 나와도 좋겠구나.」

「그래요. 조그만 망치, 펜치, 그리고 헤드램프에 달린 외알 확대경 같은 그런 거. 그런 장면이 좋겠네요. 매일 아침, 노우드는 소년을 집 밖으로 바래다줘요. 집에 머물러도 된다고 허락하지 않죠. 늦은 밤에, 저녁 시간을 넘긴 뒤 돌아와도 좋다고 해요. 밤이면 둘은 대개 진토닉을 마시며 이야기를 나누죠.

살은 고향 마을, 자신과 어울리던 터프한 소녀들 무리, 아빠 이야기를 하고 또 해요. 소년의 더플백은 침대 옆 구석에 놓여 있고, 가방에서 흘러넘친 옷가지가 주변에 쌓여 있고, 어떤 날엔 돌아와 보니 깨끗한 옷가지와 더러운 옷가지를 가리지 않고 전부 뒤섞어 가방에 넣은 다음 끈을 조여 닫아 놓은 게 보이기도 해요. 살은 어느 날 밤 돌아오면 세탁한 옷이 잘 개어져 서랍 안에 들어가 있을 거라는 상상을 하죠. 침대에서, 그는 노우드에게 자신을 아들이라고, 아기라고 불러도 된다고 허락해요.」

「계속하렴, 네네. 그 바 장면 말이다.」

실내: 유리 관. 바에 앉은 노우드와 살.

「떠나다뇨? 갈 데가 어디 있다고요?」 살은 몸부림치며 목소리를 높인다. 「여기? 여기요?」

바 옆자리에 앉아 있던 노인이 살의 옆구리를 팔꿈치로 살짝 찌른다. 살은 그 팔꿈치를 보고, 그다음에는 눈으로 캐시미어 스웨터 소매를 타고 내려가, 잔을 쥐고 있는, 파란 혈관이 도드라진 손을, 새끼손가락에 낀 금반지를 보고, 다시 시선을 올려 노인의 얼굴을 본다.

「저 남자가 추근거리냐?」 노인은 노우드를 가리켜 그렇게 묻는다.

「그럴지도요.」 살은 웃는다. 배짱, 아빠라면 그렇게 말했겠지.

「있잖아요, 술 한잔 사주세요. 그럼 그쪽도 나한테 추근거리게 해줄게요.」

「흠.」 노인은 그렇게 말한다. 살을 살펴본다. 그리 큰돈을 쓸 만한 아이는 아니다. 배짱 있는 게 아니라, 주제를 모른다. 노인은 바텐더에게로 눈길을 돌린다. 「대체 뭣 하러 길거리를 돌아다니는 이런 꼬마를 안에 들이는 거야? 미성년자가 분명한데.」

「앤 괜찮아요.」 바텐더가 말한다.

「기분 나빠.」

「앤 괜찮아요.」 바텐더가 되풀이한다.

「아, 깜빡했는데, 이보다 앞에 나온 몽타주에서, 바텐더가 소년을 따라 화장실에 들어가서는 그를 벽에 밀친 뒤 소년의 팬티 안에 손을 넣고 조금 만지작거려요. 소년은 내내 말없이 앞만 보며 이를 악물고요.」

「싫은 모양이지?」

「아, 아마 좋을 거예요. 하지만 겉으로 보기에는 어느 쪽인지 알 수 없죠.」

「영화에 종종 나오는, 멜빵을 한 바텐더야? 어깨에는 행주를 걸치고?」

「당연하죠. 하지만, 그 사람이 그 행주로 잔을 닦는 장면은 한 번도 안 나오고요.」

다시 바. 노우드가 얼굴을 붉히고 살 건너편으로 몸을 기울인다.

「예의를 지키시죠.」 그가 노인에게 말하자, 살은 고개까지 뒤로 젖히며 눈치 없게 웃고, 그 바람에 노우드의 얼굴은 더 붉어진다. 그러다 살이 노인에게 으르렁대고, 장면은 다시 어린 살의 여자 친구에게로 전환해 갈색 도는 보랏빛 립스틱을 치덕치덕 바른 입술을 클로즈업한다. 카메라가 멀어지자, 구세군에서 산 소년의 낡은 저지를 걸친, 매혹적인 터프함을 지닌 소녀가 보인다. 한가운데 가르마를 탄 긴 머리, 일자로 자른 앞머리가 눈을 찌른다. 다시 장면 전환, 바.

「그 시절 그 동네에선 말이에요.」 소년이 노우드에게 말한다. 「사춘기 여자애들이나 어른 여자들은 전부 눈썹을 족집게로 뽑아 모양을 냈는데, 제 여자 친구는 앞머리 뒤에 송충이 두 마리를 숨기고 있었죠. 그걸 보면 짜릿했어요.」

「송충이라.」 노우드가 말한다. 취한 채다.

소년은 금세 기운이 빠진다. 「지루해요. 이제 가요.」

「고향 동네에서 어울려 다니던 무리 이야기를 끝마치고 싶지 않니?」

노우드가 놀리듯 묻는다.

살이 그 이야기를 영영 끝마칠 수 없을 것임을 우리는 감지한다. 소녀들, 작은 마을 출신답게 순박하기 짝이 없는 그 소녀들이 이런 곳으로 끌려와 평가의 대상이 되는 건 부당하다고 느낀다. 이제 바는 거의 텅 비다시피 했고, 우리는 살의 분노가 차곡차곡 쌓이는 것을, 유희거리가 된 것 같다고 느끼기 시작한다는 것을 느낄 수 있다. 우리는 그가 바 스툴에서 내려와 문을 나서는 모습을 보고 싶다.

그러나 살은 무엇을 하나? 그는 친구들의 어머니 이야기를 시작한다. 허튼소리를 늘어놓는다.

그 사람들은 늘 살을 비웃는 것 같았다고, 다 안다는 듯 실실 웃으며 그를 쳐다보았다고 이야기한다. 그리고 그 능글맞은 미소에 이끌렸다고도. 그들은 살이 퀴어인 걸 알아보았음에도, 그것과는 상관없이 그가 집에 놀러 올 때면 반드시 밥을 챙겨 먹였다. 딸의 다른 남자 친구들에게 하는 것과 똑같이 버터와 치즈 가루에 버무린 누들, 아니면 전자레인지로 조리한 음식을 살에게 건넸고, 살에게는 그 사실이 중요했다.

그러다 독백이 이어진다. 살은 이야기하면서 바 스툴에 앉은 채 부드럽게 원을 그리며 돈다.

「우리 동네엔 혼자 아이를 키우는 어머니들이 많았어요. 터프한 여자들, 모두 특정한 유형에 속했죠. 그리고 저와 제 여자 친구들은 우리가 아는 다른 동네 아이들과 똑같았어요. 어머니들이 지갑에 얼마를 들고 다니는지, 부엌 서랍이나 벽장 깊숙한 곳에 둔 신발 박스에 모아 둔 돈은 얼마나 되는지 같은 건 1센트도 틀림없이 똑같았죠. 우리는 전기 요금을 냈는지, 아니면 내야 하는지 알고 있었어요. 집 안에 들어오는 식료품값은 빠짐없이 알았고, 특히 우리가 손댈 수 없는 사치품값은 더 잘 알았죠. 도브 비누, 상자에 포장된 초콜릿 도넛, 거품 입욕제, 크림과 로션. 담배, 맥주, 와인, 복권이 얼만지도 알았어요. 또, 양조장 일이나 웨이트리스 일, 교대 근무, 장애 아동 돌보기, 청소 일 같은 걸 해서 버는 돈이 얼마인지도요. 우리 어머니들은 그런 일을 마치고 집에 돌아와 눈썹을 뽑아 가느다란 선이 되도록 다듬었고, 손톱을 갈아 색칠했고, 귓불, 목선, 손가락, 손목을 부드럽게 매만지며 단장했죠. 또 온 세상의 다른 어머니들과 마찬가지로, 그들은 가끔 향수를 뿌리고, 짓궂은 동작으로 거실에서 빙글빙글 돌며 **나 어때?** 묻고는 여자 친구들과 술을 마시러 나갔어요. 누가 들어 주는 사람만 있다면, 남자와 함께, 아니면 남자와 살았던 세월이 몇 년, 몇 달인지를 줄줄 읊었어요. 우리의 청소년기에는 우리들의 아버지일 수도 있는 그 남자들과의 근접성이, 그들의 공격적인 섹슈얼리티가 불길한 그림자를 던지고 있었죠……. 하지만 모두들 한 유형, 같은 유형이었어요…….」독백은 여기서 끝난다.

 살은 바에서 나오는 음악에 맞춰 한 팔을 허공에 휘적인다.

「그럼, 그때 살은 무슨 생각을 하고 있지? 기분이 어때?」
 「음, 그건 몰라요, 후안. 아마 자신의 감상적인 면 때문에 속으로는 조금 부끄러워하면서도 한편으로는 **사랑을 갈구하는 게 잘못이야?** 이렇게 생각하고 있지 않을까요?」

다시 바. 여전히 소년을 놀리는 중인 노우드가 말한다.
「그들에게 무슨 일이 일어났구나. 너한테도 무슨 일이 일어난 거고.」
 노인은 끙 소리를 낸다. 「대관절 이게 무슨 소리람.」 그러면서도 자리를 떠나지 않고 스툴에 앉아 있다.
 노우드가 테킬라 샷을 네 잔 주문한다. 바텐더를 포함해, 남은 모두에게 한 잔씩 돌릴 셈이다.
 「마지막 주문은 20분 전이었습니다. 바 영업은 이미 끝났다고요.」 바텐더는 그렇게 말하면서도 테킬라를 따른다.
 카메라는 바 창문 너머, 거리를 비춘다. 거리를 걷는 사람들은 바 안에서 흐르는 음악, 그들에게는 들리지 않는 음악의 리듬에 맞추어 움직인다. 비틀거리고, 고함지르고, 등을 철썩 때리는 동작조차도 이 음악 덕분에 마치 안무가 존재하는 무용을 하는 것처럼, 음악에 흠뻑 잠긴 채 리듬을 따라 잔잔히 떠가는 모습처럼 우아하게 보인다.

그러다가 급작스럽고 과격한 장면 전환. 반대편에서 촬영한 장면. 카메라는 거리에서 유리창 안을 들여다보고 있다. 음악이 뚝 끊긴다. 들리는 것은 밤의 공격적인 소음뿐. 텅 비어 가는 바, 경적, 고함, 지나가는 차가 퍼뜨리는 저음. 그 속에 소년, 10대 허슬러가 있다. 거북이들 사이의 뱀장어처럼. 유리창 앞을 지나가던 남자들이 고개를 돌려 그를 들여다보고는 여자 친구들의 어머니가 그랬던 것처럼 능글맞게 웃는다.

다시 바 안, 소년이 존엄을 지켜야 할지, 그렇다면 어떤 방식으로 지킬지를 놓고 내면의 분투를 벌이고 있는 그곳으로 돌아온다. 할 말이 너무 많다, 고백할 것도 너무 많다. 성적 매력을 풍기는 포장지에 잘 싸인, 특정한 종류의 이야기에 굶주린 늙은 남자들로 가득한 바가 너무 많다. 우리는 소년이 바 위에 달린 기울어진 거울을 올려다보는 모습을 보고 그 사실을 감지한다. 거울에 비친 것은 강이다.

플래시백으로 장면 전환. 소녀 중 하나가 소년에게 말한다. 「너는 꼭 네 머리를 가리키는 큼지막한 네온 사인 간판을 이고 다니는 것 같아. 모텔 앞 〈빈 방 있음〉이라 적힌 것처럼. 하지만 네 간판에는 〈난 끔찍한 일을 겪었어요〉라 쓰여 있고, 넌 네온 사인을 모두 켠 채 돌아다니지. 사람들이 너한테 무슨 일이냐고 묻기를, 온 세상 사람들이 널 동정하기를 바라.

하지만 네가 아무리 그 이야기를 열심히 해도 이해받지 못 할 거고, 넌 영영 만족하지 못할 거야.」

그 말에 소년은 대답한다.「나 그 남자들이랑 했어.」

잠시, 아무도 입을 열지 않는다. 그러다 한 소녀가 웃음을 터뜨리고, 다른 소녀가 고개를 끄덕인다. 전부 대마초에 흠뻑 취했다.

「돈 때문이야. 돈을 모으고 있었거든.」

비가 내리며 그들의 조그만 강에 옴폭 파인 자국을 만든다. 소년은 떠나고 싶지만 여기, 이 소녀들의 옆자리에 꼼짝없이 붙들린 채다. 하염없이 강물만 바라본다.

「아, 맞다. 장면 하나를 또 깜빡했네요. 한참 예전 시점에, 소년이 드디어 병원에 가요. 병에 걸렸죠. 머지않아 노우드도 알게 될 거예요.」

「어떤 장면이었니?」

「생각해 볼게요. 그 장면에 등장하는 건 살, 그리고 병원 간호사, 아니면 상담사, 아무튼 어떤 젊은 남자가 전부예요. 그 남자가 소년에게 파트너가 어떻게 반응할 것 같으냐고 물어요. 늘 하는 대로, 거리를 두되, 친절함이 담긴 질문이에요. 살은 농담으로 응수하죠. **뭐, 때리진 않을 거예요. 그냥 제 더플백을 챙겨 계단 밑으로 던져 버리는 게 다일걸요.**」

「그렇지, 2막에 등장한 그 버릇없는 어린애가 나왔구면.」

「간호사는 웃지 않지만, 살은 일부러 감정적으로 반응하는 척 농담을 이어 가요. **이제 날 사랑해 줄 사람이 있을까요?**」

「일단 넘어가 봐.」

실내. 유리 관. 소년은 여기서 벗어나고 싶다. 노우드는 한 손을 소년의 팔, 겨드랑이 바로 아래에 놓는다. 아버지가 그를 끌어당길 때 했던 것과 똑같은 동작이다.

「G, 넋이라도 나간 거야?」

살은 노우드의 얼굴을 보지 않는다. 그저 강물을 바라본다.

「한잔합시다!」

살, 노인, 바텐더, 노우드 모두 엄지와 검지 사이 피부를 핥아 그곳에 소금을 뿌린다. 각자의 라임 조각을 집어 든다.

「이걸 마신 다음엔 진실을 이야기할게요.」 소년이 말한다. 「진짜 이야기를 들려드리죠.」

사랑스러워지고 싶지 않은 사람이, 지켜 줄 가치가 있는 사람이 되고 싶지 않은 사람이 세상에 있을까? 비스듬한 거울 속에서 유리창이, 강가에 모여 앉은 소녀들이, 화려한 옷을 걸친 사람들이, 거울 아래 놓인 바, 앞으로의 미래, 언뜻 비친 소년의 모습, 모두 아른거린다.

그러다 영화는 더 이상의 대사 없이 끝난다. 우리는 노우드와 살이 바를 나선 뒤, 거리를 걸어 다시 계단을 올라

다락방으로 올라가는 모습을 따라간다. 소년이 기저귀를 차고 아기처럼 운다.

「그를 위해?」
 「그래요, 후안. 그를 위해.」

오늘은 쥐를 굶겨라
뉴욕시 보건국

「그런데 네네, 영화 제목은 어디서 따온 거냐?」

「아, 죄송해요. 도입부에서 소년이 아버지와 해변을 걸을 때, 소년이 던진 질문은 들리지 않지만 아버지의 대답은 들리는 장면 기억나요? 거기서 아버지가 하는 마지막 대답은, 그가 어린 시절 살던 브루클린, 그러니까 고와너스의 빈민 주택 단지 여기저기에는 너저분하게 행동하지 말고 쓰레기통 뚜껑을 잘 닫으라는 주의 표지판이 수도 없이 붙어 있었다고 하죠. 이런 문구였어요. **오늘은 쥐를 굶겨라.** 요점은 이거예요. 누구와 어울리는가를 보고 그 사람을 판단할 수 있다. 쓰레기 같은 말을 많이 하는 사람한테는 쥐가 들끓는다. 그 소년은 어떤 사람이었나? 어떤 남자로 자라나고 싶었나? 소년은 비밀을 지키는 법을 잘 배워 둬야 할 것이다.」

이력서:
▬▬▬ 여성스러운 경향 ▬▬▬▬▬▬▬▬▬▬▬▬ 어머니가 아버지를 지배함.
▬▬▬▬▬ 어머니에게 끌림. 어머니를 도와 ▬▬▬ 시시라고 불림.
▬▬▬▬▬▬▬▬▬▬▬▬▬▬▬▬▬▬
▬▬▬ 구역질 났다. ▬▬▬
▬▬▬▬▬ 결단코
▬▬▬ 동성애자 ▬▬▬

데니스 C.

전반적 인상:
무더운 오후 ▬▬▬ 데니스가 찾아온다 ▬▬▬ 단정한 ▬
▬▬▬▬▬▬▬▬ 돌보이는 ▬▬▬
▬▬▬ 바지를 입고, 자신도 모르게 ▬▬▬▬▬
▬▬ 종종걸음 ▬▬ 골반을 둥글게 움직이며 ▬▬ 새침떼기 ▬▬ 불확실하다 ▬▬▬ 왜 늘 그렇게 불리는지 ▬▬ 그럼에도 불구하고 ▬▬▬ 그는 섬세하고 기사도 정신이 있으며 ▬▬▬ 허용한다 ▬▬▬ 보다 자유로운 플레이 ▬▬▬ 〈퀸〉 중에서도 가장 게이 같다.

데니스가 가진 호리호리한 몸 ▬▬▬▬▬
▬▬▬ 수줍음. 우아한 여유 ▬▬▬ 작지만 옹골찬 ▬
▬▬▬▬ 분홍빛 빰 ▬▬▬▬▬
▬ 긴 속눈썹 ▬▬▬▬ 얼굴은 ▬▬ 건강하다. 기대를 약간 넘어설 만큼 ▬▬▬▬▬ 또한 가능성있는 건 ▬▬ 그의 원기왕성한 젊은 시절 ▬▬▬
▬▬▬▬▬▬ 옛 연인.

▬▬▬▬▬▬▬▬▬▬ 저항 ▬

자기애 사례

5
엘 칼데로
EL CALDERO

그런데 여왕, 흙으로 빚은 솥단지에
불붙이는 마녀는 자신이 알고 있지만
또한 우리가 모르는 것을 결코 말해 주지 않으리라.

── 아르튀르 랭보, 「홍수 이후 After the Flood」

후안은 두 여성의 원래 이름을 조사 끝에 간신히 알아냈다. 제냐 게이는 과거에 엘리너 바인스였고, 잰 게이는 헬렌 라이트먼이었다. 그곳에서는 마이크로피시 필름을 주문할 수 있었기에, 후안은 지역 신문에 짤막하게 언급된 것들을 찾아냈지만, 전부 잰에 관한 것뿐이었다. 제냐가 쓰고 그린 어린이 책들을 연구하며 제냐에 관해 알아 가는 과정 자체가 글과 그림이라는 암호로 표현한 자전적 발견의 순간들이었다. 퀴어 아동이 우연히 자신에 대한 금지된 앎에 다가가는, 에로틱한 발견을 담은 사소한 장면들.

"Oh, you mean squirrel, you!" squeaked Carolyn. "I'll pull your tail and I'll pull your ear, too, you silly squirrel, you!" And she did.

And then Sarah and Carolyn really lost their tempers. There was a great deal of pulling and squeaking and chattering. Even bits of fur floated about. Suddenly Sarah and Carolyn stopped quarreling and just looked at each other. Then they ran to their homes, Sarah up the tree and Carolyn into the tiny hole in the ground.

「아, 그럼 넌 다람쥐구나!」캐럴린이 높은 목소리로 외쳤습니다.「내가 네 꼬리를 당기고, 네 귀도 당길거야, 이 바보 다람쥐야!」그리고 캐럴린은 그렇게 했어요.

그렇게 세라와 캐럴린은 잔뜩 화가 나고 말았어요. 한참 당기고, 소리치고, 짹짹 울었지요. 털이 빠져 훌훌 날리기까지 했어요. 그러다 세라와 캐럴린은 문득 싸움을 그만두고 서로를 가만히 바라봤어요. 그다음엔 각자의 집으로 달려갔답니다. 세라는 나무 위로, 캐럴린은 땅속 작은 굴속으로.

두 사람은 1927년, 헬렌과 엘리너로 처음 만났고, 그 해는 후안이 태어난 해이기도 했다. 짧은 연애 끝에 둘은 남몰래, 비밀스럽게 〈결혼했다.〉 엘리너는 잠시 헬렌의 성인 라이트먼을 썼지만 오래지 않아 둘 다, 보다 급진적인 재발명이 필요하다는 결론을 내렸다. 그래서 엘리너 바이스는 제냐 게이가 되었고, 헬렌 라이트먼은 잰 게이가 되었다.

제냐는 젠더 구분 없이 쓰이는 러시아식 애칭이다. 잰이라는 이름 역시 — 레슬리라는 이름이 그렇듯 — 세월이 흐르며 그 안에 담긴 젠더 함의가 변했다. 그들이 어린 시간을 보낸 곳에서 — 즉, 20세기 초 미국 중서부 — 잰은 존의 스칸디나비아식 이름으로 (〈얀〉이라고 발음했다), 주로 남성에게 붙는 이름이었다.

부부는 카리브해와 중앙아메리카를 여행하며 함께 첫 어린이 책을 썼다. 갈색 피부를 가진 소년이 나오는 『판초와 당나귀Pancho and His Burro』라는 책이었다. 그 뒤로도 둘은 여러 책을 만들었고, 그중 하나가 제냐가 다른 여성 화가와 함께 쓴 『코스타리카의 마누엘리토Manuelito of Costa Rica』다. 모든 책에 제냐의 아름다운 삽화가 담긴 덕에 전부 출판할 수 있었다. 잰은 줄거리를 만들었고, 후안은 모델을 담당했다. 부부는 자신들이 부양하는 이 아이가 얻게 될 다른 미래를 상상하길 즐겼다. 산후안의 길거리에서 꿈에 빠진 채로 제냐에게 발견된 후안. 아이를 섬에서 내보내 미국의 친척들에게 보내기로 한 부모가 두 사람에게 맡긴 후안. 잠깐이지만, 애틋하게, 두 사람의 아이였던 지극히 여린 소년.

성별이 모호한 이름을 골랐을 때의 장점은, 서류상으로 — 예를 들면 부부가 카리브해까지 타고 간 허니문 크루즈 탑승 명부라든지, 함께 쓴 수많은 책 표지 — 이름이 나란히 등장하며 배우자일 수도 있는 관계를 알린다는 점이다. 부부는 카리브해에서 예상보다 더 오래 지냈고, 후안을 데리고 다시 뉴욕으로 돌아가기 위해, 둘은 게이라는 자신들의 성을 그에게 선물했다.

「그때도 게이는 지금의 게이와 같은 의미였어요?」

「그렇단다, 꼬마야. 아는 사람들은 알았지. 물론 게이의 다른 의미도 여전히 널리 쓰이던 시절이지만 말이야.」

「그러면 후안은 왜 그 이름을 계속 간직했어요? 그들의 행방을 알 수 없게 된 뒤까지도요?」

「왜 너는 그들이 내 행방을 알 수 없게 된 거라고는 생각하지 않지? 나는 어린아이였다. 우리 셋은 산후안에 출발하는 여객선에 올라 북쪽, 뉴욕항으로 갔지. 아마 그들은 여태 내가 해준 모델료 삼아 내 여비를 댔을 테지만, 아무도 내게 그런 걸 설명하진 않았어. 그저 스패니시 할렘에 이미 정착해 사는 삼촌과 숙모 집에 가게 된다는 이야기만 들었지.

물론 그 시절에 그 구역이 스패니시 할렘이라고 불렸는지, 아니면 그건 나중에 붙은 이름인지는 기억나지 않지만. 아무튼, 할렘에 사는 삼촌한테는 자식이 없었어. 내가 거기서 학교에 다니면, 어머니, 아버지, 형제자매들도 곧 따라온다고. 하지만 그때까지는 학교에 열심히 다녀야 한다고 들었다.」

「몇 살이었어요?」

「어렸어. 아주 어렸지. 여섯 살, 아니면 일곱 살? 가족들은 말했어. **영어를 완벽하게 익혀야 한다.**」

「어머니를, 모두를 떠난다니. 분명 무서웠겠군요.」

「그때의 나는 지리에 대해서도, 시간과 공간, 거리에 대해서도 잘 몰랐기에 그 의미를 완전하게 이해할 수는 없었단다. 또, 잰과 제냐한테, 배를 타고 바다를 항해한다는 생각에 흠뻑 빠져 있었으니······.」

「그럼, 『누가 겁내나?』 속 정글에 나타난 이름 없는 어린 소년, 그리고 그 아이의 다른 버전들 — 페드로, 마누엘리토, 판초, 파블로 — 제냐가 수십 년 동안이나 줄곧 쓰고, 그리고, 새로운 이름을 붙이고, 새롭게 상상하기를 그치지 않던, 언제나 순하고 여성스럽던 그 어린 소년은, 당신인가요?」

「참 잘 그린 그림이야. 나긋나긋하지. 그렇지 않니?」

Did you ever pat a baby goat
And learn how soft he feels?
Did you ever watch him walk about
On his four little black high heels?

아기 염소를 쓰다듬어
얼마나 부드러운지 느낀 적 있나요?
네 개의 작은 검은색 하이힐로
걸어 다니는 아기 염소를 본 적 있나요?

「그래요, 후안. 준비되면 이야기해요. 그런데, 이 영화의
제목은 뭐라고 붙일 생각이세요?」

「〈문이 열린다.〉 옛날, 바다를 항해하던 배에서 잰이 읽고
있던 책 제목에서 따왔지.」

「당신도 그 책을 읽었나요?」

「긴 세월이 흐른 뒤에 읽었어. 시대를 고려하면 환상적일
정도로 퀴어한 이야기야. 그런데 내 영화는 책 줄거리와는
아무 관련 없다. 그저 방금 여기 누워서, 잰의 이야기를 너한테
영화로 만들어 주기 위해, 경계 없는 삶을 하나로 모아 줄 비유
하나를 찾다가 번뜩 떠오른 제목일 뿐이지.」

실내. 브루클린의 병원, 1930년대 초반 언젠가. 처음 보이는
건 문고리를 쥔 손이다. 손의 주인인 그림자 진 형체는 등
뒤에서 찍어 여성인지 남성인지 알 수 없다. 반지도 없고,
손톱을 칠하지도 않은, 그저 문고리를 힘주어 움켜쥐었을
뿐인 손. 카메라가 멀어진다. 어깨선이 직각인 남성용 재킷.
카메라가 더 멀어진다. 우리의 잰이다. 문고리를 돌리고
진료실로 들어간 잰이 실내 공기에 눈에 띄게 당황한다.
공기는 퀴퀴하고, 연기가 자욱하며, 숨쉬기가 불쾌하다.
시가를 클로즈업한다. 쿠바산 시가가 책상에 놓인 재떨이

위에서 타들어 가는 중이다. 카메라가 올라가 의사의 얼굴을 비춘다. 머리가 셌고, 분홍빛 도는 얼굴에 흰 수염이 난 70대 남성. 의사는 일어서지만, 책상 뒤에서 앞으로 나오지는 않은 채 잰을 향해 의자에 앉으라고 손짓한다.

「앉으시지요.」 그가 말한다.

의사는 그날 환자를 모두 본 뒤 잰에게 면담을 요청했었다. 지금, 소매를 걷어붙인 의사는 잔에 담긴 황갈색 액체를 들이켠다. 스카치위스키다. 잰에게 한 잔 따라 주지는 않는다. 그 점만 제외하면, 의사는 과할 정도로 예의를 지킨다. 면담 전, 잰이 오래된 인명사전에서 찾아본 그에 대한 정보는 얼마 없다. 1861년 출생. 국립 모성 건강 위원회 설립자. 최근에는 여성 동성애라는 문제에 전념하고 있다.

바로 접니다, 의사 선생님. 잰은 생각한다. 그는 연구 대상인 동시에 전문가이므로.

「그런데 이건 과거를 배경으로 한 현대 영화가 아니라, 진짜 옛날 할리우드 영화네요, 맞죠? 흑백으로 된 거?」

「원한다면야 그렇게 생각하렴.」

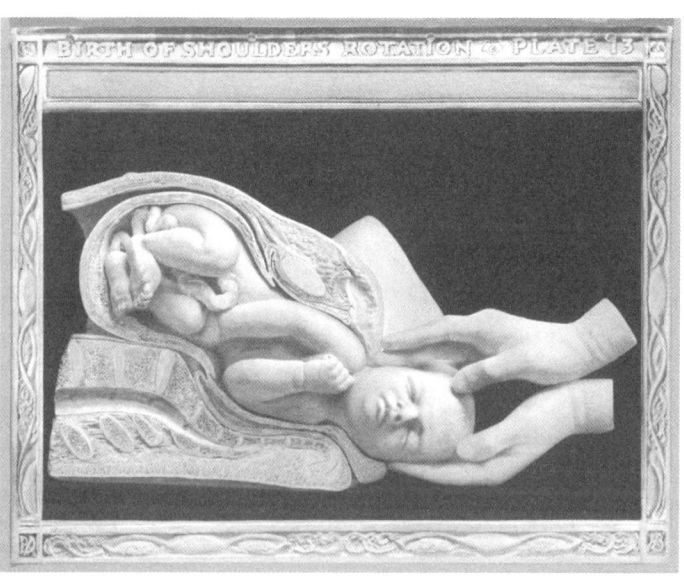

잰과 의사가 대화를 이어 가는 가운데, 카메라는 느리게 움직이며 진료실의 풍경을 보여 준다. 한쪽 벽에는 음순의 돌출부를 그린 해부도가 액자에 걸려 있고, 잰은 그 그림이 아름답다고 인정하지 않을 수 없다. 카메라가 가까이 다가가자, 평범한 서체로 쓰인 이름 뒤에 빗금이 그어진 서명이 있다. **디킨슨.** 뒷벽에는 마찬가지로 액자에 든 해부도가 이어서 걸려 있다. 질, 클리토리스, 질 주름, 젖꼭지, 외음부. 분만과 출산에서 이루어지는 과정들을 새겨 넣은 부조 판도 여러 점 있다.

「전부 선생님이 만드셨나요?」 잰이 묻는다.

「열정을 다했죠.」 의사가 대답한다.

디킨슨이라는 그 의사는 자신이 동성애자의 여성 의학적 자료를 수집하고자 한다고 잰에게 말한다. 여성 성적 변종들의 생식기를 관찰하고 스케치하기를 바란다. 그는 ─ 지금까지 모은 그림과 표본이라는 증거에 기반해 ─ 이 그림을 통해 이성애자 여성과는 다른 생리학적 차이들을 보여 주고, 이로써 동성애의 원인에 관한 이론을 전개하는 데 중대하게 이바지할 수 있다고 믿는다.

「하지만 그 전에 훨씬 더 많은 자료를 수집해야 합니다, 미스 게이.」

그는 장광설을 늘어놓는다 — 그의 이론이 정확히 어떤 것인지까지는 꼭 알 필요 없지만, 우리는 어리석은 우생학이 영향을 미치던 시대라는 사실을 떠올리게 된다. 지금, 디킨슨은 빈민에게 불임 시술을 할 때 얻는 이점을 이야기하는 중인데, 그런데도 자신의 시술 원칙은 진보적이라는 평을 듣는다고 잰을 설득하는 중이다. 마치 잰에게 뻔하게 드러나지 않는다는 듯이, 앞으로도 모를 거라는 듯이. 그는 수년간 자신이 컴스톡법[56]에 도전하며 피임을 옹호하느라 상당한 위험도 감수했다고 한다.

「엄숙주의보다 더 나쁜 게 비과학입니다.」 그러면서 디킨슨은 마거릿 생어[57]를 추어올린다. 그는 임신 중단과 안락사를 열렬히 지지하는 동시에, 신앙심 역시 강한 사람이다. 그는 미국 가족 계획 협회 부회장이 될 것이고, 그가 협회의 새 단장을 위해 디자인한 로고는 십자가 모양일 것이며, 기각될 것이다.

잰의 무쇠 같은 무표정을 보면서, 우리는 그가 이런 이야기나 들으러 여기 온 게 아니라는 사실을 알게 된다. 잰이 이곳에 온 이유는 완전히 다르다. 잠시 후, 잰이 의사의 말을 가로막는다.

「여성의 성생활에 대한 제 관심사는 재생산과는

---

[56] 〈풍속을 교란하는〉 물품의 거래와 유통을 억제하던 법으로, 피임 기구와 임신 중단에 관련된 물품을 포함한다.

[57] Margaret Sanger(1879~1966). 컴스톡법에 반대하여 피임 합법화에 크게 기여한 인물로, 미국 가족 계획 협회의 설립자다.

관계없습니다, 박사님.」

그 말에 의사는 살짝 놀란 표정을 짓지만, 곧 비웃음을 닮은 미소가 그의 얼굴에 번진다.

「그렇지요. 당연히 그럴 겁니다, 미스 게이.」

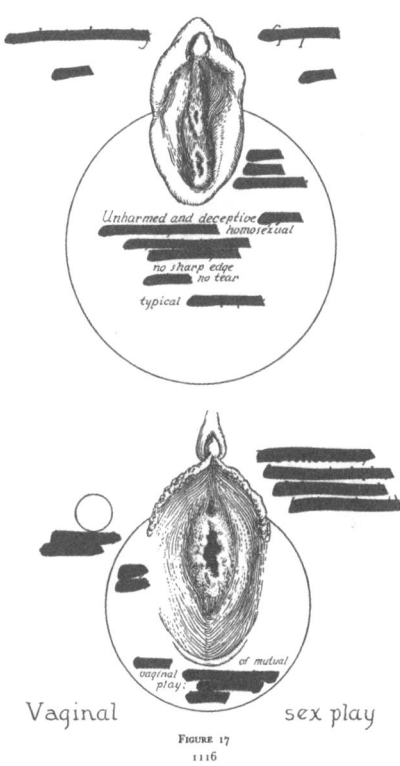

FIGURE 17

[위]

멀쩡하고 기만적인

동성애적

날카로운 가장자리 없고

눈물 없는

전형적인

[아래]

상호적인

질 플레이

질 섹스 플레이

「후안?」

　「그래, 꼬마야. 이번엔 또 뭐냐?」

　「이 영화 장르가 대체 뭐예요? 누아르? 멜로드라마? 우울한 영화? 전혀 모르겠는걸요.」

　「이런 식으로 끼어드는 거, 좀 위선적이지 않니?」

　「죄송해요, 후안. 그저 당신이 저와 같은 공간에 있다는 게 잘 안 믿겨서요. 눈을 감으면, 내레이션이 마치 제 머릿속에서 나오는 것 같아요.」

　「유령 이야기야. 눈을 꼭 감고 있으렴.」

　「유령 이야기라고요. 그래요, 알았어요. 알게 되어서 다행이군요. 고마워요, 후안. 계속해요.」

디킨슨은 이 만남에서 두 가지 사실을 강조하려 열을 올린다. 첫째, 여러 레즈비언 여성을 향해 그가 품고 있는 존경심. 그리고 둘째, 동성애가 고통이고 질병이며, 과학을 치료와 박멸의 방향으로 진보하게 하는 것은 여성의 성적 위생에 관심을 가진 이로서 그가 지닌 책임이라는 확신이다.

　「하지만 박사님, 동성애가 죄라고 생각하시나요?」

　「미스 게이, 제 의무는 비방하는 것이 아니라 연구하고 치료하는 것입니다. 그렇다고 제가 당신네 독일 의사들만큼

멀리 갈 생각은 없습니다. 장애를 축복할 이유야 없으니
말입니다.」

　어느 시점에 잰은 가방에서 원고 한 권을 꺼낸다.
그러면서 디킨슨에게 이건 오랜 세월 연구한 결과물의
전부라고 말한다. 잰이 디킨슨에 관해 아는 얼마 되지 않는
사실, 그의 대답, 심지어 첫 만남에서 그가 보인 태도까지도,
디킨슨의 내면에 존재하는 어떤 양가감정의 존재를 시사한다.
삶의 마지막 장을 살아가고 있는 이 의사가 이만한 야심과
에너지를 숨김없이 드러낸다는 사실이 잰은 놀랍다. 자신의
유산에 대해 불안해하는 것이 아닌가 하는 생각도 든다.
의사가 레즈비언을 바라보는 전반적인 태도에서, 잰은 자신이
바라던 걸 찾았다. 연민도 아니고, 동정도 아닌, 호기심.
디킨슨은 모든 의미에서 호기심 많은 사람이고, 잰은
호기심에는 협조할 수 있다. 그래서 의사가 원고를 자신에게
달라고 하자, 잰은 그렇게 한다. 그러나 선뜻 원고를 넘겨줄
수가 없다.

　「사본은 없습니다, 박사님.」

　「그렇다면야, 조심히 읽겠다고 약속하지요.」

　잰은 그의 얼굴에 떠오른 미소에 집중한다. 생각한다.
어쩌면, 어쩌면.

　「다시 한번 오십시오.」 의사가 말한다. 「다음 주쯤이
좋겠군요.」 다음 순간, 타이틀 카드로 전환.

문이 열린다

「모든 장면은 문고리가 돌아가는 걸로 시작하지. 문고리를 쥔 손은 단호할 수도, 망설일 수도 있고, 때로는 남자의 손, 어떤 때는 여자의 손, 또는 아이의 손일 수 있지만, 그래도 매번 문고리를 돌리는 장면이야. 관객은 이 문이 열리면 어떤 곳이 나타날지 알 수 없지.」

「실험 영화네요. 세련되긴.」

「서사는 순서대로 흘러가지 않고, 한 등장인물의 시선을 따라가지도 않아. 인물이 방금 들어온 방이 어디인지도 알 수 없을뿐더러, 문이 열리고 잠시 동안 적응하며 시각적 단서들을 조합하기 전까지는 어느 시대인지도 알 수 없지.」

「하지만 잰은 유령이 아닌 거죠, 후안? 그건 별로라고요.」

「네네, 아직 유령은 안 나왔다. 하지만 많이 등장하지. 곧 나올 거야.」

여러 장면의 몽타주: 19세기 후반 시작된 디킨슨의 경력이 오늘날까지 이어지는 시간적 구성. 디킨슨이 똑같은 검사실의 똑같은 문을 거듭해서 연다. 그러나 환자는 계속 바뀌고, 환자가 바뀌는 것과 함께 시간도 흘러간다. 의학의 진화는 진료실의 가구들, 환자가 입은 옷 스타일, 여성 의학 장비들뿐 아니라 디킨슨이 검사하고 실험하는 방식에도 반영된다.

이 장면은 유머와 호러 사이 어디쯤이며 — 금속 질경의 모양과 크기, 태아 절단용 스푼, 겸자, 자궁 경부 확장기, 거추장스러운 속옷들 — 시간이 지남에 따라, 우리는 의학적 진보와 격변이 일어날 것이라 기대하지만, 같은 것이 우스꽝스럽게 변형을 거듭할 뿐이다. 관객은 근래의 의학사 속, 상대적인 잔혹성을 바라보며 부르르 떨거나 초조하게 작은 웃음을 터뜨릴 수도 있다. **죽어도 병원엔 안 가야겠군**, 하고 생각할 수도 있다. 우리는 구식 젠더 역할과 의료 윤리에서 역사성을 고려한 인내심이 필요하다는 걸 알지만, 디킨슨이 진료실 화분 속에 카메라를 숨겨 놓고 검사 중인 여성들을 불법 촬영하는 장면, 여성들의 반응을 보려고 자랑하는 장면, 간호사가 꼭 필요하지 않더라도 보기 좋게 진료실에 두는 편이 낫다고 동료에게 조언하는 장면에서 분위기는 어두워진다.

다른 장면. 디킨슨이 문고리를 향해 손을 뻗는다. 그러나 이번에 그가 들어가는 곳은 진료실이 아니라 또 다른 사무실로, 그 안에는 30대 또는 40대로 보이는, 안경 낀, 지적인 여성이 있다. 쌓인 서류며 그림 무더기들 사이에서 일하고 있는 모습이 의사, 아니면 학자 같다. 연구 파트너인 루라 빔, 밝히지는 않았지만 루라 역시 레즈비언이다. 잰과 루라는 한 번도 만난 적 없었으나, 잰은 레즈비언 정보망을 통해 루라에 관한 이야기를 들은 적 있다.

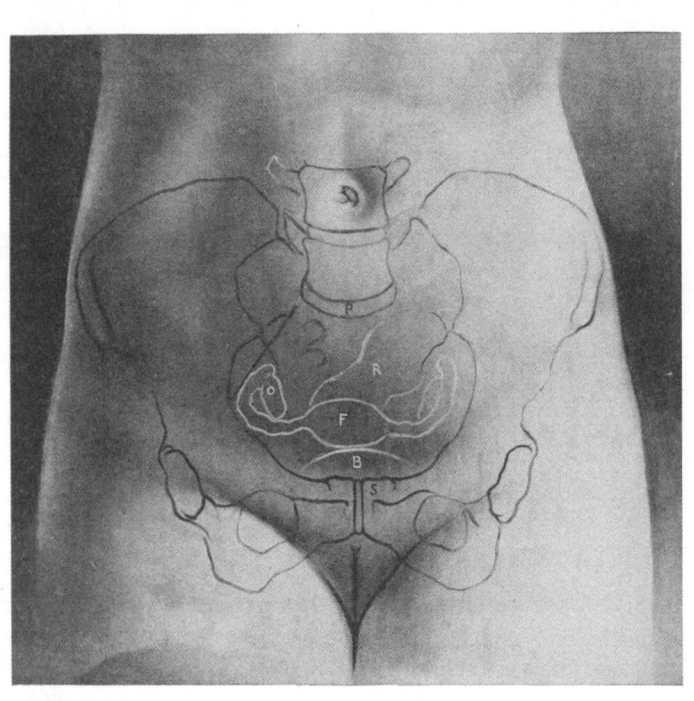

「첫 만남에서 잰이 알 수 없는 또 한 가지 사실은, 자신의 이야기가 지워지고 가려질 것이라는 사실이다. 처음에는 디킨슨의 이야기로 인해, 그리고 종국에는, 또 다른 의사인 헨리 박사가 한 이야기로 인해. 지금 잰이 아는 건 그저 자신의 연구 — 런던, 파리, 베를린, 뉴욕에서 수행한 3백 건의 인터뷰 — 중 의사의 허울 없이 출판될 수 있는 건 아무것도 없다는 사실뿐이지. 즉, 남자 의사. 잰은 온갖 곳을 돌아다니며 적당한 사람을 찾았어. 몇 년씩이나. 역설적이지.」

「뭐가 역설적인 거죠?」

「음, 가부장의 개입 없이는 잰의 이야기를 할 방법이 없음에도 잰의 이야기에 가부장은 등장하지 않는다는 점. 잰은 막 걸음마를 시작한 아기일 때 아버지에게 버림받은 자수성가한 여성이었다. 가장 대단한 아이러니는, 잰의 아버지가 여성 의학과 의사였다는 점이었지. 악명 높은, 진정 급진적인 여성 의학과 의사. 떠돌이들을 진료하는 걸로 유명했다. 치료받을 돈이 없는 이들, 다른 의사들은 진료를 거부하는 이들을 보살폈지. 유랑자hobo, 떠돌이, 창녀. 간경화, 임질, 매독. 급진 좌파들이 추앙했지만, 추앙받을 점이라고는 하나도 없었던 남자. 에마 골드먼[58]이 살면서 엄청난 열정을

---

58 Emma Goldman(1869~1940). 20세기의 저명한 아나키스트 혁명가 여성.

품었던 그 사람이자, 자신 또한 자유연애를 지지했어.
그러면서도 레즈비언은 싫어했고, 특히 남자 같고 공격적인
다이크들을 싫어했지. 잰 역시 자기 아버지를 싫어했고,
자신과 어머니를 버리고 떠난 그에게 분노했다. 아버지의
성적 아나키즘 사상을 존중했을지는 몰라도, 아버지의 성품에
대해 알고 있는 몇 안 되는 점들에 대해선 모조리 치를
떨었지.」

「잠깐, 에마 골드먼이라뇨?」

「네가 생각하는 그 사람이 맞다.」

「후안, 너무 많은 걸 너무 급하게 건너뛰는 거 아니에요?」

「그런가? 미안하구나. 어디 보자…….」

문고리를 쥔 손. 잰의 손이다. 문이 열리면 디킨슨의
진료실이다. 두 번째 만남, 그런데 이번에는 인터뷰에 더
가깝다. 디킨슨은 잰의 연구를 읽었고, 묻고 싶은 것이 많다.
그는 몸을 앞으로 내민 채, 미소 띤 얼굴로, 잰이 히르슈펠트의
성 과학 연구소를 찾았던 이야기에 귀를 기울인다. 잰은
베를린, 런던, 옥스퍼드의 도서관에서 레즈비어니즘, 동성애,
성의 역전, 반음양증, 성적 변종 — 서로 교차해서 쓰일 수
있지만, 조금은 되는 대로인 — 을 다룬 활자 형태로 된 자료는
가리지 않고 다 읽었다. 그리고 1920년대부터 1930년대
초반까지 줄곧, 이 도시들에서 만날 수 있는 모든 레즈비언을
인터뷰했고, 그렇게 원고를 꾸렸다. 3백 개의 사례, 즉

레즈비언 3백 명의 삶이 세세하게 담긴 이 원고를.

「안타깝지만, 아가씨, 과학적으로 말하자면 이 원고는 쓸모가 없을 것 같습니다.」 디킨슨은 이렇게 말한 뒤 입을 다물지만, 잰이 아무 말도 하지 않자 덧붙인다. 「민간 지식이잖습니까.」

잰은 분노한 표정이지만, 분노에 가려진 내면은 충격으로 동요하고 있다는 걸 우리는 알 수 있다.

「하지만 박사님, 전 이미 이 연구를 세상에 내놓을 준비가 된 런던의 한 출판사를 찾았어요. 제가 박사님께 바라는 건 자격을 갖춘 전문가라는 방패뿐입니다.」

디킨슨은 의사인 그의 대단한 이름을 잰의 책 표지에 빌려주는 데는 아무런 관심도 없지만, 잰의 친구와 지인들, 잰이 변종들의 세계에 접근할 수 있다는 점, 잰의 대담무쌍함에는 굉장히 흥미가 있다. 그래서 잰을 달콤한 말로 구슬리기로 한다. 당신은 그 자체로 소중한 자산이고, 대단하며 총명한 젊은 여성이라고 말이다. 그는 잰과 함께 연구할 수 있는 길을, 잰이 여태까지 일생을 다해 이룬 업적이었던, 광대한 연구로부터 이득을 얻을 방법을 찾기를 무척이나 바란다. 그는 잰에게 훗날 성적 변종 연구 위원회의 설립으로 이어질 과정을 함께 하자고 제안한다. 잰이 맡을 일은 주로 연구 대상자 모집이지만 자문 역할도 할 것이고, 어쩌면 약간의 행정 업무를 하게 될 수도 있다고. 끝에 이르자 잰은 결국 수락하게 된다. 이 위원회는 이후 잰을 무너뜨리게 되지만, 디킨슨이 책상 뒤에서 걸어나와 잰에게 악수를 건넬 때, 그 황갈색 술을 드디어 잰에게도 권할 때, 두 사람이 잔을 부딪치는 순간 잰의 얼굴에 떠오른 표정을 보면서 우리는 알게 된다. 잰은 자신이 마침내 기회를 잡았다고 믿는다는 것을.

문이 열린다. 이번에 책상 건너편에 앉아 있는 사람은 잰이다. 잰의 사무실이다. 얼마간의 시간이 지났고, 문을 열고 들어오는 사람들은 훈련 중인 연구자 토머스다. 잰은 그에게 연구 기초를 가르치면서, 자신을 실습 모델로 쓰면서 사례사를 받아 쓰게 하는 중인 모양이다.

「지금까지 쓴 걸 읽어 보십시오.」 잰이 말한다.
「첫인상부터.」

「네. 그럼……. **미스 게이는**…….」

「잰 G.」

「그렇죠, 죄송합니다. **잰 G는 화장기 없는 민낯이고, 이 때문에 얼굴이 더 도드라진다. 거의 무례할 정도의 또렷함이다. 자신이 나이 들었고, 살아왔고, 시달렸음을 숨길 생각이 없다.**」

「무례할 정도의 또렷함이라. 시라도 쓰시려나? 그 밖엔 또 뭘 썼어요?」

「놀리시는 거죠?」

「그럴지도요. 아니면 정말 마음에 드는 걸 수도 있고.

계속 읽으십시오.」

「저도 선생님이 주신 견본처럼 쓰려고 노력하는 중이에요. 시도해 보라고 하셨잖아요.」

「그러니까 어서 읽어요.」

「**몸에서는 담배 냄새와 따스한 머스크 향이 풍긴다. 주름지고 창백한 얼굴, 쉰 목소리에는 몰락한 술꾼을 연상하게 만드는 데가 있다. 특이한 동시에 익숙하다.**」

「내가 술꾼이라고요?」

「아닌가요?」

「전 늘 똑똑했어요. 그게 문제죠…….」

잰은 젊은 남자가 무릎 위에 펼쳐 놓은 노트를 가리키며, 지금 하는 말을 받아적으라는 시늉을 한다.

「……언제나 이 공간 속 의미의 모든 결을 느꼈어요. 그리고, 맞아요. 전 술을 마십니다. 그래도 체계적으로 마시죠 — 저녁마다, 그리고 일요일이면 하루 종일 — 정신을 가라앉히기 위해서입니다. 어른이 되어서야 처음 만난 제 아버지는 저와 어느 정도 면식이 생기자마자 제 성격을 진단했습니다. **넌 아무것도 놓치지 않는 유형이군**. 그렇게 말했어요. 그러더니 덧붙였습니다. **고생 좀 하겠구나.**」

토머스는 펜을 내려놓고는 잰을 올려다본다.

「실제로 연구 대상자들은 늘 곧장 아버지 이야기를 꺼내더군요. 그렇죠? 아니면 어머니라든지.」

「아닙니다. 기록에서만 그렇게 보일 뿐이죠. 그

사람들에게 아버지나 어머니 이야기를 하게 만드는 것도 당신의 역할입니다. 난 지금 그저 시간을 단축해서 보여 주는 것뿐이고요. 아무튼, 제 아버지는 꽤 유명한 사람이었습니다. 악명 높은 사람이었다고 하는 게 맞겠군요. 악명 높은 협잡꾼. 최후의 위대한 유랑자 학자.」

「저도 아는 사람인가요?」

「아니, 그런 질문은 하면 안 돼요. 신변이 노출될 위험이 너무 큽니다. 당신도 아는 사람이라면, 상대는 진정한 익명성이란 불가능하다는 데 생각이 미치겠지요. 모르는 사람이라면, 상대는 거짓말쟁이가 된 셈이니 부끄럽겠지요.」

「**고생 좀 하겠구나,** 그 말은 무슨 뜻이었을까요?」

「그 말의 의도는 모르지만, 그 말을 들었을 때 강한 자부심을 느꼈다고는 말씀드릴 수 있습니다. 그 뒤로 오랫동안, 저는 아무것도 놓치지 않는다는 게 가장 고도화된 형태의 지성이라고 생각했습니다. 시간이 흐른 뒤에는 자신의 인식 능력을 그토록 전적으로 믿는 데 어떤 대가가 따르는지 알게 되었고요. 평소 위원회 일을 할 때, 저는 초조한 과잉 각성 상태와 환상적인 자기 과대평가 사이를 오갔습니다. 그러나 밤이면 더는 자신을 속일 수도, 심지어 잠깐 도피할 수조차도 없다는 기분이 들어서, 저는 술을 퍼마시고, 그러면서도 아무것도 놓치지 않죠. 그러나 술을 마시는 동안 순간의 자비를 누립니다. 보통 해 질 녘, 제가 느끼는 것들이 최소한 줄어들기라도 하는 때.」

「그만둘 생각은 없었어요?」

「아니, 안 돼요. 방향을 다시 잡아요. 소위 도덕적 실패라는 것에 과도하게 매달리면 안 됩니다. 당신은 술꾼, 잡범, 마약 중독자들을 만나게 될 겁니다. 어떤 이들은 하류층이고, 어떤 이들은 상류층일 겁니다. 그 모두가 비밀을 품고 살아왔을 겁니다. 다들 각자의 방식으로 제정신 아닌 부분들이 있을 거고요. 그래도 그들이 생존자이기도 하다는 점을, 살아남기 위해 창의력을 발휘해야 했다는 것을 잊으면 안 됩니다. 그 사실에 대해 질문하길 잊지 마세요. 뿐만 아니라, 변종들은 다들 각자의 의제를 품고 이곳에 옵니다. 제가 술 문제를 허심탄회하게 털어놓는다면, 아마 그건 상대가 다른 걸 들쑤시지 않길 바라서일 겁니다. 다시 한번 해보세요.」

잰의 말이 이어지는 사이, 우리는 젊은 남자의 얼굴이 변화하는 모습을 본다. 집중과 당혹감이 섞인 표정은 온데간데없고, 견습생다운 더없이 행복한 미소가 그 자리를 채운다. 그때, 남자가 어떤 생각을 떠올린다.

「연구에 관해 이야기해 주세요.」 그가 말한다.

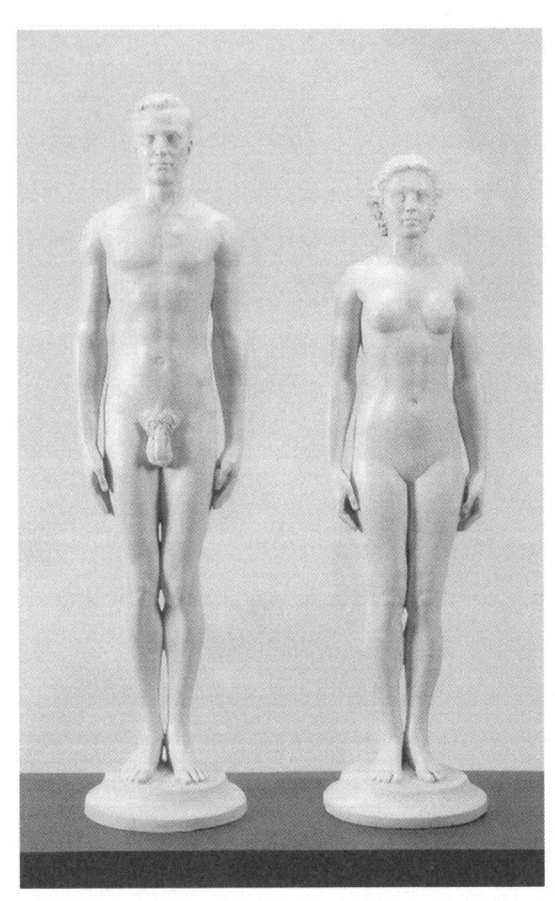

「처음에 과학계에서는 우리 연구를 회의적으로 낮추어 보고 위원회 구성원이 전부 변태일 거라고들 추정했지만, 제 생각에는 그 자격을 충족하는 건 절반뿐입니다. 헨리 박사는 끔찍할 정도로 이성애자입니다. 디킨슨 박사는 인종을 비롯한 온갖 위계에 대한 어처구니없는 생각들을 모조리 믿는 사람이죠. 심지어는, 완벽한 인간의 비율과 신체 부위를 재현한다며 놈먼과 노마라고 이름 붙인 이 괴상망측한 인형들까지 만들 정도로요. 석고 인형이죠. 쓰레기예요. 이 연구는 저 없이 단 한 순간도 가능하지 못할 테지만, 저는 하루하루 점점 더 열외로 밀려나는 기분이 듭니다. 나는 마음이 내키는 대로 출퇴근했고, 늘 입던 옷을 입고, 하던 대로 행동했지만, 헨리가 어느 순간 제 행동이며 위치가 변종들과 연구자들 사이 혼란의 씨앗을 뿌린다고 생각하기 시작했죠. 그러던 어느 날 여성의 바지 착용을 금지한다는 규정이 생겼습니다. 치마 정장을 사는 수밖에 없었죠. 일자로 떨어지며, 종아리까지 오는 치마는 뒷부분에 단 8센티미터의 절개부가 있을 정도로 폭이 좁았습니다. 굳이 따지자면, 성적인 연상과는 거리가 먼 절개부입니다. 이 치마가 제 보폭을 제한하지는 않지만, 이 치마를 입은 채 달릴 일이 없었던 게 다행이었죠. 집으로 돌아가자마자 치마를 벗어

던집니다. 전 말하자면 나체주의 전문가 비슷한 거거든요. 아마 이미 들었겠지만.」

「네, 다른 사람들한테 들었죠. 당신의 책을 돌려 보던데, 제가 직접 보지는 못했고요.」

「그렇다면야 기대할 게 남았겠네요, 톰. 아무튼, 연구를 수행하기 위해 우리가 배정받은 곳은 사용하지 않던 별관입니다. 망가진 가구를 방치해 둔 좁고 지저분한 방들을, 최선을 다해 수리하고 치웠죠. 이 연구를 인가하는 공문에는 오자가 있었습니다. 지하의 이 방, 저 방을 관찰의 〈궁전palace〉으로 배정한다고 쓰여 있었지요. 그래서 우리는 그 뒤로 이곳을 관찰의 궁전이라고 부르게 되었어요.」

「잠깐만요, 후안. 팰리스라고요?」
　「이제는 알겠지?」

문고리를 쥐는 손. 손의 주인은 변종 중 하나, 살바토레 N이다. 그는 문을 열더니 망설이듯 안을 들여다본다. 이곳은 잰이 톰과 인터뷰하던 그 방보다 훨씬 더 웅장한 방이다. 음각된 명패를 통해 우리는 책상 건너편에 앉아 있는 남자가 헨리 박사라는 사실을 안다. 그가 살바토레에게 무뚝뚝하게 들어오라고 손짓한다.

「자, 앉을 겁니까?」 헨리가 말한다.

「아, 죄송합니다. 그래요, 오늘은 제가 좀 불안한 상태인 것 같습니다.」

살바토레가 온 마음을 다해 사랑하던 이탈리아 출신 부두 노동자가 다시 나폴리로 돌아가며 그의 마음을 산산이 부서뜨렸다. 살바토레는 이별의 장면을 묘사하려 하지만, 헨리는 자꾸만 살바토레를 다시 성적 실천에 관한 질문으로 유도한다. 살바토레는 순응하지만, 그가 대답에 큰 성의를 다하고 있지 않다는 건 분명하다. 그는 연인과의 사이에 존재했던 연결감을 설명하고 싶다. 무엇보다도 — 그것을 기록에 남기고 싶다.

살바토레는 다정하고, 취약하며, 호감 가는 사람이다. 의자에서 꿈지럭거리는 대신 가만히, 집중한 채 앉아 있다. 그는 헨리에게 그 부두 노동자한테는 노라 N이라는 여동생이 있었으며, 셋은 얼마 전까지 함께 살았다고 말한다. 노라도 이 연구 참여자 중 하나다.

「제가 그 애로 하여금 다른 삶을 살게 만든 것 같아요.」 살바토레가 말한다. 「제가 이야기하기 전까지는 동성애가 무엇인지도 몰랐는데, 그 순간부터 활짝 열려 피어났어요. 1년 전, 그 애가 우리 집을 떠나 다른 여자랑 같이 산다는 것도 응원해 주었습니다. 노라는 치료되고 싶어 하지 않아요. 자기가 동성애자라는 걸 깨달은 뒤로, 그 애는 모든 관습을 바람에 실어 날려 보냈거든요. 아마 그 애는 살아 있는 동안에는 원하는 대로 살아 보자는 생각을 하는 모양이에요.」

「당신은 그게 현명하지 못하다고 생각한다는 겁니까?」

「자유롭게 사는 것 말인가요? 그럴 수 있다면야, 노라도 당연히 그렇게 살아야지요.」

「당신은?」

「아, 전 그런 관념 같은 건 없어요. 보시다시피 전 치료되고 싶어요. 이성애자가 되고 싶죠.」

「여성과 성관계해 본 적 있습니까?」

「우리 가족의 주치의를 좋아했었어요. 아주 잘생긴 남자였는데, 절 치료할 수도 있을 거라고 생각했어요. 그 사람과 관계를 맺을 수 있다면, 그 다음에 제 성적 행동에 대해 질문할 수 있다면 무슨 짓이든 할 수 있을 것만 같았어요.」

헨리 박사는 미소를 숨기지 못한다. 웃음이 살짝 터져 나오려는 걸 삼킨다. 살바토레의 얼굴에 그늘이 스친다.

「전 원하는 건 아무것도 가질 수 없어요.」 살바토레가 말한다. 「때로 탈출하는 길은 오로지……. 음, 모르겠어요, 박사님. 전 정상이 되고 싶어요. 남편을 갖고 싶어요. 비정상적인 방식으로, 정상적으로 살고 싶어요.」

「인터뷰를 마친 뒤에는 상당히 광범위한 신체검사가 있을 예정입니다. 전적으로 협조하셔야 해요.」

「알겠어요.」

살바토레는 일어서서 의자 등받이에 걸쳐 두었던 재킷을 집어 들어 팔에 걸친다. 헨리가 노트에 뭐라고 휘갈겨 쓰다가 고개를 들자, 살바토레가 헤어지기 전 악수하려 건넨 손이 책상 너머에서 뻗어와 있다. 잠깐이지만, 헨리는 악수를 거절할 것 같다. 그러나 그는 짧고 빠르게 악수에 응하고, 그 뒤 살바토레는 방을 나선 뒤 문을 조심스레 닫는다. 살바토레가 떠나자마자 헨리는 노트를 책상에 던져 놓고, 카메라를 등진 채 창밖 거리를 내려다본다.

「재미있네요, 후안. 정말 영리한 전개예요. 그런데, 헨리 박사가 살바토레의 손을 잡기 전 망설인 이유는 뭐죠?」

「아마 박사는 그 손이 축축할 것을, 손목이 나긋나긋할 것을, 악수하는 손길이 너무 부드러울 걸 알았기 때문이겠지……. 아니면 괴로워하는 게 뻔한 사람한테 마지막 작별 인사를 하는 게 위험하단 생각이 들었든지. 네가 잊지 말아야 할 걸 하나 알려 줄게. 모호한 것이 모조리 해소될 필요는 없어, 네네.」

카메라가 느릿하게 움직이며 책상 위를, 노트를 비추자, 우리는 노트에 쓰인 글의 어조를 보며 놀란다. 〈미래가 어둡다…… 자살을 생각하기는 하나 그러기에는 너무 겁쟁이다…… 만약 이런 식으로 계속된다면 박살 날 게 분명하다.〉

문고리를 붙드는 손. 잰이 집에 도착한다. 첼시, 8번 애비뉴와 9번 애비뉴 사이, 21번 스트리트에 있던 예전 소방서 건물의 2층 전체다. 이곳은 큼지막한 댄스 스튜디오로, 양옆에 커튼으로 칸막이를 쳐 침실 두 개를 만들어 놓았다. 명백한 불법 개조다. 부엌은 없고, 조리용 열판만 있다. 욕실에는 아이스박스가 있다. 잰은 이제 훨씬 나이가 들었다. 위원회와 진행한 연구도 몇 년 전에 끝났다. 실패다. 이곳에는 아무도 없다. 잰은 겉옷을 벗어 호두나무 옷장 안에 조심스레 걸고는, 속옷을 벗어 잘 개놓는다. 완전한 나체가 된 잰이 첫 잔의 술을 만든다. 맨해튼이다. 마라스키노 체리를 술에 집어넣지만, 그건 사람들이 체리를 탈색한 뒤 새빨갛게 염색하기 시작하기 전에 만들던, 깊은 검은빛을 띤 옛날식이다.

　두 번째 잔을 정교하게 준비하는 장면으로 전환. 지금은 집에 다른 사람들도 있다. 침실의 커튼 너머로, 댄스 수업 소리가 들린다. 또다시 장면 전환. 석 잔째 맨해튼. 이번에는 몽타주가 등장한다. 잰이 집에 돌아와, 발가벗고, 술을 만들고, 집 안을 서성인다. 때로는 여자 친구와 함께다. 때로는 성이 나서 손님들을 문밖으로 쫓아내거나, 수화기를 쾅 내려놓는다. 때로 잰은 혼자 바닥에 주저앉아 커피 테이블을 뒤덮은 수많은 서류 뭉치를 뚫어지게 바라보며 뭔가를 휘갈겨 쓴다.

    잰의 연인은 댄서이자 이 집의 주인인 프란치스카 보아스다. 제냐와는 헤어진 지 오래다. 프란치스카와 잰 모두 〈위대한 남성〉의 딸이다. 잰의 아버지는 악명 높다. 프란치스카의 아버지인 프란츠 보아스는 전도유망하다. 〈미국 인류학의 아버지〉다. 또 다른 침실을 빌려 쓰는 룸메이트들은 앤디 워홀, 그리고 화가 필립 펄스타인이다.

2. percussion instruments, piano, drums, ubangy and chinese records. books, plants, tapestries, naked statues of franziska Boas — the woman with whom we share the studio with, and another lady who writes on nudity. — very strange. but don't misunderstand me. we have our own room. we share the studio we paint and she dances.

come up any time. any time you nothing to do its really a very arty place. real nice

i just steped on a bug

「앤디 워홀이라고요? 무슨 그런 거짓말을.」

「거짓말이라니. 물론 그 시절엔 아직 워홀라였을 거다. 그가 뉴욕으로 갓 이주한 1949년, 1950년, 그즈음이었거든. 앤디 워홀라는 가난한 무명 화가였다. 그런데 그는 이 이야기의 초점과는 한참 멀단다, 네네. 초점은 잰이야. 잰이 집에 돌아와서 제일 처음 하는 일은 옷을 단정하게 개고, 옷장에 거는 거였다. 그랬기 때문에, 밤에 아무리 진탕 퍼마신들, 다음 날 아침 아무리 괴로운 기분이 들든, 얼마나 정신이 없든, 집을 나서기까지 아무리 오랜 시간이 걸리든, 늘 주름 없는 옷을 걸칠 수 있었다는 것. 늘 잔에 술을 따라 마셨고, 양철 얼음 틀에서 잘그락 소리를 내며 얼음을 꺼냈고, 늘 베르무트를 살짝 섞었다는 것. 아무리 버번을 병째로 입술에 가져가 쭉 빨아들이고 싶은 유혹을 느낀다 해도 말이다. 때로는 생각의 속도를 늦추고 진짜 할 일, 즉 그날 기억난 것들을 써 내려가『성적 변종들』에 대한 응답이자 대항 서사를 구상하는 일에 착수할 수 있는 저녁도 있었지. 의사들이 덧붙인 해로운 사견을 어떻게 되돌릴 수 있을지를 말이다. 생각의 속도가 느려지면, 술 마시는 속도도 느려져서, 고꾸라지지 않고 침대까지 갈 수 있는 날도 있었다. 하지만 웬만한 밤에는 고꾸라졌지. 분노 속으로. 아니면 편집증

속으로. 전화를 받아 줄 친구는 더 이상 없었으니 — 그들은 잰이 술을 마시지 않았을 때만 말을 섞어 주었거든 — 방 안에서 혼자 서성거리면서 혼잣말로 불만을 곱씹었어. 잰은 집에 돌아왔고, 고꾸라졌고, 또 고꾸라졌다.」

「그러면, 이 몽타주 장면은 어떻게 끝나죠?」

카메라가 멀어져 창밖으로 이동한다. 우리는 잰이 아파트의 주 공간인 댄스 플로어에 불을 전부 켜놓은 채로 혼자 서 있는 모습을 본다. 당연히 벌거벗은 상태다. 춤추고 있다. 우아하게, 마치 빛 속을 떠다니는 것 같은 몸짓으로. 카메라는 계속 멀어진다. 건물의 나머지, 다른 집들도 보인다. 창문들은 대부분 어둡고, 불 켜진 창으로는 앉아 있는 부부들의 모습이 보인다. 식탁에 앉아 무언가를 먹거나, 소파에 앉아 책을 읽거나. 움직이는 것은 오로지 잰뿐이다. 이제는 오로지 검은 윤곽만 남아 느릿한 동작으로 춤을 춘다. 바닥에 주저앉는 순간마저도 길게 이어지는, 몹시 절제되고 또 몹시 사랑스러운 움직임으로 펼쳐진다.

「하지만 후안, 전 이 영화가 잰이 자신을 웃어넘길 줄 아는 사람인 걸 보여 줘야 한다고 생각해요. 그 사람을 단순히 억울하거나 패배한 모습으로만 생각하고 싶지는 않아요.」

「맞다. 아주 좋은 지적이야. 웃음을 더 집어넣자꾸나.」

「그리고 그 프란치스카 보아스라는 사람은 대체 뭐예요?」

「흥미로운 인물이지, 네네. 민권 운동을 했고, 다인종 무용 작품들의 안무를 만들고, 동네 가난한 아이들에게 공짜 레슨을 해준 사람이야. 춤 치료라는 개념의 선구자이기도 하지. 그의 아버지는 우생학 이론을 격파하고자 한 매혹적인 인물이었다. 인류학에서 문화 상대성이라는 개념을 처음 만들어 낸 거나 다름없지. 둘 모두에게 복합적인 유산이 남았다고 할 수 있지. 아무튼 시도는 했으니까. 어쨌거나, 이건 잰 이야기다. 이제 어느 시점으로 뛰어넘어 볼까? 어린 시절?」

「잰 게이가 잰 게이가 되기 전 말인가요?」

「그래, 네네. 그 사람이 완전히 다른 누군가, 즉 아이였던 시절이란다. 1902년 태어난, 다른 이름으로 불리던 아이. 잰은 스무 살이 되기 전에 지역 신문에 두 번 실렸다. 그냥 동네 소식란에 실린 거였지만, 두 번 모두 생생하고, 퀴어하지. 하나는 새로 생긴 여성 라이플 클럽 회원 명단에 들어 있던 잰의 이름이다. 다른 하나는 YMCA에서 열리는 성경 속 여성

모임에서 낸, **헬렌 라이트먼이 룻 이야기를 들려드립니다. 모임이 끝나면 만찬이 준비되어 있습니다**…… 였어. 볼품없는 지역 신문에 짧게 두 번 언급되었을 뿐이지만, 벌써 젊은 잰 게이의 초상이 눈앞에 떠오르지. 어깨를 가로질러 라이플을 메고, 성경 속 룻이 나오는 페이지를 찢어 네모로 접어 부적처럼 주머니에 넣은 모습이다. 마치 곧 있을 전투를 위한 주술이자 무장인 것처럼.」

「전 룻 이야기를 몰라요, 후안.」

「네네, 성경에 나오는 룻은 나오미의 며느리다. 그러나 룻과 나오미는 연인이기도 했다. 과부들이었지. 나오미의 남편이 먼저 죽었고, 다음에는 룻의 남편이 죽자, 남겨진 두 사람 사이 감정이 깊어졌든지, 아니면 둘의 관계는 남편이 죽기 전부터 시작되었을 것인지도 모르지. 룻과 나오미의 결합을 묘사한 **붙좇다cleave**라는 표현에 해당하는 히브리어[59]는 아담과 이브가 맺은 결합을 묘사할 때도 쓰였다. 룻의 언니 오르바도 나오미의 또 다른 아들과 결혼했다. 그 아들도 죽었다. 모든 세대의 모든 남자가 이 시점에선 죽은 상태다. 나오미는 룻과 오르바를 집에서 내보내려 한다. 두 며느리의 경제적 안정을 위해서는 아직 젊을 때 새 남편을 찾도록 내보내는 게 최선이었으니까. 오르바는 점잖게, 또 예의 바르게 거절하다가, 결국 적당한 모압 지방 남자를 찾으러 길을 나선다. 그러나 룻은 떠나지 않는다. **어머님을**

---

[59] 다바크דבק. 〈접착하다〉, 〈하나가 되다〉라는 뜻.

떠나라 간청하지 마시옵소서. 어머님이 가시는 곳에 제가 갈 것이고, 어머님이 머무시는 곳에 제가 머물 것입니다. 어머님의 백성이 제 백성이 되고, 어머님의 하느님이 제 하느님이 될 것입니다. 어머님이 죽는 곳에서 나 또한 죽을 것이며, 그곳에 묻힐 것입니다. 죽음이 우리를 갈라놓기 전 제가 먼저 떠난다면, 주님께서 제게 벌을 내리고 또 내리시더라도 받겠습니다.」

「떠나라 간청하지 마시옵소서.」

「룻의 서약은 이성애자 부부들의 결혼 서약으로도 종종 쓰인다. 룻과 나오미의 이야기는 문학에 드러난 최초의 레즈비언 욕망일 거야. 심지어 사포보다도 더 오래전에 등장한.」

「그런데 잰은 그렇게 어린 나이에도 그 사실을 알아차렸단 건가요? 어떻게?」

「장미는 장미는 장미다.[60] 잰은 자기가 아는 걸 아는 걸 알았다.」

「잰의 어머니 이야기를 해주세요. 어디 한번 지독하게.」

---

60 〈A rose is a rose is a rose.〉 거트루드 스타인의 시 「성스러운 에밀리 Sacred Emily」의 한 구절.

실내: 잰이 어린 시절 살던 집. 문손잡이를 움켜쥔 어린아이의 손. 문이 열리면 응접실이 나타나고, 잰의 어머니가 스타인웨이 피아노 앞에 앉아 피아노 연주를 연습한다. 꼿꼿한 자세, 음악에 담긴 순수성과 정확성에서, 어머니가 콘서트 피아니스트가 되기 위한 정규 훈련을 받았음을 알 수 있다. 아직 어린 소녀인 잰이 응접실로 들어가 피아노 옆으로 다가간다. 잰은 까치발을 하고 피아노 안쪽, 펠트를 댄 해머가 건반을 쿵쿵 두드리는 모습을 보길 좋아한다. 어머니가 잰에게 전혀 신경 쓰지 않는 모습을 보며, 그것이 일상적으로 반복되는, 잰에게 허락된 일임을 우리는 알 수 있지만, 그날은 뜻밖의 사건이 일어난다. 뚝 끊어진 피아노 줄이 날아와 잰의 눈 바로 아래 뺨을 찢는다. 아이는 딱 한 번, 짧은 비명을 지른 다음 얼굴을 감싸 쥐고 바닥에 주저앉는다. 어머니는 자기 실수로 딸이 실명할지도 모른다는 생각에 무너져 내리지만, 실은 언제라도 무너져 내렸을 것이다. 잰의 할머니인 — 짜리몽땅한 몸매에, 독일 출신이고 가톨릭교도인 — 오마[61]가 달려와 잰을 얼른 붙잡고 얼굴을 살핀다. 그러면서 부드러운 목소리로 피아노 선의 장력에 관해 설명하면서, 선을 너무 팽팽하게 감은 조율사의 잘못이라고 하며, 잰의 머리

61 oma. 독일어로 〈할머니.〉

너머에서 히스테리 직전의 상태로 난동을 피우고 있는 어머니를 비난하고, 어머니의 신경을 쇠약하게 만든 잰의 아버지에게 욕을 퍼붓는다.

문득 잰은 어머니에 관한 무언가를 이해하게 된다. 말이나 이미지로가 아니라, 그 두 가지를 어린아이답게 결합한 방식으로 이룬 이해다. 너무 팽팽하게 감은 신경줄은 하나씩 끊어진다는 것. **아버지, 조율사,** 그게 잰이 떠올린 단어다. 그다음에는 고통wrench 앞에서 무력한 어머니의 이미지.

「그런데 신경줄이나 아버지 같은 걸 우리가 영화 속에서 무슨 수로 보죠?」

「너 좋은 대로 생각하려무나, 네네. 부뉴엘처럼 패스티시[62]로 보여 주면 어떨까. 말 그대로, 아버지가 피아노 조율사처럼 차려입고 렌치wrench를 어머니한테 들이대는 모습을 할머니와 아이가 공포에 질려 지켜본다든지? 네가 보고 싶은 대로 보렴. 내 말을 끊지만 마.」

「잠깐만요, 할머니는 어떤 사람인데요?」

「잰에게 할머니는 이상화된 여성적 원형이다. 터프하고, 무미건조하지. **오마는 왜 절대 안 울어요?** 잰이 물으면, 할머니는 어깨만 으쓱하지. **버석버석한 게 나으니까.**」

62 pastiche. 다양한 재료를 섞은 혼합물이라는 의미로, 예술 장르에서 다양한 양식의 모방과 혼용으로 재조합하는 방식을 가리킨다.

실내: 라이프치히의 어느 정신 병원. 1902년. 문이 열리면 무척 젊은 잰의 어머니가 수용된 병동이 나온다. 어머니는 잰을 임신한 상태고, 조금 전 첫 진통을 시작했다. 간호사들이 달려온다. 독일어로 의사를 호출한다. 잰의 어머니는 독일어를 거의 못 한다. 그는 중서부 출신이다. 남편이 그를 이국땅에 두고 떠난 탓에, 그 스트레스로 미쳐 버렸다. 둘은 신혼여행 중이었다. 다퉜고, 그러다가 남편은 그대로 사라져서 거칠고 자유롭게 대륙을 활보하러 떠났다. 어머니는 극심한 스트레스로 온 영혼이 무너져 내렸다. 모두 일고여덟 달 전, 임신 사실조차 몰랐던 때 일어난 일이고, 지금 그는 정신 병원에서 출산하고 있다. 영화에 흔히 등장하는 비명이 이어진다. 힘주기. 갓 태어난 잰이 첫울음을 우렁차게 터뜨리는 소리.

실내: 라이프치히의 어느 정신 병원, 1903년. 문고리를 쥔 손. 어머니의 방. 문으로 들어가는 건 아버지, 벤 라이트먼이다. 그는 아내와 아이를 위해 돌아가라는 설득 때문에 프라하인지, 파리인지, 암스테르담인지, 마드리드인지, 아무튼 그가 달아난 곳에서 돌아온 참이다. 그가 겸연쩍은 듯 모자를 벗는다. 어머니는 미치도록 화가 난 것 같다. 요람에서

자던 아기가 움찔거린다. 돈이 바닥난 세 사람은 3등석에 몸을 실고 대서양을 건너 중서부로 돌아갈 것이다. 잰이 두 살이 되자, 그는 또 사라지고, 이번에는 영영 돌아오지 않는다.

아버지는 가족을 떠나 오명 속으로 들어간다. 시간이 지나고, 그의 악명이 점점 높아지자, 남은 이들이 아무리 잰에게 숨기려 해도 소식이 자꾸 들려온다. 아버지는 아나키스트다. 아버지는 부랑자다. 아버지는 유랑자들의 왕이다. 아버지는 열차에 무임승차하며 오랜 세월을 보냈다. 그래서 잰은 유랑자 은어를 배운다. 언젠가 아버지를 만나면 혼자 배운 것들을 보여 깊은 인상을 남기기 위해. 잰은 온갖 퇴폐적인 유형에 붙는 이름들을 배운 뒤, 머릿속에서 가지고 놀았다. 〈철도 야적장에⋯⋯ 도사리고 있다가 뒷문을 두드리는 사람들⋯⋯ 구걸을 시도하는 딩뱃ding-bat들,[63] 노련한 부랑자 구걸꾼들, 썩은 술에 찌든 늙은 스튜범stwe bum들,[64] 봉급날을 노리며 벌목장과 광산을 어슬렁거리는 잭롤러jack-roller들,[65] 금고 폭파나 노상 강도를 계획하는 로드 예그road yegg들,[66] 어깨에 우산 고치는 도구를 짊어지고 정직한 일거리를 찾아다니는 머시파키르mushfakir들,[67] 갠디 댄서gandy

[63] 정신이 온전하지 않은 사람.
[64] 무료 급식소를 전전하는 부랑인.
[65] 술 취한 사람을 노리는 소매치기.
[66] 이동하며 절도를 일삼는 사람.
[67] 우산 고치는 사람.

dancer들,[68] 부랑자 삽질꾼들…… 거리의 위험에 익숙하지 않으며 발에 굳은살 하나 없이 어린 게이캣gay cat들,[69] 부랑자 만찬이 끝나고 남은 음식을 먹는 가련한 정글 버저드jungle buzzard들…….[70]」

사춘기가 오자 잰은 엎드린 채 허벅지 사이에 베개를 끼우고 치골을 매트리스에 짓누른 채 비비면서 에마 골드먼을 상상한다. (훗날, 잰은 이때를 떠올리며 웃는다. 그의 첫사랑.) 아버지와 에마 골드먼이 연인이라는 것을, 오래전부터 그랬다는 것을 잰은 알고 있다. 에마는 아버지를 **나의 잘생긴 야수**라고 부른다. 에마가 표현의 자유와 피임, 자본주의 종식을 외치며 나라를 돌아다닐 때, 아버지는 에마의 수행원 노릇만 하는 게 아니다. 그는 에마 곁에, 에마와 한 침대에 있다.

---

68 뜨내기 노동자.
69 갓 거리에 나와 다른 유랑자들을 따라다니며 생활을 배우는 사람.
70 유랑자 야영지에서 타인을 상대로 절도하거나 기생하는 사람.

I dedicate this book
TO
EMMA GOLDMAN,
THE MOST BRILLIANT AND MOST USEFUL WOMAN
I HAVE EVER MET.
SHE TAUGHT ME THAT MEN AND WOMEN WOULD
NEVER BE FREE TILL THEY LEARNED NOT
TO EXPLOIT NOR BE EXPLOITED.

이 책을
에마 골드먼에게
바친다,
내 평생 만난
가장 영리하고 유능한 여성은
남성과 여성이 착취하지도,
착취당하지도 않는 법을 배우기 전까지는
영영 자유로울 수 없음을 내게 가르쳐주었다.

잰은 에마로 인해 **동성애**라는 단어를 처음 접한다. 에마는 동성애자의 자유연애와 존엄을 외쳤고, 그 시절엔 누구도, 미국은 물론 세상 어디서도 그런 말을 하는 사람이 없었다. 잰은 에마가 무대에 오르기 전 아버지가 군중을 열기로 달아오르게 만든다는 걸 안다. 에마는 군중들이 자신들의 삶을 급진적으로 다시 상상할 수 있도록, 자신들의 분노에 더 가까이 다가갈 수 있도록 유도한다. 에마의 집회에 참석했던 한 남자는 그 자리를 떠나 미국 대통령을 저격했다. 죽음에 이르도록. 암살자는 에마 골드먼이 자기 안에 불을 지폈다고 말했다. 잰도 그 감정을 안다. 거리에서 에마는 자유연애를 외치지만, 세월이 흐른 뒤 잰은 아버지에 한해서 에마 역시 질투심과 소유욕을 느낀다는 사실을 알게 될 것이다. 둘은 사법 기관에 쫓기고, 때로는 감옥신세를 진다. 유랑자 은어로는 꼬집힌다pinched.

반납할 책을 가방에 담아 찾아간 공공 도서관에서, 사서는 잰에게 묻는다. **꼬마 아가씨, 신문 좀 읽어 보겠니?** 그건 — 「콜럼비아 가제트」라든지 시카고, 세인트루이스 같은 곳의 신문에 — 아버지의 소식이 실렸으며, 사서가 잰을 열람실로 데려가서, 페이지를 표시하려 접어 놓은 신문을 눈앞에 가져다주리라는 신호일 것이다. 기사는 대체로 에마에 관한 것들이지만, 아버지를 직접적으로 다룬 것들도 몇 개 있고, 그렇게 아버지, 벤 라이트먼이 잉크와 펄프의 형태로 살아 숨 쉰다. 잰은 아버지의 이름이라는 얼룩을 손끝으로 문지른다.

1922년, 할머니가 돌아가신다. 잰은 스무 살이다. 오마의 독일어 책들 중 어떤 책갈피에 숨겨져 있던, 1912년 신문에서 잘라 낸 기사 하나를 발견한 잰은 샌디에이고에서 한 보안관이 아버지를 납치해 한밤중 도로에서 60킬로미터 떨어진 사막으로 데려갔다는 내용을 읽는다. 폭도들이 모닥불을 피워 놓고 모여 기다리고 있었다. 아버지는 차에서 끌려 나와 모래와 먼지와 자동차의 탐조등 불빛 속에 무릎을 꿇었다. 그들은 아버지의 옷을 벗겼다. 그러고는 벌거벗은 아버지에게 〈상세한 내용은 차마 입에 담을 수조차 없는 사악하고 역겨운 야만적 행위〉를 저질렀다. 동성 강간, 잰은 깨닫는다. 잰은 영리하고 세상 물정에 밝은 젊은 여성이고, 이미 성적 코드의 복잡성을 잘 알고 있으며, 그 모든 것을 풀어 헤치기로 작정한 뒤다.

아버지는 차라리 죽여달라고 했지만, 그들은 아버지가 살아남아 이 일을 온 세상에 알리기를 바랐다. 그중 한 남자, 형사는 자기 얼굴을 아버지 얼굴에 대고 짓누른다. **평소 우리는 그저 회사원, 의사, 변호사 같은 사람들이지만, 오늘 밤은 깡패단이지.** 그들은 불붙은 시가로 아버지에게 화상 자국을 남겼다. 아버지는 몸에 타르가 칠해진 채 사막 잡초며

선인장 사이로 끌려가 애국가를 부르도록 강요받았고, 틀릴 때마다 얻어맞았다. 아버지는 그 모든 걸 기자에게 이야기했다. 「저는 백인들로 이루어진 노란 원 안에 벌거벗은 채 서 있었습니다. 둘씩 짝을 지어 제게 다가왔고, 탐조등 속 그들의 눈은 내게 고통을 가할 작정으로 번득이고 있었습니다....... 그중 한 사람이 내게 하느님을 믿느냐 물었습니다. 나는 이런 극악무도한 행위를 용납하는 하느님은 없다고 대답했습니다. 열네 사람이 하나씩 앞으로 나와 질문을 던져 댔습니다. 저는 진실하게 답했고, 그들은 제가 대답을 할 때마다 얼굴을 주먹으로 갈겼습니다.」 그들은 아버지의 목구멍에 성조기를 쑤셔 넣어 숨 막히게 했다. 모든 것이 끝나자, 그들은 아버지에게 20달러와 함께 그의 속옷을 돌려주며 샌디에이고에 다시 온다면 똑같은 짓을 당할 거라고 에마에게 전하라고 했다. 그들은 아버지를 사막에 버려두고 떠났다.

잰은 예전에도 신문에서 아버지와 관련된 것을 읽은 적 있었다. 그것들은 전부 짧고, 공격적이고, 교조적인 어조였다. 이 기사에서 인용한 아버지의 말은 길고, 또 인간적이었다. 잰은 샌디에이고에서 표현의 자유를 놓고 벌어진 쟁의에 관해 닥치는 대로 읽는다. 끝도 없는 계급 전쟁처럼 느껴지는, 악명 높은 갈등이다. 붕대 감은 남자들의 사진들이 등장한다. 경찰 살수차 앞으로 똑바로 걸어 나간 후아니타라는 여자 이야기도 읽는다. 오늘날의 잔 다르크라고 불린 여자다. 가입자를 피부색에 따라 차별하지 않는 조직은 오로지 세계 산업 노동자 연맹 뿐이라는 이야기도 읽는다. 그러면서 그 속, 한가운데서, 얻어맞고 멍이 든 아버지를 찾으려 한다. 이미 노랗게 바랜 신문 기사를 네모 모양으로 작게 접어 지갑 안에 간직한다.「이제는 무엇을 해야 하겠습니까?」아버지는 그렇게 물었다.

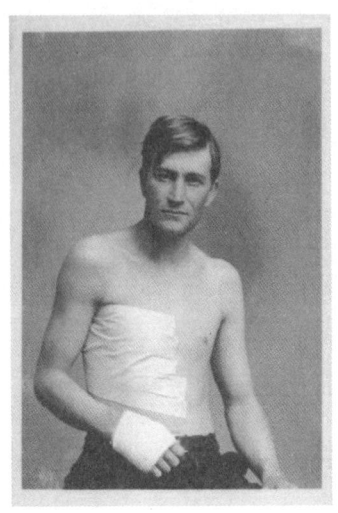

「에마와 잰 게이의 아버지가 맺은 관계는 아버지의 또 다른 연인 중 하나가 임신하면서 파국을 맞았다. 그는 적어도 네 여성과의 사이에서 아이가 있었어. 그중 세 명과는 어느 시점에 결혼한 듯하다. 이야기가 풀릴수록, 아버지는 의과 대학을 향해 나아가는 설화 속 영웅을 연상케 하지. 어느 순간 유랑자 생활을 청산하고 의사가 되었으므로. 세균학자. 유랑자 의사. 포주들을 다룬 책 『두 번째로 오래된 직업 *The Second Old Profession*』을 쓰기도 했어. 그 책은 이 방 어딘가, 책 무더기 속에 있다. 아버지는 박스카 버사[71]라는 여자에 대한 일종의 구술 자서전을 쓰기도 했다. 수십 년이 지난 뒤, 마틴 스코세이지가 영화로 각색해 화려하게 말아 먹기도 했지.」

「거짓말 좀 그만하시죠.」

「거짓말이 아니야. 시카고에서는 유랑자 대학교를 세우기도 했는데, 이런 학교 중 가장 규모가 컸다. 대단한 건 그뿐만이 아니었지. 러시아계 유대인 후손으로 덩치가 큰, 유혹적이고, 섹시한 남자. 그는 머물 곳이나 보호를 위해 국가에 도움을 청한 빈자들에게 가해진 가혹한 취급을 직접

---

71 Boxcar Bertha. 동명의 영화로 「바바라 허시의 공황 시대」라는 제목으로 소개되었다.

겪은 사람이었고, 유랑자끼리 서로를 돌봐야 한다고 외쳤다. 관공서가 개입하지 않는 친절이 그의 목표였지.」

「잰에게 돌아오기는 했나요?」

「잰이 아주 어릴 때 편지를 한두 번 보내기는 했지만, 잰이 좀 자라자 편지도 끊겼어. 하지만 신문에 아버지가, 그리고 그가 시카고에서 이루고 있는 업적과 전설적인 삶이 나오는 일이 점점 잦아졌지. 그런 기사 하나하나가 문득 잰의 무릎에 드리워지는 그림자 같았다. 그러면 잰은 분노와 스릴, 그리고 경이를 느꼈지.」

「그러고 보니, 네네, 이 이야기를 영화처럼 들려주는 걸 깜빡했구나. 말하다 보니 어느새 그 효과를 그만둬 버렸네.」

「알아요, 후안. 하지만 잰이 보여요. 이런 식으로 들으니 더 잘 보이는지도 모르겠어요.」

「음, 잠시 동안 다시 영화로 돌아가 보자꾸나. 흑백으로 인쇄된 신문들이 소용돌이치다가, 헤드라인에 초점이 맞춰지는 장면이야. **〈피는 못 속일 것이다 ― 유랑자인지, 귀족인지.〉 지난 금요일, 미주리 대학교 언론학부에 다니는 여학생 헬렌 라이트먼이 지난 남성복 차림으로 산타페 화물열차 〈막대기에 올라타고〉**[72] **시카고에 나타났다…….」**

「옛날 뉴스 진행자 목소리로 읽는 거죠?」

「그렇지. 이건 시카고로 가서 아버지를 찾으려는 잰의 여정을 다룬 여러 기사 중 하나야. 이 소식이 널리 퍼져 전국의 온갖 신문에 실렸다는 점이 인상적이지. 물론 그 이미지는 계시적이면서 오이디푸스적인 무언가를 겨냥한 것이지만 말이다. 18년간 없는 취급 했던 딸이 이제 남자처럼, 아버지처럼, 벤의 유랑자 자아처럼 옷을 차려입고 나타난 셈이니까. 벤 라이트먼의 입장에서는 유령을 보는 것만

---

[72] ride the rod. 유랑자들이 화물차의 하부 구조 금속봉 위에 올라타 무임승차하는 행동을 가리키는 표현.

같았겠지. 얼굴은 기괴할 정도로 자신을 닮았을 테고. 유령이 자신을 용서하러 온 건지, 비난하러 온 건지 알고 싶었을 거야.」

「아버지의 행방을 찾기는 어렵지 않았어. 그가 세운 유랑자 대학교는 미국에서 가장 큰 규모였지. 떠돌이와 창녀, 포주와 교수의 이야기를 듣고, 각자의 다양한 전문 분야에 관해 강의하려고 방방곡곡에서 사람들이 모여들었다. 마그누스 히르슈펠트 역시 이곳을 방문했지.

그 시절 **유랑자**라는 단어는 **부랑자tramp, 놈팡이bum** 같은 말과 혼용되고는 했지만, 빈자들 사이에서는 그렇지 않았다. 세월이 흐르며 이 단어의 의미는 더욱 납작해져서, 유랑자라는 말이 떠올리게 만드는 의미와 이미지는 무해하고, 어쩌면 광대 비슷한, 확실히 시대에 뒤떨어진 방랑자가 되었지. 잰이 아버지를 통해 만난 유랑자는 이민 노동자였다. 대부분은 집이 없는 게 아니라 철 따라 일거리를 찾아 어쩔 수 없이 단기 체류를 거듭했지. 다수가 그리스, 이탈리아, 아일랜드, 영국, 폴란드, 러시아에서 얼마 전 이주한 이들이었어. 대이동[73]의 일부였던 흑인들도 많았지. 오늘날로 치면 농장에서 일하는 멕시코나 중앙아시아 출신 이주

---

73 Great Migration. 1910년~1970년 사이 6백만 명 이상의 아프리카계 미국인이 미국 남부 시골 지역에서 뉴욕, 시카고, 디트로이트, 로스앤젤레스 등의 북부, 중서부, 서부 대도시로 이주한 현상.

노동자들일 거다.」

「훗날, 위원회에 들어갔을 때 잰은 자신의 관심사뿐 아니라 방법론 역시도 아버지와 얼마나 겹치는지 무시할 수 없었다. 포주를 다룬 『두 번째로 오래된 직업』의 마지막 부분에서 벤은 사례 연구를 이어 가며 자신의 목소리로 말할 기회가 거의 없었던 이들의 증언을 옮겨 썼지. 아버지는 홀어머니 슬하에서 가난하게 자란 부랑자였다 — 열네 살 나이에 열차 무임승차를 시작했으니까. 포주와 매춘부들 사이에서 자랐고, 나중에는 그들을 돌보았다. 잰과 같이 아버지 역시도 낙인찍힌 이들에게 목소리를 주고자 선정주의를 멈추고 대항 서사를 만들고자 했지. 〈제5장: 백인 여성들이 말하는, 흑인 포주 밑에서 일하는 이유〉에서, 폴린, 에이다, 팬지는 자신들의 포주가 예전에 만난 백인 포주보다 더 잘해 준다고 말했어. 아니면 그저 이렇게 표현하기도 했다. **난 그를 사랑하고, 그도 나를 사랑한다는 걸 전 알거든요.**」

「잰은 아버지가 책을 집필할 때 그랬듯 희망과 야망을 품고 레즈비언의 삶을 기록하는 프로젝트를 시작했을 것이다. 그리고 연구 초기, 헨리와 디킨슨 등과 함께하며, 아는 이들을 전부 끌어모아 연구 참여자를 모집하고 인터뷰하고 기록하는 일 역시 들뜬 기분으로 했을 테지. 그러나 모든 것은 쓰라린 응어리만 남긴 채 끝났어. 그가 위원회에 쓴 편지는 이렇게 시작한다. **신사 여러분. 제가 아는 동성애자 남성과 여성 집단에게 수행한 연구에 바탕을 둔 조지 W. 헨리의 사례사 원고를 꼼꼼히 읽고 난 뒤 제가 가장 강하게 느꼈던 것은 실망감이었습니다……. 설교를 늘어놓으며 청자를 향해 〈사회적 일탈자〉라 칭하는 건 그 어떤 복음주의자나 할 수 있는 일입니다. 그 어떤 사회복지사 역시도…….」**

「왜 그러세요, 후안? 갑자기 표정이…….」

「아무것도 아니다, 네네. 그냥 좀 피곤한 것뿐이야.」

「계속 이야기해 줄래요? 사회복지사가 왜요? 나머지도 듣고 싶어요……. 아마 그 시점에서 잰이 할 수 있는 일은 많지 않았겠죠?」

「그런데, 이제 잰 이야기는 그만하자꾸나.」

「그만하자고요? 그게 다예요?」

「나머지 이야기는 이미 알잖니. 넌 다 알고 있어. 차라리 리암 이야기를 들려주지 그러니? 이제 그를 놓아줄 때도 됐어.」

「지금 우리가 하는 일이 그런 거였어요?」

「마지막 부분부터 이야기해 주렴. 마지막으로 그를 만난 때 말이다. 그다음에 처음으로 거슬러 올라가는 거야.」

「좋아요, 후안. 마지막부터라, 마음에 드네요.」

「그리고, 니뇨……. 날 흥분시킬 만한 이야기를 하기를 바란다.」

「언제 물어볼까 했네요.」

내가 스물일곱 살, 리암도 스물일곱 살, 그는 내게 정원 가꾸기에 관한 책을 읽어 준다. 나더러 하루, 이틀, 최대 사흘까지 이 집에 있어도 된다고 한다. 우리 사이가 풀어질 일이 없다는 걸 내가 분명히 이해하는 한 말이다. **우린 끝이야, 영원히.** 그가 말한다. 나도 느낀다. 나를 자기 안에 더 많이 집어넣으려고 골반을 거세게 부딪쳐 오는 동작에서. 그게 더 낫다. 적어도 나한테는—좀 더 거래 같으니까. 사귀던 몇 년 내내, 우리는 섹스다운 섹스, 그러니까 야심 차며 곡예에 가까운 섹스를 해야 마땅한 횟수보다 적게, 사람들이 우리 같은 남자들이라면 당연히 할 거라고 짐작하는 횟수보다 더 적게 했고, 그건 내 심리적 문제나 기억 상실 때문이었으며, 리암은 보채지 않았다. 만약 지금 하는 것들이 우리의 마지막 섹스라면, 우리 둘 다 돈만큼의 가치를, 기억할 만한 무언가를 얻고 싶다. 곧 리암은 사정하지만, 나는 머릿속이 복잡하여 포기해 버린다.

    그 뒤에 우리는 함께 눕고, 그는 스쿼시 호박과 씨앗에 관해 설명한다. 때로, 특히 섹스 후에, 나는 상대가 내게 무언가를 설명하는 게, 내가 귀를 기울이는 게 좋다. 리암은 상속물이라든지 문화적 유산이라든지 외래 유입종 같은 이상한 것들을 잘 안다.

우리는 낮잠을 자고, 깨어나고, 다시 몸이 달아오른다.
우리의 헤어짐이 영원하다는 사실이 우리를 흥분시킨다.
리암의 여러 직업 중 하나는 시 소속 시간제 공원 조경사다.
웃통을 벗고 일하는 건 금지여서, 지정된 티셔츠 소매를 짧게
잘라 버렸다. 그 결과, 내가 본 그 어떤 농부보다도 적나라하게
그을었다. 백인 켄 인형의 팔과 얼굴만 갈색 피부로 바꿔 달아
놓은 것처럼. 내 눈에는 믿기지 않을 만큼 섹시하다 —
머릿속에 **사지가 절단된dismembered**이라는 단어가
떠오른다. 그의 겨드랑이에 코를 누른다. 그가 몸을 굴려
천장을 보고 눕자, 나는 핥고 침을 바르고, 안으로 들어간
뒤에는 그을린 살갗이 목 아래쪽에서 끝나는 선에 집중한다.
그 선 위로는 모든 것이 따뜻하고 성나 있다. 아래는 전부
서늘하고 부드럽다. **참수된beheaded**, 나는 생각한다. **새
머리를 단reheaded. 어디로도 향하지 않는headed nowhere.**

한참 뒤에야 침대에서 일어난 그는 레코드를 플레이어에
올려놓는다. 로버타 플랙이 커버한 「이봐, 헤어지자는 말을
그렇게 하면 안 되지」는 지나치게 극적으로 보일 수도 있지만,
솔직히 말하자면 우리가 함께하는 동안 그는 아침마다 그
곡을 틀었고, 그 노래는 거창하게 느껴지지 않는, 그저 우리가
잠에서 깨어날 때, 그리고 작별할 때 듣는 노래였다. 나는 그가
출근하려 옷을 입는 모습을 본다. 시내 뮤직홀에서 설거지
일도 하고 있어서다. 리암은 뮤지션이다. 오늘 밤에 그곳에서
어떤 밴드가 공연하니 보러 오라고 하는데, 내가 좋아할 걸

그가 알아서고, 그건 리암이 나를, 내 취향, 특히 음악 취향을 속속들이 알기 때문이다. 그래서 우리의 계획은 내가 그 건물 뒷골목에 서서 담배를 피우고 있는 동안 리암이 나와서 내가 들어올 수 있게 문을 살짝 열고, 내가 그를 따라 부엌을 통해 무대 옆쪽으로 들어가는 것이다. 나는 무대 앞쪽 관객 틈이 슬쩍 섞이고, 리암은 다시 일하러 갈 것이다. 리암이 벽장 바닥에서 액세서리, 아마도 멜빵을 찾고 있다.

「돈 필요해?」 그가 묻는다.

그리고 나는 곧이어 어느 돈 많은 남자가 나를 만지고 빨아 주게 할 예정이지만, 그 말을 하면 리암이 불같이 화내리라는 걸 안다. 리암이 결벽주의자이기 때문이 아니라, 사귀는 동안 내가 했던 온갖 거짓말을 그가 떠올리게 하지 않으려 조심하고 있기 때문이다. 그래서 나는 들키지 않기 위해 그가 주는 돈을 받는다. 수치스럽지만, 그 감정은 멀고도 둔탁한 데다가, 본질적으로 나르시시즘적이다. 내가 느껴야 마땅한 감정은 죄책감이다. 나는 들리지 않는 척한다.

리암은 백인 남자치고는 드물게도 햇빛에 붉게 달아오르는 게 아니라 금빛으로 탄다. 여름을 보내며 그의 갈색 머리카락은 그의 눈과 똑같은 모래 빛깔로 변하고, 거기서부터 아래로는 전부 금빛, 금빛, 금빛이다. 그의 음경은 굵고 건강하다. 침대 밖에서는 바보 같은 그가 침대에서는 그런 모습이라고는 한 점도 없이 허기를 드러낸다. 나는 늘 허기져 있고, 종종 화가 나고 탐욕스러우며, 침대에서는, 특히 내면에서 무심한 거부감을 느끼는데, 그럼에도 나는 그 모든 감정을 숨기는 데는 탁월하며, 리암을 위해서 숨긴다. 아니, 적어도 나는 그 감정을 숨기는 것이 그를 위해서라고, 그를 지키기 위해서라고 스스로에게 말하는데, 그건 성 판매라는 행위에 대한 일종의 자기합리화다. 내가 이 열기를 분출할 구멍을 만드는 것, 적어도 여기서만큼은 나 자신이 될 수 있고, 내가 필요로 하는 섹스를 증오할 수 있으니까.

「돈 필요해?」 리암이 또 한 번 묻는다.

「뭐 좀 먹을 정도만.」 내가 대답한다. 「그리고 우리 — 너 — 화장실 휴지 다 떨어졌어. 약도.」

그는 웃으며 전날 밤 입었던 작업복 주머니에 들어 있던 1달러짜리 뭉치를 내게 건넨다. 교대 근무가 끝나면 웨이트리스들이 주방에 들어와 리암에게 팁을 주고 불러낸다. 그는 과거에 자기를 사랑하는 여자들과 섹스했고 그걸 즐겼다. 예전에는 그 웨이트리스들 또한 전부 리암을 사랑한다고 상상했고, 그러면 그 여자들이 지폐를 세어 그의 손바닥에 쥐여 주는 모습을 떠올리며 질투심이 일었다. 물론 요즘은 그 에로틱한 긴장감에 공감한다. 연상의 남자들이 20달러 지폐들을 세어 내 손바닥에 쥐여 줄 때 느끼는, 가치 있는 존재가 된 기분.

이번 곡은 「내가 당신의 얼굴을 처음 본 순간」, 리암이 다시 방 안으로 고개를 쏙 들이밀고, 우리는 함께 노래한다. **내 손안에서 지구가 움직이는 걸 느껴요 / 내 명령을 듣고 내게**

다가와 / 사로잡힌 새의 떨리는 심장처럼. 우리는 이 가사, 뒤섞인 은유들의 부조리를 좋아했다. 대체 무슨 뜻으로 쓴 가사란 말인가? 우리는 특히 로버타가 고음을 내질렀다가 곧바로 나직한 저음으로 노래를 이어 가는 기교를 좋아했다.

「감정을 역순으로 더듬어 가는 건 쉽지 않네요.」
「용기를 내라. 소돔을 떠나는 롯의 아내를 생각하렴. 그 여자가 뒤를 돌아본 배짱을 말이다.」
「그래서 소금 기둥으로 변하지 않았던가요?」
「롯의 아내가 그걸 몰랐겠니? 주님의 경고를 들었잖아, 네네. 그런데도 뒤돌았지.」
「왜요?」
「그 사람의 눈에 무엇이 보였겠니?」
「고통? 화재, 분노한 천사들.」
「그리고 그 파괴는 얼마나 근사했겠어? 특정한 거리에서 볼 때, 재난은 숭고한 것과 구분하기 힘들 테지.」
「그런데 잰의 이야기 말이에요. 이 또한 뒤돌아보는 시선으로 끝날까요?」
「그럴 수도 있지. 아니면 잰의 경우엔 암전으로 끝날 수도 있고.」
「제가 본 것 중 그에 비견할 만한 건 아무것도 없는걸요.」
「당연히 아니겠지. 어쨌든 카운트다운을 시작해. 뒤를 돌아보고, 그다음에는 더더욱 먼 뒤를 돌아보며, 네 이야기의 결말을 찾을 수 있도록.」

3.

열차를 기다리던 중, 시멘트로 된 플랫폼 가장자리에 놓인 채 나를 기다리는 금빛 깃털 하나가 내 눈에 들어온다. 머릿속에 농담 하나가 떠오른다. 쥐가 금빛 비둘기 한 마리를 통째로 잡아먹는 농담 — 하지만 주변에 이 농담을 나눌 사람은 아무도 없다. 어느 노숙자가 좁디좁은 벤치 위에서 전문가답게 잠들어 있고, 어떤 여자가 그를 피해 멀찍이 떨어져 선 채 자기 발끝을 내려다보고, 아주 젊은 어떤 남자는 나를 티 나게 훑어본다. 나는 가느다란 목걸이 줄이 달린 깃털을 집어 올리지만, 플랫폼 가장자리에 그대로 쪼그리고 앉아 선로 쪽으로 고개를 내민다. 열차가 정차 중인 다음 역 너머가 막힘없이 보인다. 열차의 헤드라이트는 정글 속에 도사린 호랑이의 눈처럼 빛난다. 열차가 다가오며 호랑이 눈이 커지는 모습을, 나는 그 자리에서 균형을 유지하며 매혹에 사로잡힌 채로 지켜본다. 마침내 고개를 도로 집어넣고 일어서자, 여자와 젊은 남자는 나를 대놓고 쳐다보고 있다. 우리는 모두 연결되어 있고, 내가 뛰어내리지 않았다는 사실에 모두가 안도한다. 나는 마치 설명이라도 하듯이 그들을 향해 목걸이에 달린 깃털을 흔들어 보이는데,

그 모든 일은 찰나의 순간에 일어나고, 곧 열차가 굉음을 내며 도착해, 문이 열리자 우리는 각자 다른 칸에 올라탄다. 자정이 넘은 늦은 밤, 나는 어떤 남자의 집 청소를 해주기 위해 업타운으로 향하는 중이다.

남자는 센트럴파크를 내려다보는 건물의 펜트하우스에 산다. 건물에는 도어맨이 있어서 이름과 방문한 이의 이름을 반드시 알려야 한다. 나는 가명을 댄다. 살바토레. 도어맨이 자기 이름은 프레디라면서 윙크한다. 50대로 보이는, 밝은 피부의 흑인이다.

「라틴계?」

「푸에르토리코인이에요.」 나는 양손을 바지 뒷주머니에 찔러넣고 가슴을 부풀리는 동작을 취해 보인다.

「그래, 당연히 그렇겠지.」 프레디가 씩 웃는다.

엘리베이터를 타러 가는 길, 프레디가 뒤에서 돌아오라고 나를 부른다. 내가 돌아가 그의 앞에 서자, 프레디는 더 가까이 오라는 손짓을 한다. 로비엔 우리 둘뿐인데도 남들이 들어서는 안 될 말을 전하겠다는 듯이.

「이 문으로 들어와서 그쪽이 가는 바로 그 집을 찾아가는 갈색 피부의 깡마른 젊은 남자들을 말이오.」— 프레디가 내 쪽으로 더 바짝 몸을 가져다 댔다 —「전부 한 줄로 세우면 어떻게 되는지 압니까?」

나는 다음 말을 기다린다.

「어떻게 될 것 같소?」

나는 눈을 내리깔아 프레디의 가랑이를, 그의 조그만 책상 위를, 그 위에 놓인 구겨진 스포츠카 잡지를 훑어보고 나서 다시 참을성 있게, 차분하게 그를 바라본다.

「제3세계 군대가 하나 생기거든.」 프레디는 그렇게 말하더니 깍깍 소리를 내면서 웃는다.

집에 도착하자 남자는 내게 속옷은 벗지 말라고 지시한다. 개방적이고 아주 현대적인 아파트다. 천장 높이가 4미터에, 벽 하나는 통유리로 되어 있다.

나는 통유리를 암모니아와 신문으로 반짝이게 닦는다. 밤의 유리창에 비친 내 모습이, 몸의 테두리와 이목구비의 흔적만 얼핏 남은 내 몸이 거의 투명에 가까워지고, 도시의 불빛과 암녹색 공원이 그 속에 담기고, 동시에 몸 밖으로 넘쳐흐르는 것이 좋다. 내가 입은 흰 속옷이 유리에 비치며 불투명함과 실재성을 더한다. 금빛 깃털이 달린 금목걸이는 반짝이는 금십자가 목걸이 바로 아래로 늘어져 있다. 남자는 내 몸의 평범한 부분들을 두고 한 마디씩 던지는데, 평범하지 않은 부분들에 대해서도 마찬가지다 — 내 종아리라든지, 척추 꼭대기 튀어나온 목뼈라든지. 그런 것들에 대해 말하는 것이 반드시 칭찬은 아니다. 우리 둘 다 그 사실을 안다.

나는 남자를 쳐다보지 않는다. 유리창에 비친 나를 본다. 반쯤 사라진, 날씬하고 젊은 몸. 나는 자신만만한 분위기를 뿜어내며 일한다. 허영을 부리는 척하지 않으면 남자들은 실망한다. **내 매끈한 피부를 봐요, 내 젊은 얼굴을 봐요, 내**

금빛 깃털을 봐요!

그 순간, 무언가 다른 감정이 나를 사로잡는다. 확신이다. 나는 겉치레에 능숙하다. 그렇기에, 지금 나는 무엇보다 이 말을 하고 싶다. 이 순간, 나는 행복하다고.

―

2.

「해명해, 해명하라고.」리암은 그렇게 요구하지만, 그 어떤 설명도 하기를 원치 않는다. 이제 나는 그에게 괴물이 되었고, 그는 내가 쭉 괴물이기를 바란다. 나는 아무 말 없이 테이블에 놓인 일회용 소포장 된 설탕을 손끝으로 원을 그리며 돌린다. 웨이트리스는 우리에게서 멀찍이 떨어져 다가오지 않지만 ― 리암이 대놓고 흐느끼고 있으므로 ― 그래도 나는 웨이트리스가 와서 내 빈 잔을 채워 줬으면 좋겠다. 나는 리암의 말을 듣는다. 그가 우는 모습을 본다. 머릿속을 들쑤셔 기억을, 아픔을 찾으려 애쓴다. 나도 눈물을 흘릴 수 있게. 10년이 되어 가는 긴 연애 내내, 나는 씹새끼였고, 늘 그런 건 아니었지만 종종 돈을 받으려고 수없이 많은 남자를 만나고 다녔기에, 참회의 의미로 지금 그를 위해 울어 주고 싶다, 그만큼은 해주고 싶다. 들쑤시고 들쑤셔도, 눈물 한 방울 나지 않는다. 그뿐만 아니라 울기 위해 나 자신을 속이고, 또 리암을 속이는 건 또 하나의 거짓을 만드는 일일 텐데, 난 이제 모든 걸 실토할 작정이다.

「변명이라도 해보라고!」리암이 요구한다. 테이블을 쾅 친다. 다 큰 남자가 이렇게 흐느껴 울고 있는 데다가, 중고품

가게에서 산, 팔꿈치를 천으로 덧댄 분홍 옥스퍼드 셔츠에 멋을 잔뜩 낸 헤어스타일까지 — 우리는 누가 봐도 게이고, 약간 불쌍하기까지 하다. 옆 부스 좌석에 앉은 둥그런 얼굴을 가진 가족들의 눈에 우리가 어떻게 보이는지 알겠다. 우리에게서 등을 돌린 채 카운터 좌석에 푹 수그리고 앉아 각자 혼자 음식을 먹고 있는 남자들이 무슨 생각을 하는지도 다 들린다. 그리고, 당연히, 웨이트리스의 머릿속도 다 꿰뚫어 볼 수 있다. 웨이트리스는 영영 커피 주전자를 가지고 우리에게 다가오지 않을 것이다. 우리는, 특히 그는 희한하니까. 이런 판단, 겉으로 어떻게 보일지에 대한 걱정을 무시할 줄 알아야 할 텐데. 리암, 오로지 리암을 바라보고, 무슨 감정이라도 느껴야 마땅한데.

「이러지 마.」 나는 말한다. 주머니에서 20달러를 꺼내 웨이트리스의 눈에 잘 띄도록 테이블 가장자리에 둔다. 사우스 브루클린, 노동 계층이 주로 찾는 24시간 다이너에서 커피 두 잔을 마시고 게이 티를 낸 값으로 치르는 20달러.

「설명하라니까, 설명 좀 해.」 리암이 칭얼거린다.

나는 일어서서 옷걸이에 걸어 두었던 리암의 낡고 추레한 피코트를 집어 든다. 「입어. 눈물 닦아. 이제 나갈 거야. 냅킨은 여기 있어. 코 좀 풀어.」 그러면서 리암이 형편없는 실력으로 직접 뜬 목도리도 건네준다. 요란한 색상, 구멍, 빠뜨린 코, 이 목도리에 담긴 온갖 우아하지 못한 요소를 그는 얼마나 자랑스러워했는지, 그리고 뚱뚱하고 귀먹은 우리 집 고양이를 무릎 위에 둔 채 램프 불빛에 의지해 뜨개질하는 그의 모습을 침대에서 책을 읽다 바라본 밤은 또 얼마나 많았는지, 그때 비록 먼지와 잡동사니, 고양이 털로 범벅인 상태로도 그가 아름답다고, 부드럽다고, 편안하다고 생각했던 것, 매번 똑같은 위치에서 튀던 똑같은 레코드, 그 모습을 보면서 무엇이 그를 그토록 부드럽게 만들었는지 — 두려움 — 그리고 그가 무엇을 그렇게 두려워하는지 — 나 — 에 관한 생각에 잠겼던 것.

「설명해. 네 설명을 요구하는 거야. 이 씨발놈아.」
「일어나. 가자. 이쯤이면 됐잖아. 집에 데려다줄게.」

거센 바람이 들어서 단춧구멍마다 칼바람이 스며드는 데다가, 난 모자도 쓰지 않았다. 바람이 불어서 다행이다. 다들 정수리가 정면을 향하도록 고개를 푹 숙인 채 양손을 겨드랑이 아래 끼우고 걸어 다니니까. 아무도 다른 사람을 쳐다보지 않고, 또 남의 눈길을 받지도 않는다. 그러나 세찬 바람이 내 얼굴을 물어뜯는 와중에도 오로지 나만은 남자들을 쳐다본다. 그 순간조차도, 나는 모든 남자를 쳐다본다.

우리가 사는 허름한 아파트는 이제 그의 집이다. 그는 내가 집까지 올라오길 바라지 않고, 이해할 만한 일이지만, 나는 바깥에서 무얼 설명하기에는 너무 춥다고 말한다.

「장난해? 무슨 계략이라도 꾸며?」 리암이 묻는다.
「기만자, 넌 기만자야. 내가 네 장난감이야?」

그는 첫 번째 자물쇠에 열쇠를 밀어 넣고, 이어 그다음

자물쇠에 열쇠를 넣는다. 손을 떨고 있다. 나는 그와 섹스하고 싶지 않지만, 내가 그와 섹스하고 싶어 하기를 그가 바란다는 사실은 안다.

안으로 들어가자 우리 고양이가 다리를 자기 머리로 밀어 댄다.

「네가 보고 싶었나 봐.」 리암이 말한다. 고양이를 안아 올릴까 생각하지만, 나는 울 소재의 검은 코트를 입고 있고 우리 고양이는 새하얗다. 나는 리암의 손을 잡고 침실로 이끈다.

「싫어.」 그가 말한다. 「그 짓을 했던 곳에서는 안 돼. 이리 와.」 그는 욕실 문을 열고 전구에 달린 스위치 줄을 당긴다. 「바닥에 앉아.」

팔각형 흰색 타일을 한 번 보는 것만으로도 뼛속 깊이 배어드는 극심한 한기를 느끼기엔 충분하지만, 나는 의무에 따라, 성실하게 옷을 벗고는, 맨 등을 바닥에 대고 누워 기다린다. 리암이 콘돔을 가지고 돌아온다. 우리는 예전에는 콘돔을 쓴 적 없었다. 단 한 번도.

「그딴 건 어디서 구한 건데?」

「닥쳐.」

「아니, 진심으로 묻는 거야. 샀어? 벌써? 벌써 그걸 사 왔다고?」

「껴.」

나는 그 말대로 한다. 우리는 해야 할 일을 한다. 몸 아래

바닥은 이상하게 더 차갑고 딱딱해진다. 몸이 달아오를 무렵, 리암이 내 양어깨를 붙들고 나를 끌어올리자, 나는 키스하려는 것이라고 생각하지만 — 우리는 아직 키스한 적 없었다 — 그는 그 대신 내 어깨를 바닥에 거세게 짓누르고, 머리뼈가 바닥에 쾅 부딪치면서 눈앞이 하얘지고 귓속에 백색소음이 들려온다. 내가 옆으로 웅크린 채 눈을 감고 머리를 감싸고 있다는 걸, 내 몸 위 리암의 무게가 사라졌다는 걸 깨닫기까지는 몇 분의 시간이 걸린다. 눈을 뜬다. 리암은 욕실 밖으로 나가 침실 문간에 서서 나를 바라보고 있다. 정신적으로 불안해 보인다 — 엄청난 충격에 사로잡힌 듯, 발가벗은 채, 우리 고양이를 가슴에 꼭 끌어안고 있다 — 정신적으로 엄청나게 문제가 있어 보인다.

「난 괜찮아.」 내가 말한다.

그는 비웃음을 짓더니 미친 사람처럼 코웃음을 치고는 침실 문을 발로 차서 닫아 버린다.

1.

나는 책방 문을 잠그고 음악을 껐지만 불은 그대로 켜놓았다. 방 전체가 문득 너무도 고요했고, 서가의 책들은 불쑥불쑥 나와 있어서 정리해야 했다. 카페 의자를 테이블 위에 얹어 놓고, 호기심 많은 사람들이 벽돌을 던져 유리창을 깰 궁리를 하지 못하도록 텅 빈 금전 등록기 서랍은 열어 두었다. 뒷방으로 가서 시재를 셌다. 한번은 서랍에서 1백 달러를 훔쳤는데 — 1달러짜리와 5달러짜리로 — 내가 주머니에서 지폐를 끊임없이 꺼낼 때 리암은 엄청나게 창피해했고, 불같이 화를 냈다. 지난 수년 동안 수없이 많은 곳에서 해고를 당하거나 내 발로 걸어 나왔다. 장기 백수 노릇을 몇 번이나 했던가? 나는 자유로웠다. 늘 자유로웠다. 리암은 해고당한 적도, 일을 갑자기 그만둔 적도 없었고, 사회 정의 단체에서 죽도록 열심히 일했으며, 그렇게 우리가 사는 사우스 브루클린의 허름한 아파트를 유지했고, 우리의 식량과 고양이 밥, 중고 레코드를 사다 날랐다. **사람들은 도둑질해**, 나는 그에게 말했다. **거짓말해, 속이기도 해. 먹거나, 먹히거나.** 물론 그는 도둑질하지도, 거짓말하지도, 속이지도 않았지만.

    아무튼, 뒷방에서 시재를 세는데 전화벨이 울린다. 그

남자일 거라고 생각한다. 그 남자의 전화를 기다리는 중이다. 오늘 퇴근한 뒤에 찾아와 만나기로 한 남자다. 그런데 전화한 사람은 가게 앞에 찾아온 리암이다.

「고개 내밀어 봐.」그가 말한다.「내가 보일 거야.」

「시재 정리하는 중이야.」

「잠깐 쉬어, 돈 세는 게 뭐가 중요해. 고개 내밀어서 나한테 얼굴 좀 보여줘.」

「어디까지 셌는지 잊어버린다고. 아무튼 집으로 가. 오늘 할 일 있다고 했잖아.」

「할 일이 뭔데? 집에 가는 거?」

「로레나 만난다고 말했잖아. 나 혼자만 보고 싶대. 걔 요즘 어떤지 알잖아. 진탕 퍼마시고 다 쏟아 내고 싶을걸. 넌 아침에 일도 있고 — 아무튼 우리 말고 나만 만나자고 했어. 일단 로레나가 그렇게 말했는데, 네 문제는 아니야. 그냥, 나랑 있으면 우월감을 느끼는 거지. 자기보다 내가 더 망했다고 생각하니까, 자기 얘기를 해도…….」

「남자가 있네.」리암이 말한다.「자전거 탄 남자.」

그 말에 나는 입을 다문다.

「남자가 유리창 안을 들여다보고 있어. 자전거를 탄 채로 안을 들여다보는 중이야. 진실을 말해 줬으면 좋겠어. 이 남자, 너 기다리는 거야?」

「자기야.」

「믿기지가 않는다.」리암이 중얼거린다. 또 다른 말도

속삭인다. 어쩌면 바람 소리인지도 모르겠다. 그러더니 리암이 말한다.「정말 괜찮은 남자 같네. 이 믿기지 않는 씹새끼야.」

그는 괜찮은 남자가 아니지만, 그렇다, 그는 괜찮은 남자처럼 보이는 법을 안다.

우리는 전화를 끊지 않는다. 나는 뒷방에 그대로 있다. 리암은 지하철역 쪽으로 간다. 자전거를 탄 남자는 기다린다. 나는 애원하고, 사과하고, 내가 그와 헤어지기를 진심으로 바라는 만큼이나 헤어지고 싶지 않은 척한다. 그러는 내내, 엄청난 분노를 느낀다. 사과하는 게 지겹다. 리암은 늘 버려진 화분을 발견하고 집에 와 되살렸다. 덕분에 우리 집은 식물투성이고, 다들 왕성하게 자라고 있다. 그 사실도 화가 난다—또 리암이 오늘 밤에는 집에 오지 말라고 할 때도, 내일 자기가 출근한 사이 집에 들러서 짐을 모조리 챙겨 나가 다시는 돌아오지 말라고 말할 때, 나는 그 화분들을, 그것들이 없는 세상의 한 공간을 생각한다. 그러나 사실, 한때는 우리 둘 다 그의 선함이 지닌 해맑은 회복력을 믿었다.

「끝이야.」리암이 말한다.「넌 자유야.」

0.

리암과 나는 버지니아주의 조그만 농장에서 일손 노릇을 하기로 한다. 블루리지 마운틴의 움푹 파인 지대에 자리한, 너절한 바위투성이 땅이다. 우리는 쉬지 않고 번갈아 가며 운전한다. 차는 리암이 한 푼 두 푼 모아 산 고물차다. 우리는 느릿느릿 산비탈을 올랐다가, 그다음에는 반대편 비탈을 무모한 속도로 미끄러져 내려간다. 최대한 오래 브레이크에서 발을 뗀 채, 양손으로 운전대를 꽉 잡고, 우리의 행운을, 원하는 건 뭐든지 할 수 있으며 그걸 함께 할 수 있다는 새로운 권리를 요란하게 외치면서. 우리는 둘 다 스무 살, 서로를 찾아냈다.

첫 화물차 휴게소에서 나는 노란색이 들어간 렌즈에 큼직한 검은 플라스틱 테를 가진 운전용 선글라스를 하나 훔친다. 그걸 끼고 있으면 온 세상이 꿀 속을 헤엄치는 것처럼 보인다. 리암은 내가 이런 도박을 하다가는 커다란 대가를 치르게 될 거라는 이성적인 헛소리를 늘먹이고, 감옥의 환경이며 편견, 타인의 적의 따위를 가늠해 보려 들지만, 나는 운전 중인 그에게 선글라스를 씌우고 그의 목에 입 맞춘다. 말한다.「봐.」

그러자 그는 말한다.「너무 아름다워.」

우리가 도착한 건 밤, 농장으로 이어지는 흙길의 절반을 쓸어 간 태풍이 막 지나간 때다. 우리는 자꾸만 작은 웅덩이에 빠지고, 그때마다 마치 세차장 안을 지나갈 때처럼 물이 앞유리창까지 튄다. 세 번이나 지나치고 나서야 분기점을 찾는다. 아무 표지판 없는 붉은 흙길. 정확히는 타이어 자국이 만든 평행한 두 개의 길이고, 가운데에는 잡초가 자라나 있다. 길 가장자리를 뒤덮은 나뭇잎이며 가시덤불이 유리창을 긁어댄다. 자동차의 상향등이 닿는 곳을 제외하면 아무 빛도, 심지어 달빛도, 별빛도 없이, 오로지 나무들, 그리고 너무도 묵직하고 깊은 어둠으로 이루어진 5킬로미터의 길이라, 우리는 말을 멈추고, 사방을 뒤덮은 타르 빛깔의 광활함을 가늠해 보려고 이마가 유리창에 닿을 만큼 목을 길게 뺀다.

「세상의 가장자리에서 방금 미끄러진 거야.」리암이 말한다.

헤드라이트 불빛에 반짝이는 한 쌍의 눈이 언뜻 비친다. 얼굴 없는, 조그만 괴물이다. 차 안, 대시 보드에서 나온 녹색 빛이 리암의 턱 밑 부드러운 흰 피부에 반사된다. 마치 리암의 내부에서 녹색 빛이 뿜어져 나오는 것만 같다.

「뭐가 그렇게 두려운데?」

그 말에 리암은 아주 잠깐 고개를 돌려 나를 바라본다. 「뭐야. 겁 없는 척하는 거 엄청 좋아하네.」

길가에 산탄총을 든 농부가 나타나 손차양으로

헤드라이트 불빛을 가리고 있다. 리암이 차를 세우고 손잡이를 돌려 차창을 내린다.

「차는 여기 세워 둬.」 농부가 말한다. 산탄총을 들고 있는 것에 대한 변명은 하지 않는다. 「손전등은 가져왔어?」

그는 우리를 작은 오두막으로 데려간다. 네 개의 벽 위에 지붕널을 올린 기울어진 건물 안에는 화목 난로가 하나 있다. 오두막은 작은 언덕의 3분의 1 지점에 있는데, 건물 선년의 벽 아래에는 두꺼운 돌판이 끼워져 있다. 집이 데굴데굴 굴러 내려가 비탈 아래 야생 라즈베리밭에 떨어지지 않도록 매년 새 돌을 끼운다고 한다. 농부는 손전등을 크게 휘두르며 그 모든 걸 설명한다. 우리가 이 농부를 처음 만난 건 그해 봄, 개발 도상국의 목을 조이는 세계은행과 국제 통화 기금에 항의하려 주도에 모인 수많은 시위자를 위해 그가 자기 땅을 개방해 주었을 때였다. 분노와 너저분한 축하로 가득한 한 주였다. (**열정적인 청춘이구나, 그렇지 않니, 네네? 맞아요, 후안. 불태우고, 노래하고.**) 리암과 나 역시 그 허접스러운 이상주의자들의 일부가 되어 농장에서 야영했다. 묘목이며 온실, 산, 그리고 매혹적이며 편집증적인 이야기들을 들려주는 귀농한 옛 히피에게 흠뻑 빠진 우리는 아예 하루 시위에서 빠지기까지 했다. 그는 일손이 필요한 여름에 다시 오라고 우리를 초대했다. 지금, 어둠 속, 산비탈에 선 이 남자는 성미가 고약하고 약간 제정신이 아닌 것 같다.

「이 친구가 좀 흔들거리거든.」 농부는 말한다. 「곧 쓰러질 것 같긴 하지만 올여름까진 버틸 거야.」

「확실하신 거죠.」이 말을 질문의 형태로 바꾸기에는 너무 소심한 리암이 말한다. 언덕을 오르느라, 짐의 무게 때문에 숨이 찬 나는 헐떡거리는 숨소리를 잠재우려고 애쓴다.

「별이 없군.」농부는 대답한다.「폭풍 때문이다. 평소엔 별이 있어. 잘 자라.」

그 오두막의 문을 열 수가, 우리가 보낸 그날 밤을, 어떻게 그 밤을 보냈는가를, 처음으로 맞이한 비 내리던 아침을 설명할 수가 없다. 그 많은 꽃망울이, 꽃이, 열매가, 맺히고 피어나던 일을. 벌집, 꿀, 우편으로 도착한 병아리들, 여름 번개, 갈색으로 그을던 우리의 피부, 산꼭대기에서 내려다보던 전망, 산비탈을 굴러 내려오던 것을 전부 말할 수는 없다. 백일홍, 회전식 경운기 따위의 내가 알지도 못하던 단어들, 돼지들에게 음식물 찌꺼기를 먹으러 오라고 부를 때 쓰던 말들, 내 남자의 피부, 그가 어떻게 내 남자가 되었는지, 약속, 그리고 겉치레, 전기가 들어오지 않아서 영화의 전체 줄거리를 서로에게 들려주던 일도. 헛간에서 태어난 새끼 고양이, 한배에서 난 것 중 가장 작고 털도 듬성듬성하던, 꼬질꼬질한 흰색 털의 들고양이를, 그리고 리암이 그 고양이를 입양하고, 밥을 주어서 버릇을 나쁘게 들이는 멍청한 짓을 해버렸다던 농부의 비웃음도 말할 수 없다. 그 오두막의 문을 열 수 없다.

아니, 우리는 작은 산의 비탈, 어둠 속에 선 채, 우리가 대체 무엇을 하겠다고 이곳에 온 것인지, 앞으로 일이 어떻게 펼쳐질 것인지 생각하고 있다.

「고해성사를 받는 신부와 순교자의 차이는 뭘까?」

「몰라요.」

「고해성사를 받는 신부는 신앙으로 인해 박해받고 고문당하지만 살아남아. 순교자는 죽지.」

「둘 다 성인인 거죠?」

「자동으로 성인이 되는 건지는 모르겠네. 시간이 좀 걸리지 않을까? 기적이랑도 관련 있을 거야.」

「또, 우리가 그들을 기억하기로 선택하는가에 따르는 문제겠죠?」

「그들의 인간적인 부분을 잊어버리기로 선택하는 거지.」

「그럼 잰은 둘 중 뭘까요? 어떻게 하면 우리가 그 사람을 잊을 수 있을까요?」

「그건 내가 알려 줄 수 없다, 네네.」

「그럼, 이거 하나만 말해 줘요, 후안. 다시는 돌아가지 않을 거예요.」

「떠나라 간청하지 마시옵소서? 모든 결말은 지저분한 결말이란다, 네네. 앞날에 놓인 모든 것은 위대한 망각이다. 이제 언제라도 암전이 찾아올 거다. 그리고 몸은······. 네네, 모든 끝은 지저분하지.」

「떠나라 간청하지 마시옵소서.」

1956년 12월 3일

글쎄, 바보야, 오늘이 그날이야. 정신은 어디 뒀니?
지난 수년간 술병에다 잘도 숨겨 놨겠지
그렇지, 내 명랑하고, 자유로운 사람아, 그 정신을 훔쳐 올래?
매복해서?
음, 이 친구야, 아니, 지금은 안 돼. 다른 신들에게 빚이 많아서
무슨 신
아, 가톨릭 신, 레즈비언 신, 굳이 다 말하자면, 보편적인 신과
일반적인 신들까지도
그렇다면 시간은 어디 있고, 흐름은 어디 있지? 어째서 나는 이
수많은 다른 것들이 두렵지 않은 걸까?
얼른 나가서 술이나 가져와
시간은 어디 있고, 흐름은 어디 있지?
얼른 가, 다른 이들이 머무르고 돈을 내고 기도를 하고 보편적인 것들을
굴리고 놀게 내버려둬

재게아

6
목소리의 감옥
THE CAGE OF VOICES

들게 되리라
잠 속에서 부르는 목소리처럼
그들이 말할 때, 그들은 돌아왔고
너는 반드시 들어야 한다.

— 호러스 그레고리,
「목소리의 감옥 The Cage of Voices」

후안은 떠나는 중이다. 다른 사람들이 그를 찾아온다. 임종의 침상에 누운 후안을 찾아와 대화하기 시작한다. 문장 중간에서 시작하는 말이다. 오래전 끊어진 대화를 이어 간다. 내게는 자신들이 누구인지 알려 주지 않는다. 후안은 그 목소리들이 바깥도 안도 아닌 곳에서 말하는 것이라고 했다. 블랙아웃이 뒤따른다. 후안의 기억은 더욱 가물가물해진다. 주변의 방향 감각을 상실한다.

「없음뿐이에요, 후안. 악몽뿐이죠.」

「부당한 악몽이지.」

「자, 베개에 몸을 기대고 앉아 봐요. 그러면 기분이 좀 나아질 거예요.」

「그건 꿈 이상이야.」 후안은 읊는다. **「꿈속에서 깨어 있는 것이지.」**

그들은 찾아와서 자신들이 무슨 짓을 벌였는지, 자신들에게 무슨 일이 벌어졌는지 말한다. 후안은 듣는 수밖에 없다. 귀를 닫을 수도, 그들의 입을 닥치게 할 수도 없다. 그들이 떠나면, 순서대로 이어지지 않는, 그들의 말이 남긴 파편들만이 남아 있다. 후안은 어떤 이들이 다녀갔으나 아무런 흔적도 남기지 않았을 것이라 의심한다. 침대 모서리에 앉거나, 창가에 서서 후안을 등진 채로 말한다고. 그중 하나는 불끈거리는 근육이 솟은 대단한 몸을 가진 남자로, 후안의 손을 잡고 한때 그가 저속한 부위들을, 틈새와 구멍, 균열 속을, 땀의 맛을, 혀로 헤집던 시절이 있었음을 떠올리게 해주었다고 한다. 나는 후안에게 더 이야기해 달라고 한다. 그 근육남은 어떻게 생겼고, 이름이 뭐예요? 하지만 후안의 정신 속에서 그의 이름과 얼굴은 번져 사라진다. 기억하는 건 축축한 손바닥, 굳은살, 아귀힘이다. 후안은 오래된, 익숙한 성적 흥분감이 손에 닿을 듯하게 떠다니고 있다고 말한다. 아주 오랜만에 후안은 발기한 상태로 아침을 맞지만, 자위하거나 만지고 싶은 욕망은 전혀 없다. 나는 그에게 보여 달라고 한다. 그리고 머뭇거리며, 그의 것을 만지지만, 그의 것은 이미 쪼그라드는 중이다. 그는 먼 곳으로 갔다. 「내가 몇 살이지?」 그는 묻는다. 「어떻게 생겼고?」 「잘생겼어요.」 나는 말한다. 「고상해요.

고추도 크고요.」 후안은 방문자들의 얼굴뿐 아니라 자신의 얼굴도 기억하지 못한다 — 정신의 깊은 곳에 놓아둔 채 찾지 못하는 것이다. 그는 거울을 가져오라고 한다. 싸구려 폴리스타이렌 수지로 된 작고 동그란 거울은 내가 거품 없이 면도하려고 창틀에 기대 놨다가 그만 산산조각 나버렸다. 복도 끝 욕실 — 에나멜로 마감한 주물 세면대와 대리석 세면대가 있다 — 은 너무 멀었다. 나는 잠깐이라도 후안의 곁을 떠나기 싫었다. 그는 곧 죽을 것이고, 유령들을 따라 다른 곳으로 갈 것이며, 나는 그가 죽을 때 그 자리에 있고 싶었다. 그를 위한 것이기도 했지만, 그렇다, 나를 위한 것이기도 했다. 마지막 숨이 어떤 모습이고, 어떤 느낌일지, 내가 품은 섬뜩한 호기심을 해소하기 위해서.

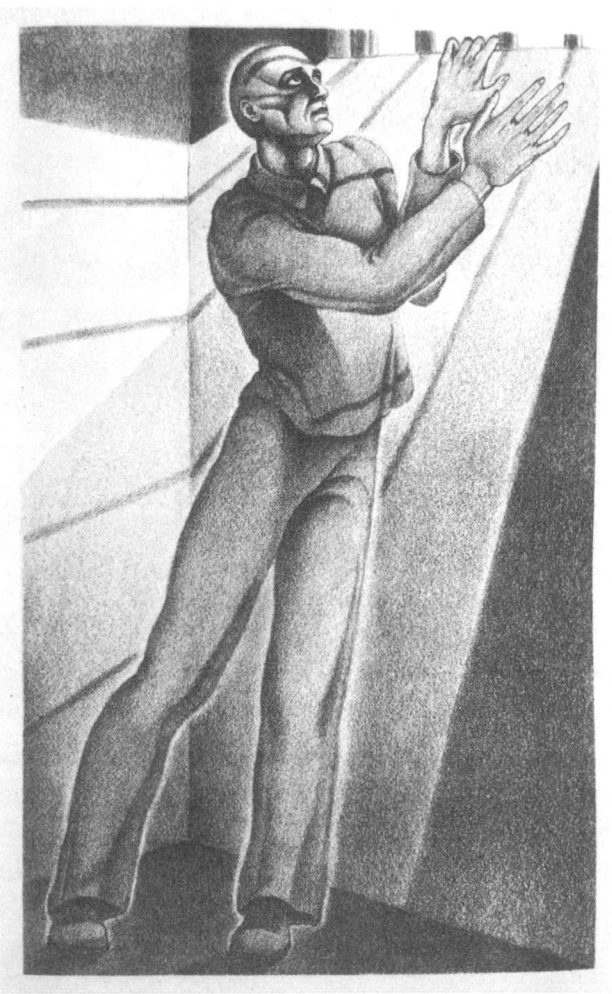

그는 다른 이들에게 사로잡혀 있다. 그가 어디로 가는지, 시간 또한 어디로 가는지 나는 알 수 없다. 넋을 잃고 책의 한 페이지를 뚫어지게 바라보면서, 뜻을 전혀 이해하지 못한 채 똑같은 단락을 읽고 또 읽으면서, 아니면 그저 침대 위 후안 곁에 누운 채 벽을, 벽지를 응시하며 누워 있다. 밤이면 대개 그렇듯, 후안의 정신이 돌아오는 기척이 있는지 대강 귀를 기울이다가, 그를 무아지경으로 이끌어 여정 이야기를 끌어낼 차례가 온다.

「말해 줘요, 후안. 뭐가 보였어요?」

「선명하지 않아, 그저 색채와 인상으로 이루어진 형상들뿐. 그러나 목소리는 또렷하게 들리지. 어떤 여자가 말했어, **뭘 기대하면 좋은지는 말해 줄 수 없어요, 무엇이 가능한지 말할 수 있을 뿐**. 그러면 또 다른 목소리가 말해. **하지만 그는 죽을 리 없어. 죽지 않을 거야.** 그런 말들이 끝없이 반복되다가, 흐릿한 형체에 초점이 맞춰져. 내 어머니를 닮았고, 목까지 빨갛게 달아올라 있지. 가슴에는 붉은 반점들이 퍼져 있다. 어머니가 걸고 있는, 저 처음 보는 목걸이는 뭔가 싶지. 가슴골에 끼어 있는, 금십자가.」

「하지만 어머니가 아니잖아요.」

「그래, 그렇다. 지난번에도 얘기했던가, 네네? 네 말이 맞아. 나는 방 안에 있는 다른 여자를 보면서 그 여자를 어머니로 착각했다는 걸 깨달아. 여자가 내게로 몸을 숙이더니, 내게는 보이지 않는, 내 뒤통수 뒤에 있는 무언가를 고쳐 매려는 듯 팔을 뻗어. 그 동작에서 나는 공황을 감지하지만, 절제되고 억제된 공황이다. 그런데도 나는 어머니가 내 곁에 있는 기분이 들어 — 그 여자가 하던 일을 지속하는 기척이 들리지만, 고개를 돌려 무엇인지 확인할 수는 없어.」

「당신은 침대에 구속되어 있었던 거고요.」

「그래, 맞아, 네네. 전에도 이야기**했었지**. 지금이 몇 시고, 오늘이 며칠인지 알고 싶지만, 나는 다시 없음의 가운데로 굴러떨어진다.」

「기억나는 건 그게 다예요?」

「그곳에 대해서라면, 그렇다.」

「그러면 당신은 죽었군요.」

「엄밀히 따지자면, 그렇지.」

「그런데 다시 눈을 떴죠?」

「내 눈이 다시 떠졌지.」

후안은 수면 바로 아래에 있다. 홀로. 나를 볼 수 있는 것
같지도, 올라와 수면 위에 머무를 수 있는 것 같지도 않다.
내가 그의 손을 붙들자, 그는 말하기 시작하지만, 상대는 내가
아닌, 꿈속 다른 누군가다. 「어디 있어요?」 내가 말하자, 그는
낄낄거린다. 뭔가 웅얼거리는데, 이런 일에 익숙하지
않았더라면 아예 알아들을 수 없었을 것이다. 마치
옹알이하는 아기의 말을 알아듣는 어머니처럼, 나는 그가
하려는 말이 무엇인지 안다. **「그대의 허영을 내려놓아라.」**
나를 놀릴 때 그가 가장 즐겨 쓰는 대사다. 그는 라디오
진행자와 셰익스피어의 극에 나오는 음유시인의 말투 사이 그
어딘가 존재하는, 파운드의 대서양 연안 억양[74]을
우스꽝스럽게 흉내 낸다. **「내려놓으라 말하지 않았는가!」**
후안의 손가락은 부었고, 손톱은 노랗다. 왼손 손등에는
크기도 빛깔도 자두만 한 멍이 있다.

---

74 mid-Atlantic accent. 실제로 존재하지 않는 방언으로, 영국식 발음의 요소와 미국 영어를 혼합한 인공적인 말투. 1930년대~1940년대 지성인들이 사용하는 세련된 말씨로 간주됐다.

후안의 의식이 돌아온다. 방 안에 있는 나를 발견하고, 우리가 대화 중인 걸 확인하고, 질겁하듯 몸을 살짝 떤다. 그가 말한다. 「어둠 속에선 네가 보이지 않는구나.」 나는 이번엔 어디에 다녀왔느냐고 묻고, 그는 무슨 검사를 받았다고, 그러나 상세한 내용은 기억나지 않고, 무슨 말을 했는지, 검사자가 누구였는지도 기억나지 않는다고 말한다. 그는 무의식 상태에서 말했으니, 무엇이 밝혀졌는지, 누구의 손이 그의 손을 잡았는지는 누구도 알 수 없다.

「당신이 죽을 리 없으니까, 죽지 않을 테니까, 그렇기에 발작은 본인의 탓이니까, 왜냐하면 죄를 지었으니까, 또 구급차 뒷자리에서 경련했으니까, 눈이 뒤집어져 흰자를 드러내고, 입에는 거품을 물었으니까, 또 푸에르토리코인이니까, 군인들 사이에서 처음 발견된 기묘한 정신병에 대한 보고서가 북쪽으로 전해지고 있었으니까, 또 감옥에 보낼 수도, 연옥으로 사라질 수도 없으니까 — 관찰하기 위해 다른 곳으로 보낸 거죠.」

「무슨 말인지 모르겠구나.」
「아, 이런 비슷한 거였어요, 후안. 기억 안 나요?」
「안 난다. 기억이 나면 좋을 텐데. 지금 몇 시냐?」

「힘들더라도 조금만 더 집중해 봐요.」

「거기, 침대 모서리에 앉아 있는 네 무게가 느껴진다. 하지만 보이지는 않는구나. 네 이름을 잊어버린 것 같아.」

「참 나, 장난치지 마세요. 애쓰지 말라고요. 전 이 방을 같이 쓰고 있어요. 말씀드렸잖아요. 시도해 봐요……. 기억하려고. 잠시 시간을 들여 생각해 봐요.」

「네네. 내 얼굴.」

「맞아요.」

후안은 어머니가 흐느끼는 소리가 들린다고 한다. **노 메 로 키테스**······.[75] 그런데 그건 기억처럼, 그의 머릿속 목소리처럼 들리는 게 아니라, 흐릿하고 멀기는 하지만 바로 이 방에서 들리는 소리 같다고 한다. 또 다른 남자도 보인다고 말한다. 창가에 서 있는 모습이, 그의 깜깜한 실루엣이. 후안이 설명하는 방은 우리가 같이 쓰는 이 방이 아니다. 블라인드가 주름 종이로 만든 거라고 한다. 종이가 빛나는 모습을 보니, 창밖은 가혹할 정도로 밝은 게 틀림없다고. 나는 바깥 풍경이 보이느냐고 묻는다. 「아니.」 그가 대답한다. 「바깥이 보이는 창문이 아니다. 그저 복도 쪽으로 난 창 하나.」 그 근육질 남자가 다시 찾아와 침대 모서리에 걸터앉을지 후안은 궁금하다.

---

75 no me lo quites. 스페인어로 〈내게서 그것을 빼앗지 마.〉

「아, 잘됐어요. 깨어났군요. 제가 누군지 기억나세요? 전에 말했는데, 잊어버렸죠.」

「미안하구나, 애야……. 더 집중해야 했는데.」

「기억은 근육 같은 거예요, 후안. 계속 움직여야 해요. 그 말이 맞군요……. 그런 말을 예전에 당신이 해준 적 있었어요. 그런 건 저보다 더 잘 아시니까요.」

「톰?」

「톰은 떠났어요. 앞으로 더 집중할 거라고 약속해 주세요.」

「떠났다고? 바로 여기 있었는데. 떠나는 모습을 봤니?」

「진정하세요.」

「그날, 그는 학교에 있어야 했어. 아마 학교에 가려고 집을 나섰지만, 학교 가는 대신 픽처 쇼를 보러 가기로 마음먹었지. **픽처 쇼**라는 건 그의 어머니가 쓰던 표현이다. 그 시절 그는 늘 어머니의 말버릇을 따라 했어. 어머니 말버릇을 따라 하니, 친구가 많을 리는 없었지. 아마 그는 지금도 **영화**보다는 **픽처 쇼**라는 말을 더 좋아할 거다……. 물론…… 세상에, 올해가 몇 년이지?」

「신경 쓰지 마세요. 이야기를 계속해요.」

「지금은 **몇 시**냐? 이제 일어나서 하루를 시작해야지.」

「방금 톰 이야기를 하고 계셨잖아요. 사진 속의 톰 이야기인가요?」

「처음으로, 어느 젊은 남자가 그의 옆자리에 앉아, 여자와 사귀어 본 적 있느냐고 물었다.」

「무슨 영화였는데요?」

「이젠 기억 안 나……. 아마 원래 몰랐을 거다. 그걸 안 물어보다니, 나도 참 바보 같군. 그래도 잘했다. 똑똑해. 그게 중요한 거 아니냐? 그런 사소한 것들이 중요해 — 움직이는 이미지, 제목, 시각적인 잔여물들. 그런 게 **중요해**. 그리고 톰이 그 영화가 뭔가를 끌어냈다고 했었다. 멜랑콜리. 또 어머니군.」

「잠깐만요. 좀 천천히 하세요. 그 **중요하다**는 게…… 뭐죠?」

「아무것도 아니다. 넌 대체 왜 그러냐?」

「아, 제발요.」

「내 덕분에 웃었니? 아니면…… 그게 웃음인가?」

「계속하세요……. 영화 이야기를 해주세요. 우리 같은 사람들은 우울한 영화를 좋아하잖아요. 그렇죠, 후안?」

「아니, 아니, 그건 픽처 쇼, 그리고 멜랑콜리……. 〈키다리 아저씨〉. 그게 제목이었다. 결국은 물어봤던 것 같군. 지금 그 제목이 내 눈앞을 둥둥 떠다니거든. 제목 참……. 그렇지 않니, 꼬마야? 아무튼 그건 멜랑콜리이자 멜랑콜리아였다. 그 시절엔 우울한 영화나 침체된 사람들 이야기는 아무도 입에 올리지 않았어. 침체라는 건 경제 용어였지 사람한테 붙는 건 아니었으니까.」

「그런데, 그 사람은 그런 적 있었어요?」

「침체된 적 있느냐고?」

「여자랑 사귄 적 있느냐고요.」

「불쌍한 톰을 놀리면 안 돼.」

「몇 살이었어요?」

「젊었다. 남자는 한번 시도해 볼 생각이 있느냐고 물었고, 난 분명 톰이 그 말에 대답하지 않았지만, 그럼에도 그의 집으로 따라갔을 거라 확신한다. 그 남자는 톰의 옷을 벗기고, 입으로 해줬지. 톰은 처음에 오줌을 쌀 것 같은 기분이 들어서, 남자에게 그만하라고 했다. 그러자 남자는 말했어. **그냥 계속해.** 그게 처음이었어.」

「충분히 나이가……..」

「톰은 죽도록 겁을 먹었다. 그 자리에서 무언가 망가졌다는 기분이 들었다. 자기가 어딘가 잘못됐다고 생각했다. 토할 것 같았다. 톰은 집으로 가서 형에게 그 사실을 털어놓았지. 그러자 형도 그 남자를 찾아가서 형편없는 솜씨로 그를 빨았는데…….」

「후안.」

「그래, 얘야. 나 여기 있다.」

「당신은 참…… 변했어요. 전 이런 게 어려워요. 어떻게 해야…….」

「괜찮다, 괜찮아. 언짢아하지 않아도 돼. 어머니가 도와줄 거다.」

「어떻게 될까요? 그 뒤에는? 제가 어떻게 하길 바라는지…….」

「아, 이제 일어나야겠다. 시간이 늦었어. 내가 이만 일어나야 할 것 같지 않다고 생각하지 않니?」

「맞아요, 후안. 그렇게 생각해요.」

「오늘이 무슨 요일이냐?」

「당신이 제일 좋아하는 질문이네요.」

「온갖 질문들이 등장할 거다. 갖가지 검사들도. 찌르고, 누르기도 할 거야.」

「하지만 후안……. 그 문제가 있잖아요…… 장례식……. 아직…… 어떻게 할지 의논한 적 없으니까……. 후안이 원하는 바는…….」

「그리고 미스 게이는 인터뷰에 열을 올렸다. 네 이야기는 다음에 하자꾸나.」

「미스 게이라면, 잰이군요.」

「이제 그 이름을 아주 잘 기억하는구나. 아무튼, 그건 그 사람의 진짜 이름이 아니야! 게다가, 잰은 자신이 우리 중 하나가 아니라 그들 중 하나라고 생각했었어.」

「제가 따라갈 수 있으면 좋을 텐데요.」

「아, 그렇다고 그런 일을 하려고 시도하면 안 된다. 그런 일은 안 하겠다고 약속해 줘. 이제 우리, 일어나야 하겠지? 안

그러냐, 네네? 너무 늦었어. 잃어버린 시간은 영영 되찾을 수 없지.」

깊은 어둠 속에서 발을 질질 끄는 소리가 들린다. 누군가가 이 방을 돌아다니며 서랍을 여닫다가 기다란 복도로 나간다. 공기 중에서 나는 냄새는, 뭐랄까, 일종의 방부제 냄새? 플라스틱 냄새? 화학 약품의 냄새, 화학 약품의 맛이 목구멍을 감돈다. 발소리는 반복적으로 울려 퍼지고, 점점 커진다. 소음이 내 몸을 통과한다.

나는 수면 아래다. 나는 생각한다, 지금은 이름이 기억나지 않는, 내 룸메이트인 노인은 어디 있나? 침대는 병원이 늘 그렇듯 세밀하게 정돈되어 있고, 시트와 이불은 전부 깨끗하게 세탁된 채 매트리스를 팽팽히 감싸고 있다. 그게 무슨 의미인지, 그 노인이 영영 이곳을 떠나 버리는 게 가능한 것인지 알 수 없다. 종이 블라인드를 통과해 들어오는 불빛은 변함없고, 그 강렬함이 조금도 흐트러지지 않는다. 나는 시간이 흐른다는 흔적을 절박하게 찾는다. 알 방법이 없다.

그러나 내가 깨어나자, 후안은 그저 평소와 마찬가지로 침대 위에 누워 있고, 언제나 그렇듯이 상냥하다.

「여자는 내 발부터 작업을 시작한다. **마음 편히 가져요,** 여자가 말한다. **멋지고 깔끔한 모습으로 사진 찍을 준비를 도와드릴게요.** 이제야 톰의 덩치가 기억난다. 가냘픈, 속삭임을 닮은 남자. 이 여자는 튼튼하고, 진짜고, 스펀지로 재빨리 내 발가락 사이를, 발의 아치 위아래를, 발뒤꿈치를, 발목 둘레를 문지르고 있고, 움찔할 만큼의 기운조차 없는 나는 그 간지러운 감각이 아프다. 스펀지가 종아리와 장딴지로, 허벅지로 올라가더니, 여자가 내 몸 한쪽을 다시 시트로 덮어 놓고, 다시 시트와 가운을 들치며 몸 반대편을 닦기 시작한다. 한 번에 몸의 한 부분씩만, 최대한 내 몸을 덜 드러내면서. 목욕하고 있으니 노곤해지는 바람에 금방이라도 다시 깊은 곳으로 끌려 내려갈 것 같지만, 나는 상대방의 이름을 떠올리려 애쓴다. 톰. 〈픽처〉가 있는 곳의 톰. **픽처 쇼가 열릴 겁니까?** 나는 여자에게 묻는다. **뭐죠? 영어를 꼭 여왕처럼 쓰시네.** 여자가 말한다. **그런 말을 쓰는 사람이 어디 있어요?** 나는 여자에게 말한다. **톰이요. 아니면 어머니. 톰은 어디 있지요?** 그러나 여자는 자꾸만 〈픽처〉 이야기를 늘어놓는데, 듣자 하니 사진 이야기인 모양이다. **몸 구석구석 샅샅이 찍는대요. 참 이상하지 않아요?** 여자가 말한다. **알몸으로?** 내가 묻는다. **그날이 태어날 때처럼요.**[76] **여자가**

말한다. 그런 이론이 있대요. 그러고는 여자가,
단도직입적으로 내게 말한다. **하지만 이렇게 더럽고 냄새나는
채로는 못 들여보내요.」**

「그런 표현은 없잖아요, 후안? 그날이 태어날
때부터라니.」

「나는 여자에게 할 수 없을 것 같다고 말한다. 그런
포즈는 지을 수 없다고. 그러나 여자는 말해. **선택하고 말고 할
문제가 아니에요. 여자가 아닌 게 다행인 줄 아시라고요. 만약
당신이 여자였다면 의사가 벌써 여기 스케치북과 연필을 들고
들어와서 두 다리를 벌렸겠죠.** 여자의 표정이 굳어지는 걸
보니, 아마 나는 그 말을 듣고 의심스러운 표정을 지었나 보다.
**못 믿겠어요? 이곳에서 믿어도 될 사람이 누군지 얼른
파악하는 게 좋을 거예요. 어째서 내가, 세상 어떤 여자가,
그따위 일을 지어내겠어요?** 먼 곳 어딘가에서 물이 뚝뚝
떨어지고 스펀지가 슥슥 움직이는 소리가 들리는 가운데,
여자는 양철 대야에 대고 스펀지를 비틀어 짠 다음 아마도
비눗물이 들어 있는 듯한 또 다른 대야에다 담근다. 내 몸 위로
움직이는 스펀지의 감촉이 매끄럽고 깨끗하다. 향기로운 비누
냄새가 퍼진다. 눈을 감고 있는데도 여자의 얼굴이 또렷하게
보인다. 지금도 그 여자의 움직임이 머릿속에 보이는구나.
하지만 손은 보이지 않아. 네네, 나는 온몸이 기름기로 뒤덮인
느낌, 아주 오랜만에 처음 목욕하는 기분이 든다. 그리고 눈을

76 〈태어난 그날처럼 발가벗었다〉는 관용구의 잘못된 표현.

떠서, 여자가 짜는 스폰지에서 흘러나온 회색기 도는 갈색 불투명한 물을 보자 얼굴이 달아오른다. 그 다음엔, 생각해. 난 이 여자를 안다. 나는 깊은 곳으로 거듭 자맥질한 뒤 손바닥에 그의 이름을 움켜쥐고 수면 위로 올라온다. 펄.」

「그런데 펄은 주간 간호사예요, 야간 간호사예요?」

「아니, 아니다. 펄은 간호사도, 아무의 어머니도 아니야. 무슨 그런 질문이 있니? 너는 좋은 마녀냐, 아니면 나쁜 마녀냐? 줄곧 너는 말하려 애썼지. 그들 중 한 사람과 우리 중 한 사람을 넌 여전히 구별하지 못한다고 말이다. **나는 아버지를 몰라요,** 펄은 말해. 그는 하녀를 정부로 삼는 데 아무런 거리낌도 없는 그런 남부 신사 중 하나였죠. 아무튼, 어머니는 세 살 난 아이와 자고 있었는데, 아버지가 침실로 들어와서 강간했어요. 난 타자로 쳐 인쇄소로 보낼 준비를 마친 내 인터뷰를 봤어요. 날 이렇게 표현했더군요. 열두 살짜리 물라토[77] 간호사의 사생아로 태어난 여성……. 하지만 난 맹세코 그런 말을 입 밖에 낸 적이 없어요. 이 문장 속에 내 아버지는 어디 있죠? 그 모든 폭력은 사라지고 없어요.」

「맞는 말이군요.」

「당연히 맞는 말이지. **난 내가 사생아라고 생각한 적 없어요.** 펄이 말했어. 그러나 다른 사람들은 그렇게 생각했지. 그 여자의 불쌍한 어머니. 펄은 할머니 손에서 자랐어. 처음에는 아마추어 배우로 일하다가, 나중에는 전문 배우가

---

[77] 흑백 혼혈을 가리키던 말로, 지금은 차별적 표현으로 간주된다.

됐다고 했다. 남편이 약간 질투했지. **그래도 한동안 우리는 잘 지냈어요,** 펄이 말한다. 공연이 끝난 뒤면 그를 동경하고 욕망하는 여자들이 다가오고는 했지만, 한동안은 모두 거부했단다. 그러다 마흔한 살의 나이에 응했지. 상대는 흑인 여성 배우였다. 펄은 이렇게 말한다. **그 사람이 대놓고 접근한 건 아니었어요. 우리는 함께 춤을 췄는데, 그때 너무나 근사한 무언가를, 전기처럼 짜릿한 무언가를 느꼈어요. 그래서 전 제가 레즈비언이라는 걸 알게 됐죠.」**

의식이 각별하게 또렷한 어느 밤, 후안은 꿈속에서 자신에게 고해성사하러 찾아온 예타라는 여자의 이야기를 해준다. 그는 말한다. **연애는 느렸어요, 때로는 고통스러울 정도로.** 그러나 다음 해 여름, 예타와 또 다른 유대인 여성이 대학에서 함께 수업을 듣는다. 예타는 공공연한 모욕이라 할 만한 어떤 장면을 목격한다. 다른 사람에게 조롱당한 그 여성을 안타까워한다. **다이크라서 조롱당한 거예요?** 내가 물었지만, 후안은 못 듣거나, 내가 끼어들 때 대답하지 않을 때가 많았다. 예타는 그 뒤 그 여성과 잤다. 그러면서 자신이 엄청난 희생을 치르고 있다고 생각했다. 여전히 비정상이라는 생각이 들었다. 상대방은 먼저 예타의 블라우스 단추를 풀고 가슴을 어루만지고, 끌어안았다. 예타를 자극해 절정에 오르게 했고, 예타는 완전히 수동적인 방식으로 그저 가만히 있었다. 그런 일은 여러 번 되풀이되었다. **아, 세상 그 누구보다 그 애는 날 사랑했어요.** 예타는 주장했다. **그리고 그 말을 난 믿었어.** 후안은 다정하게 이디시어 어문 구조를 따라하며 말한다. 이후 예타는 자기 세계에서 또 다른 누군가를 찾아낸다. 상대방이 같이 살던 여자 친구였다. 그는 예타를 위해서라면 가정을 버릴 셈이지만, 예타는 그 말에 귀기울이지 않는다. 끝을 낸다. 앞선 상대에게 온당치 않은 대접이라 생각해서였다.

─────

「깊은 곳에서 기나긴 시간이 지나갔다. 그러다 누군가 문을 두드리는 바람에 수면 위로 끌려 나온다. 소리가 아니라, 말로 두드리는 문이다. 보이지는 않지만, 마음의 눈으로 문간을 그려 볼 수 있다. 문은 활짝 열려 있다. **똑똑.** 남자가 말한다. 내가 말한다. **여기 있어요.**」

「나 여기 있어요.」

「나 여기 있어요. 남자가 묻는다, **함께 갈까요?** 그러나 난 침대에서 몸을 일으킬 수 없다. **전 묶여 있어요. 웃기지 않아요?** 남자가 말한다. **당신의 발은 이미 바닥에 있잖아요. 봐요.** 또 한 번 수면 위로 솟아오른다 ─ 갑작스럽고, 충격적이다. 나는 일어서서 벽을 바라보고 있다는 걸 깨닫는다. 나는 놋쇠로 된 침대 프레임에 기대, 팔꿈치를 구부리고 매트리스 양쪽을 꽉 쥔 채 꼼짝하지 않고 있는데, 침대에 누우려던 건지, 침대에서 일어나려던 건지는 모르겠다. 문틈 너머에서 누군가의 웃는 얼굴이 안을 들여다본다. 아주 여성스러운 젊은 남자, 정말 아름답고, 어두운 피부에, 잘생겼다. 그가 방 안으로 들어오자, 나는 시설 규정에 따른 유니폼을 입은 그 남자의 몸이 굉장하다는 걸 알아차린다 ─ 노골적이지 않은, 날렵하게 단련된 근육이 잡힌 몸이다.」

「예전의 그 근육질 남자인가요?」

「**웃기지 않아요?**」

「웃기다뇨?」

「그 남자가 한 말이다. 입술은 움직이지만, 목소리 내는 법이 기억나지 않는다. **자, 내 손 잡아요. 내 이름은 빅터.** 나는 말한다, **함께 가고 싶어요.**」

「저도요. 저도 두 사람 모두와 함께 가고 싶어요.」

「**이리 와, 이리 와요,** 남자가 말한다. 복도로 나오니, 벽이 이끼 같은 초록색으로 칠해져 있어서 놀란다. 복도 양쪽에는 도장하지 않은 금속 문들이 3미터쯤 일정한 거리를 두고 이어진다. 몇 안 되는 열린 방은 비어 있고, 커버를 씌우지 않은 매트리스가 놋쇠 프레임 위에 놓였고, 깨끗한 시트는 접힌 채 갈색 종이 가방에 담겨 침대 발치에 모아 둔 채다. 문은 대부분 닫혀 있다. 빅터가 걸음을 멈추더니 손마디로 문 하나를 똑똑 두드린 다음 내게 과장된 표정으로 얼굴을 찌푸려 보이며 손가락을 탈탈 털더니 다시 두드린다. 동그란 문고리는 손길에 닿아 테두리가 반질거린다. 모든 순간이 충만하고 긴박하게 다가오는 바람에, 깊은 생각을 할 수가 없다. 나는 해야 할 질문이 있다는 느낌을 받지만, 질문이 도저히 정리되지 않는다. 문고리가 빛을 내자, 나는 만져 보고 싶다. 손을 뻗는다. 빅터가 내 뻗은 손을 움켜쥐더니 자기 손으로 감싼다. **끔찍하게 생긴 문이죠. 최소한 페인트칠이라도 했으면 좋을 텐데,** 그가 말한다. **암회색.** 내가 말하자, 빅터는 또 한 번 이렇게 대답한다. **웃기지. 않아요.**
바로 이렇게, 꼭 단어 뒤에 마침표가 붙은 것처럼.」

「후안. 당신은. 웃겨요.」

「그의 말투에는 과장되고 여성스러운 버릇이 있다.
반복을, 스타카토를 좋아한다. **뭐, 아마 떠났나 봐요.
사라졌고, 사라져서, 사라졌네요. 뭐 어때요? 와요, 이리
와요.**」

또렷하게 연결되어 있던 순간들이 점점 엷게 흩어진다.
후안은 때로 내가 이해하지 못하는 스페인어로 기다란 독백을
하지만, 어차피 들으라고 하는 대사는 아니다. 후안은 자음을
누락하고 모음을 늘이는 리드미컬한 푸에르토리코 방언으로
말하고, 그러면 나는 다시 내 아버지, 사촌들, 삼촌들,
할머니에게로 — 그들의 놀리는 말, 조롱, 웃음으로 —
돌아가고, 그때와 마찬가지로, 후안과 함께 있는 이 방에서
영어에 익숙한 내 귀에 가장 분명하게 들리는 건 아'오[78]
소리다. 아'오, 아'오, 아'오. 어떤 순간엔, 후안이 말이 되는
소리를 하는 것 같다. 그보다 더 자주, 헛소리, 흐느낌,
혼란스러운 소음으로 들린다. 내가 어린아이였을 때, 출산을
몇 달 앞둔 이모가 브루클린의 집에 지내러 왔다가, 아기가
태어난 뒤에도 몇 달 더 머물렀다. 나는 아기에게 완전히

---

78 ⟨a'o⟩는 푸에르토리코에서 흔히 일어나는 유성 파열음 d가 탈락하는 현상을 가리키며, ⟨-ado⟩로 끝나는 단어가 ⟨a'o⟩처럼 발음된다.

매혹되었는데, 특히 머리뼈에 절대로 건드리면 안 되는 치명적인 부드러운 부분이 있다는 점이 그랬다. 어느 날, 집에 들어갔더니 어머니가 뜨거운 물을 찻잔에 담은 다음 화장하지 않은 민낯으로, 이모가 즐겨 쓰던 표현대로라면 얼굴을 내려놓고 소리를 죽인 채 울고 있는 이모 앞에 잔을 두고 있었다. 어머니는 찻잔을 이모 쪽으로 조금 더 가까이 밀어 주면서 말했다. **레드, 아기가 자는 동안 눈 붙이는 법을 배워야 해.**

나는 후안이 누운 침대로 기어올라 간다. 그의 손을 잡는다. 그가 자는 동안 눈 붙이는 법을 배운다. 후안이 정말 마지막으로 돌아와 내게 말을 걸 때 그 자리에 있을 수 있도록. 다른 남자의 손을 잡고 있는 감각이 내 몸에 퍼지면서 나는 졸기 시작한다. 그러면서 절박하게 움켜쥐고, 올라타던 장면, 텅 빈 버스 안에서 내 음경을 입에 넣던 연상의 남자를, 자기 집 벽장 바닥에 누워 나를 탐하던 남자들이 떠오르지만, 분명, 리암을 빼면 다른 어른 남자의 손을 잡은 적은 한 번도 없었다. 적어도 어릴 때, 아버지의 손을 잡은 뒤로는. 그다음 또 다른 이미지가 밀려오며 꿈인지 기억인지 알 수 없는 것이 시작된다. 카니발, 그러나 장소는 해저 밑바닥이다. 나는 검은 물을 헤엄쳐 그곳으로 간다. 밤의 어둠 속에서 반짝이는 빨강, 노랑, 파랑 조명으로 테두리가 장식된 대관람차가 돌아간다. 관람차 아래는 부드럽게 진동하는 색에 흠뻑 물든 아이와 아버지가 서 있다. 아버지가 아이를 군중 속으로 잡아당긴다.

주 박람회다. 공기 중에는 설탕 타는 냄새가 난다. 사방에서 얼굴들이 밀려들어 온다. 놀이기구 쪽에서 래그타임이 요란하게 울려 퍼진다. 아이가 아버지의 손을 잡은 손에 힘을 주자, 아버지는 마치 아이가 자기 어깨를 툭 두드렸던 것처럼, 아니면 그가 꼭두각시 인형이고 아이가 실을 움직여 조종하기라도 한 것처럼 자동으로 돌아서서 아이를 내려다본다. 이유는 모르겠지만, 아이는 자신과 아버지 사이에 존재하는 이런 고요한 소통 방식을 발견하고 기쁨을 느낀다. 그래서 아이는 마치 놀라서 위로받고 싶기라도 한 것처럼 자꾸만 손에 살짝 힘을 주는 작은 실험을 시작하고, 당연하게도, 매번 걱정스러운 표정으로 아이를 내려다보던 아버지는 결국 고함친다. **무슨 짓이냐? 넌 뭐가 문제야?** 아이는 할 말이 없다. 그제야 아이는 여태까지 아버지가 무언가를, 또 누군가를, 절실하게 찾아 헤매는 중이었음을 안다. **우리는 길을 잃었어,** 아이는 깨닫는다.

나는 지금 후안의 손을 잡은 내 손에 힘을 준다. 마치 작은 경련처럼, 아주 짧게. 그러나 내 손을 잡은 손은 모든 것을 이해하고 마주 힘을 주어 온다. 착각하지 않을 정도로 오래. **똑똑. 이리 와, 이리 와.** 해저에서 고개를 들자 거대한 번개의 섬광이 보인다. 멀리, 물속에서 일어난 폭풍이 다가오고 있다. 나는 수면 위로 솟으려 하지만, 나는 사라졌다. **사라졌고, 사라졌고, 사라졌다.**

후안은 잠잠하다. 이제는 물조차 마시지 않는다. 오직······.
나는 커튼을 걷는다. 그의 물건을 정리한다. 스스로를 잊는다.

정신을 차리자 나는 무딘 연필을 들고 책상 앞에 앉아 있다.
테스트는 몇 페이지나 이어진다. 남성성-여성성 테스트.
후안이 가지고 있던 종이 더미 속에서 원본 시험지를 찾았다.
단어 연상. **대문자로 쓰인 단어와 가장 잘, 또는 자연스럽게
어울리는 단어에 밑줄을 그으시오. 가장 자주 생각하는
단어에 줄을 그으시오. 빠른 속도로 풀어 나가시오. 어떤
문제에도 깊이 생각하지 마시오.** 말도 안 될 만큼 길게
이어지는 질문을 보다 보니 금세 정신이 무감각해지고, 풀다
보면 어느새 무아지경이 된다. 그게 바로 의도한 바겠지.
패턴이 나타난다. 문제를 모두 푼 페이지를 다시 넘겨 본다.
시험지 표지에서 찢어 낸 종이 조각 위로 자주 반복되는
단어들을 써본다. **잭, 열여덟, 자만심. 고기, 어머니,
군인**이라는 단어가 각각 세 번으로 가장 많이 등장한다.
예/아니오로 답하는 문항들도 있다. 내가 긍정의 대답을 한
질문들을 조심스레 잘라 내 검은 주름 종이에 붙인다. 붙여
놓으니, 그건 도착으로 이루어진 무시무시한 짧은 시다. 나는
내 창조물이 자랑스러워서, 종이를 접어 후안의 캔버스 바지
주머니에 슬쩍 넣는다. 딱 맞는 바지다. 나는 후안의 옷을 전부
입어 보았다. 버릴 것. 버릴 것. 간직할 것.

남성성-여성성 테스트

최대한 진실하게 답하시오

예 아니오로

〈무너져 내릴〉 것 같았던 적 있습니까?

도둑이 꿈에 나온 적 있습니까?

사람들이 당신에게 힘든 일을 말하는 게 좋습니까?

사람들에게 힘든 일을 말하는 게 좋습니까?

말을 너무 많이 한다는 소리를 들은 적 있습니까?

비싼 옷을 즐겨 입습니까?

한밤중에 겁에 질리는 일이 종종 있습니까?

사람들이 당신의 생각을 읽는 것 같아서 힘든 때가 종종 있습니까?

수치심을 크게 느낍니까

끝내지 못한 일이 있으면 걱정스럽습니까?

뱀을 가지고 노는 걸 좋아한 적 있습니까?

부당하게 처벌받은 적이 종종 있었습니까?

남들만큼 고통을 견딜 수 있습니까?

가만히 앉아

있을 수 있습니까

꾸며 낸 이야기를 자신에게 들려주다가 여기가 어디인지 잊어버린 적 있습니까?

나이 든 사람들과 함께 있는 걸 좋아합니까?

섹스를 좋아합니까?

위기 앞에서 위축됩니까

가출한 적 있습니까?

높은 곳에 있으면 뛰어내리고 싶습니까?

잠에서 깬다. 침대 옆 탁자 위에 플라스틱 물컵 대신 책이 한 권 놓여 있다. 어린이 책 표지에는 작은 쪽지가 붙어 있다. **너 자신을 알라.** 책을 집어 든다. 머리 위로 곧게 든 채 페이지를 바라보면, 복도에서 새어드는 빛이 적당할 정도로 페이지를 통과해 책에 그려진 정글 동물들이며 소년을 비추지만, 피곤한 눈은 글자를 읽어 내지 못한다. 다시 책을 덮고 좀 더 큰 서체로 제목이 쓰인 표지를 본다. **누가 겁내나?** 제목이 묻는다. 그러나 벌써 눈이 감기는 중이다.

「좋은 아침이야.」

「그래요? 아침인가요?」

「아, 너한테야 아침이지, 네네. 영원한 아침 아니겠어? 내가 보고 싶었니?」

「꿈을 꿨어요······. 계속 꿨죠······.」

「아, 벌써 물 새는 이야기부터 시작하지는 말자. 애야, 너 정말 이렇게 우울하게 굴 거냐? 유머 감각은 어디 두고 왔니?」

「그건 이 장소가······.」

「그래, 네 말이 맞아. 나약한 사람이라면 이 까슬까슬한 침대 커버만으로도 무너지고도 남았지. 게다가 라운지는 어떠냐? 눈 뜨고 보기 힘든, 갈색에 오렌지색, 흰색으로 된

얼룩덜룩한 무늬 카펫을 깔아 놓았잖아. 마치 누가 삼색
고양이를 한 무리 몰고 왔다가 바닥에 짓이겨 놓은 것 같다.
아, 드디어 웃는구나. 그런데, 네가 침대까지 가져온 이 책은
뭐지? 가벼운 책이구나. 아마 네가 읽기에는 좀 어린애 책인
것 같네. 발자크 책 같은 건 아니니까, 그렇지?」

「그래요, 보고 싶었어요. 어디 갔었어요?」

「아, 그냥 잡다한 볼일이 있어서 나갔다 왔지. 라
마드레[79]를 땅에 묻는다든지, 그런 일.」

「이런, 죄송해요.」

「죄송하다고? 그런 말할 필요 없어. 물론 옷을 놓고 약간
소란이 벌어지기는 했지. 내 어머니는 옷에 있어서는 신중한
성격이었어. 주일에 입는 고급 드레스가 두 벌, 또 정말 예쁜
이브닝드레스가 한 벌 있었는데, 그건 당신이 젊고 아름답고
유복하던 시절에 입던 것이지. 어머니에 대해서 알아야 할 건
그분이 아버지와 결혼했을 때 무너졌고, 뉴욕으로 이주하고
나서 계속 무너졌으며, 일터에서 살해당했다는 거다. 일한테
살해당했다고 해야 하나. 아무튼, 아름다운 외모는 잃었다.
말년에는 앙상해져서 다시 그 이브닝드레스가 몸에 맞았지.
실크로 만든 드레스는 앞에서 볼 땐 수수했지만 등을
노출하는 디자인이었어. 어머니가 그 옷을 샀던 시절엔 분명
야하고risqué, 트렌디하고au courant, 전위적인avant-garde —
이런 프랑스어 표현들이 썩 어울리는 옷이었던 게 분명해,

---

79 la madre. 스페인어로 〈어머니.〉

네네. 어머니한테는 이런 드레스를 입을 구실이 많진
않았지만, 오랜 세월 아주 깨끗하게 간직했어.」

「무슨 색이에요? 상상해 보고 싶어요.」

「그래? 좋구나. 아마 블러시blush[80]인 것 같다. 첫눈에first
blush라는 말에 들어가는 그 블러시. 목깃을 따라, 그리고 등을
드러내는 솔기를 따라 주름 장식이 달려 있지. 어쨌든, 막내
여동생은 ─ 약간 바보 같고, 지독하게 감상적인 아이기는
하지만 ─ 이 드레스를 입혀 묻어 드리고 싶어 했지만, 우린
조금이라도 돈이 되는 건 다 팔 수밖에 없었다. 그리고 돈이 될
만한 건 정확히 드레스 세 벌, 반지 두 개였지. 그걸로 장례
비용을 다 치를 순 없지만, 적어도 관값은 나올 테니까. **하,
그렇다고 해서 스목을 입혀 묻을 수는 없잖아!** 그 애가
말했어. 어머니와는 달리, 여동생은 우리 가족이 살았던 좁아
터진 슬럼, 불법 개조한 다가구 주택, 조그만 방, 다른 가족과
함께 쓰는 부엌과 욕실밖에 모르고 살아왔다. 그 애는
어머니가 그런 공간을 위엄 있게 돌아다니는 모습을 보았고,
그 위엄은 옷에서, 어머니가 해마다 조금씩 팔아 버렸던 고급
물건들에서 나오는 거라고 생각했다. 어머니가 위엄 있게
행동할 수 있었던 건 어머니가 평생 존엄한 대우를 받으며
살아왔기 때문이라는 걸 그 애는 몰랐어. 어머니가 아버지를
만나기 전까지 말이다. 그래서 나는 말했어. **하지만 사랑하는
동생아, 이 드레스가 아름다운 건 드러나는 등, 그리고**

---

[80] 중간 밝기의 분홍색.

어머니를 감싸는 러플……. 아, 네네……. 이제 나는……. 하지만 난 어머니가 그 드레스를 입은 걸 딱 한 번 봤다, 아주 어릴 때였지. 그보다 며칠 전, 해변을 걷던 나는 어부가 잡아다 양동이에 넣어 놓은 노랑가오리를 처음 봤어. 어부가 그 괴물 같은 가오리를 뒤집어 내게 밑면을 보여주더군. 이빨이 즐비하게 나 있는 입이, 정말이지 멋졌다. 그리고 그 드레스를 입은 어머니의 모습, 우아한 어깨뼈, 어머니의 움직임이, 마치 어머니의 살갗 속에 붙들린 노랑가오리 같았지…….」

「어머니가 돌아가셨다니 참 안타까워요.」

「아니다. 그러지 마라. 어머니도 안 그랬으니까. 난 괜찮다. 이건 행복해서 흘리는 눈물이야. 아무튼 동생과 나는 계속 아웅다웅했지. 시신에 그런 드레스를 입혀 봤자 존엄해지는 게 아니라 그저 보여 주기 밖에 더 되느냐고 나는 설명했다. 동생이 혼란에 빠진 건 그 말 때문이었어. 아무튼 내 어린 여동생한테 내가 엄마를 시신이라 부르는 것과 같은 그런 말들이 전부 너무 과했던 모양이야. 그래서 결국 나도 그 드레스를 팔지 않는 것, 드레스 값이라든지 뭐든지 전부 포기할 테니 제발 그만 좀 울라고 했지. 하지만 난 그 아름다운 등이 보이지 않는 게 참 아쉽다고 말했다. 울음을 그쳤지만 여전히 언제든 다시 울기 시작할 기세로 아기처럼 코를 훌쩍이던 여동생이 이렇게 말한 건 그때다. **엄마를 엎드린 자세로 묻는 건 잘못된 거겠지?**」

「진짜로 그렇게 말했다고요?」

「네가 이 이야기 좋아할 줄 알았다! 상상해 보렴! 오로지 너를 위해, 그 이야기를 여기까지 짊어지고 왔다. 사람들은 죽음 앞에서 정말 까다롭게 굴지 않니? 하지만 우리는 그렇지 않지.」

「전 당신이 돌아오길 바라요. 영원히.」

「그런 생각은 버려, 네네. 그저 흘려보내.」

―

수많은 손이 나를 내리누른다. 일어나고 싶다는 충동이 문득 몸속에서 솟구치는 바람에, 나는 잠에서 퍼뜩 깬다. 일어나야 한다. 반드시. 그러지 않으면 안 된다. 손들이 다가와 나를 침대에 구속한다. 이미 너무 늦었다. **안 돼,** 나는 생각한다. **무슨 일이 일어날까?** 주변에서 작은 움직임들이 빠르게 벌어지고 있지만 보이지는 않는다. 손들이 느릿느릿, 괴롭도록, 다가온다. 손가락들이 내 콧구멍 안으로 들어온다. 손가락들이 내 혀 위로 미끄러져 내 목구멍에 쑤셔 박힌다.

나는 식은땀으로 범벅된 채 기침하며 깨어나지만, 정신은 완전히 맑다. 깨어 있다, 이번에는 진짜다. 가슴 속에서 심장이 세차게 뛴다. 여기는 어디지? 그 방이다. 저기 그 창문이 있다. 언제나 불이 켜진 복도로 이어지는 그 문도 저기 있다. 나는 그 방에 있다. 그런데 이 방은 어디 있지? 나를 구속하는 끈은 없다. 팰리스. 내 숨도, 심장 박동도, 느려지고, 잦아든다. 두려움 아래서, 나는 약해진 기분이다. 너무 피곤하다. 목이 탄다. 죽은 것처럼 꼼짝하지 않고 옆에 누운 남자. 후안.

죽은 사람은 무엇을 먹나? 그가 내게 물은 적 있었다. 수수께끼였다.

여기서 끝내는 게 좋겠다. 우리의 마지막 나날 중 좋았던 하루. 후안이 또 다시 거울을 가져다 달라고 했다. 내가 거울은 없어졌다고 말하며 텅 빈 틀을 들어 보여 준다.

「네가 내 얼굴이 되어다오.」 후안이 말한다.

나는 커튼을 열어 빛을 약간 들게 하고, 거울 틀을 들어, 내 얼굴이 안에 들어가게 만든다. 그대로 후안의 위로 몸을 숙인다. 그가 눈썹을 추켜세운다. 나도 내 눈썹을 추켜세운다. 그가 눈살을 찌푸린다. 나도 찌푸린다.「세상에, 나 못생겼군.」그가 말하자, 나도 그 말을 따라 한다. 그가 씩 웃어서, 나도 웃는다.「야, 이 잇몸을 잔뜩 드러낸 웃는 표정 좀 봐! 그가 말한다.「어휴, 내가 부리는 이 멍청한 꼼수 좀 봐!」내가 말한다. 후안이 입술을 쭉 내밀자 나도 입술을 내민다. 그러자 그는 노인의 주름진 손으로 거울을 붙들고 — 거울 틀을 붙든 내 손 위로 손을 올렸다 — 거울에 비친 상을 끌어당겨 자신의 입술을 댄다. 그의 숨결, 그의 맛은 시큼한 동시에 달콤하다. 입술은 너무 건조하고, 얇다. 나는 살짝 몸을 움츠리면서도 가만히 있다.

「여기 있어요.」나는 환상을 깨며 말한다, 나에게, 아니면 후안에게.

「나와 내 얼굴.」그가 말한다.「우리는 얼마나 많은 걸 함께 마주했는지.」 그가 손을 뻗어 검고, 곱슬거리고, 기름이 끼고, 헝클어진 내 머리를 만진다.「미라, 이제 씻고 갈기를 자르자. 몸단장할 때가 한참 지났어.」

「좋아요, 후안. 이 난장판 속 어디엔가 머리를 자를 만한 뭔가가 있겠죠. 지금 찾아볼게요. 그 표현이 뭐였죠? **잃어버린 시간은…… 잃어버린 건 반드시 찾아내는……**.」

그러나 한동안 후안은 거울 틀을 붙들고 있다, 내가 떠날 수 없도록.

편협한 후주

언젠가 후안은 카를 융이 자기 집 현관의 석조 들보에 다음과 같은 뜻의 라틴어 경구를 새겨 놓았다고 이야기한 적 있었다. **부르건 부르지 않았건, 신이 이곳에 있다.** 만약 후안에게 자원이 있었더라면 — 그에게 자기 집이 있었더라면 — 그 역시 자기 집 문 위에 비슷한 경구를 새겼을 테지만 조금은 고쳤을 것이라 했다. **부르건 부르지 않았건, 어제가 이곳에 있다.** 나는 이 말을 묘비명으로 새겨 주겠다고 농담했고, 곧바로 후회했다. **시력검사 받을 때 기억나니, 네네? 손가락 하나를 관자놀이 한쪽에 대고는 서서히 눈 쪽으로 움직였지. 과거는 늘 바로 그곳, 네 주변 시야 속에 도사리고 있다가 수면으로 올라오는 법이다.** 그러나 나는 그에게 과거를 보는 법을 모른다고 말했다. 해보려 했지만, 과거에 집중하자니, 마치 뒤따라오는 걸 감지하고 겁먹지 못하도록 경주마에게 강제로 눈가리개를 씌우는 것처럼 시야가 편협해졌다. 그 뒤 후안이 죽음에 가까워지며 내게 숭고화된 역사를 일별할 수 있는 이 온갖 문서, 사진, 의학 문헌을 남겼다. 그러나 그것들을 끄집어내 넓은 시야로 과거를 보려 할 때마다, 보기가 힘들었다. 그렇기에 이 후주는 학술적인 것이 아니라 개인적인 것이며, 언뜻 본 것들이다. 내가 할 수 있는 선에서 최선을 다한 것이다. (아직도 내게는 시력 측정 기사를 흉내내며 손가락을 내 관자놀이 쪽으로 움직이는 후안이 보이고, 그의 말이 들린다. **보이면 말해 주렴.** 그러면 나는 웃어넘긴다. 하지만 그는 멈추지 않는다. **지금은? 이제는 보여?** 나는 웃고 또 웃는다, 우리는 어둠 속에 누워 있으므로.)

7면 〈시는(……)그 매력을 일부 잃어버린다〉:『성적 변종들: 동성애 패턴 연구』에서 가져온 다른 삭제된 문서와는 달리, 이 부분의 원본은 완전히 다른 책인, 1956년 출판된 지넷 H. 포스터Jeannette H. Foster의 『문학 속 성적 변종 여성*Sex Variant Women in Literature*』의 서문이다. 『문학 속 레즈비언*Lesbians in Literature*』이라는 제목이 더 명확하고 확실한 선택이었을 듯싶지만, 포스터는 이 책을 과학적 연구로서 제시하고, 또 아마도 검열을 피하고자 **성적 변종 여성**이라는 표현을 고심해서 선정했다. 문학 연구서에 과학자인 조지 W. 헨리 박사가 서문을 쓴 것도 이 때문이다. 이 책은 사포, 성서 속 룻으로 시작해 1951년『캐롤』에 이르기까지 문학 속 여성들이 주고받는 퀴어 욕망의 묘사를 다룬다. 나는 헨리 박사가 성서를 제외하고는 포스터가 연구한 책을 그리 많이 읽지는 않았으리라는 의심이 든다. 삭제하고 남긴 부분을 책의 제사로 삼았다.

내가 제사로 삼고자 고민했던 다른 인용문은 어빙 고프먼의 『스티그마』에서 따온 부분이었다.

> 미국에서는, 낙인찍힌 특정 집단이 얼마나 작고 열악한 상황에 놓여 있건 간에, 이 집단 구성원들의 시각이 어떤 방식으로건 공적 담론에 등장하게 된다. 그렇기에, 낙인찍힌 미국인들은 아무리 교양이 없다 해도 문학적으로 규정된 세계 속에 살아간다. 자신들과 같은 처지에 놓인 사람들이 나오는 책을 읽지 않더라도, 적어도 잡지를 읽거나 영화를 본다. 그조차 하지 않는다면, 주변 사람들의 말을 듣는다.

그렇기에, 이들의 관점을 지적으로 정리한 것을 낙인찍힌 사람들
대부분이 접할 수 있다. 여기서 낙인찍힌 집단의 대표자 역할을 하는
사람들에 관해 말하자면, 처음에 그들은 함께 고통을 겪는 이들보다
조금 더 목소리가 크거나, 조금 더 알려져 있거나, 아니면 조금 더 인맥이
있는 사람이다. 그러다 어느새 그 사람의 일상에 〈운동〉이 완전히
스며들었으며, 자신이 직업인professional이 되었음을 깨닫는다.

(나는 이 특히 **직업인**이라는 단어에 담긴 함의가 마음에 든다.
창녀를 완곡하게 이르는 데 종종 쓰이는 단어다.)

지넷 포스터의 책 — 그가 찾아낸 여성들 사이의 퀴어 욕망에 관한
모든 언급을 추적한 책 — 과 고프먼의 책에서 가져온 이 단락은 내가
물려받은 프로젝트의 핵심에 놓인 무언가를 건드린다. 후안은 내게 두
가지 개념을 이해하게 했다. 첫째, 낙인찍힌 이들은 말 그대로 제한된
세계에서 산다는 것과, 둘째, 우리와 우리 같은 사람들에 관해 말해지고
쓰인 것들, 또 삭제되고 억눌린 것들에 의해 길을 잃는 것 또는 흡수되는
것 — 때로는 흘리는 것, 때로는 풍요로워지는 것 — 의 가치였다.

10면　　벌거벗은 남자와 책의 이미지: 아서 트레스Arthur Tress의
　　　　「서적상The Book Dealer」. 이는 크리스토퍼 스트리트 피어스의
　　　　오래된 폐허에서 촬영한 시리즈 사진 중 하나다. 내 세대에게는
　　　　잃어버린 아틀란티스, 어쩌면 우리가 추방된 에덴동산의
　　　　표상인, 신화적인 크루징 공간들이다. 거의 동일한 또 다른
　　　　사진에서 양복 입은 남자는 같은 자세로 서 있고, 책도 그대로
　　　　펼쳐진 상태이지만, 책상 위 남자만 다른 모습이다. 벌거벗고
　　　　있는 것도, 책을 받치고 있는 것도 같지만, 태아 자세로
　　　　웅크리고 있다. 그 사진에는 「블루칼라 판타지Blue Collar
　　　　Fantasy」라는 제목이 붙었다. 트레스의 의도에서 그 판타지란

양복 입은 연상의 남자가 가진 소유의 판타지였는지, 아니면 연하의 젊은 남성이 가진 벌거벗겨지고, 열리고, 읽히기를 바라는 판타지를 함의하는 것인지 궁금하다.

12면, 33면 〈약속을 지킬 작정은 아니었다〉 그리고 〈내가 코말라에 온 건 (……)〉: 이 문장들, 그리고 이에 잇따르는 어머니의 손을 꼭 잡는다는 언급에서 후안이 떠올리는 것은 (또한 이 서사가 모방하는 것은) 소설 『페드로 파라모』의 첫 페이지다. 수전 손태그는 이 책이 마치 동화처럼 매끄럽다고 말하면서도 이렇게 덧붙인다. 〈그러나 나른한 도입부는 그저 일차적 시도일 뿐이다. 사실 『페드로 파라모』는 도입부에서 짐작할 수 있는 것보다 훨씬 복잡한 서사다. 소설의 전제는 (……) 여러 목소리로 이루어지는 지옥의 체류로 변형된다.〉

38면 잔디 위에 누운 젊은 남성의 흐릿한 이미지: 토머스 페인터Thomas Painter가 찍은 이 사진은, 어쩌면, 후안일 수도 있고, 그 누구일 수도 있다. 나로서는 이 사진에서 프로스펙트 파크에서 보낸 어느 밤이 떠오른다. 여름밤이었다. 나는 나무 아래서 잤다. 파티에 다녀온 뒤였다 ─ 누군가가 나를 유혹해 자기 집으로 데려갈 것이라 예상했지만, 계획대로 되지 않았다. 그 당시 나는 특정한 한 장소에 살지 않고 이리저리 떠돌았다. 내게는 그 어느 곳의 열쇠도 없었다. 아침이 오자, 나는 다른 동네에서 온 친구, 아주 새로운 친구를 만났다. 나는 파티에 흰색 데님 진과 흰색 민소매 상의를 입고 갔는데, 전부 늘어나고 더러워져 있었다. 배가 고파 죽을 지경이었다. 나는 새 친구에게 피자를 한 조각 사달라고 청했다. 그 친구가 내 상황을 어떻게 받아들였는지는 모르지만, 그는 묻지 않았고, 그 부탁에 눈 하나 깜짝하지 않았다. 지금 그 친구는 유명한 작가다. 그 시절 우리는 그냥 어린애들이었고.

47면   간호사: 사진 속 간호사는 정신 병원의 여러 가지 환자 데이터를 모니터링하고자 고안된 전자 장비를 시험하고 있다.

56면   반바지 차림의 프란시스코 몬시온Francisco Moncion이 은박지 배경 앞에서 옆모습을 보이며 서 있다: 카를 반 베흐텐Carl van Vechten이 촬영한 사진이다. (후안은 절망감에 빠질 때면 카를 반 베흐텐의 사진들을 보라고 가르쳐 주었다. 다른 세상이 존재하고, 앞으로도 그럴 것이라는 것을 잊지 않을 수 있도록.) 몬시온은 명성을 널리 얻은 발레리노이자 게이 아이콘이다. 도미니카 공화국 태생이지만 미국에서 성장했다. 몬시온은 발란신 발레단의 일원으로서 니콜라스 마가야네스Nicholas Magallanes와 함께 춤을 췄다. 후안은 두 남성 모두를 사랑했다, 멀리서 — 사진을 보며.

60면   〈상대의(……) 젊은 망나니〉: 장폴 사르트르의 『성 주네: 배우이며 순교자Saint Genet: Actor and Martyr』에서 가져왔다. 이 구절을 따온 단락에서 사르트르는 성적인 것과 문학적인 것을 뒤섞는 은유를 통해 주네를 책에, 독자를 포주에 결합한다. 〈그가 상대의 에고를 훔치기 위해 포주들에게 자신을 내준 젊은 망나니였던 시절 이후 그의 방식은 달라진 것이 없었다. 그는 독자에게 자신을 내준다. 그가 책장에 꽂혀 있으면 누군가 그를 끌어내 가져가 연다. 올바른 독자는 이렇게 말한다. 「이 친구가 뭐 하는 놈인지 한번 봐야겠어.」 그러나 자신이 빼앗는 쪽이라 생각했던 그 사람은 문득 빼앗긴 사람이 된다.〉

65면 〈요 크레오 케(……)〉: 에즈라 파운드, 「칸토 81」의 앞부분에
 등장하는 구절. 출처를 찾을 수 없었던 건 물론이고, 후안이
 그날 한 말을 내가 정확히 기억한 건지조차 확신할 수 없지만,
 마지막 나날, 섬망에 젖어 헛소리를 늘어놓던 후안이 혼자
 (어쩌면, 나를 향해서였을지도) 같은 시의 다른 구절을
 읊조렸고, 그 구절이 내 머릿속에 확실히 남은 건, 마치 묵주
 기도를 하는 것처럼 비슷한 반복으로 이루어진 그가 시를 읊은
 방식 때문이었다. 〈그대가 진정 사랑하는 것은 남아 있고……
 나머지는 찌꺼기다…… 그대가 진정 사랑하는 것은 빼앗기지
 않으리…… 그대가 진정 사랑하는 것이 그대의 진정한
 유산이며…… 그대가 진정 사랑하는 것은 빼앗기지
 않으리…….〉 또, 그가 나를 놀릴 때 쓰던 〈그대의 허영을
 내려놓아라…… 내려놓으라 하지 않았는가!〉 역시 같은 시에서
 인용한 것이다. 그가 파운드를 직접 언급한 적도, 그의
 파시즘이나 재능을 언급한 적도 없었다. 엘리자베스 비숍의
 「세인트 엘리자베스 병원 방문Visits to St. Elizabeths」을 인용한
 것이 전부였다. 〈베들레헴의 집에 누워 있는 그 비참한 이의
 시간을 알려 달라〉라는 구절을 잘못 들은 나는 그것이 명령인
 줄 알았다. 후안이 자기 이야기를 하는 줄 알았던 것이다.

75면 어린 소년과 누이들을 그린 그림: 파치타 크레스피Pachita
 Crespi가 쓰고 제냐 게이가 그린 『코스타리카의 마누엘토』에
 실린 삽화. 화가이자 작가인 스피는 아마 퀴어계에서 잘 알려진
 인물이었으리라 짐작한다. (제임스 셔일러는 존 애시버리를
 비롯한 이들에게 보낸 편지에 때로 〈드래그 네임〉으로
 서명했고 그 이름 중 하나가 파치타 크레스피였다.)

86면   마이놋 공군 기지 경비병: 어느 날 한 번도 가본 적 없는 도시 마이놋이 궁금해졌다. 특히 1970년대 공군 기지의 모습이 궁금했다. 마이놋 관광 안내 웹사이트에 들어가 보니 공군 기지의 역사를 담은 〈오로지 최고만이 북쪽으로 온다〉라는 제목의 항목이 있었다.

91면   젊은 부부와 아기: 개인이 소장한 사적인 사진.

102면 얼굴이 흐릿하게 처리된 나신들: 내가 알기로 이 사진들은 『성적 변종들』 초판에 삽지로 수록되었으나 이후 판본에서는 모두 누락되었는데, 비용 문제인지 수위 문제인지는 나로서는 알 수 없다. 80명의 연구 참여자 중 26명이 이 사진들에 등장한다. 8명은 여성, 16명은 남성으로 식별되며, 모두 나체로 정면을 바라보는 사진이 한 장씩 수록되었다. 이 시리즈의 마지막 두 명은 〈복장 도착자〉로 식별되며, 나체 상태로도, 여성 속옷 차림으로도 여러 장의 사진이 수록되었다. 책에 등장하는 서사들 중 다수가 오늘날 우리가 트랜스젠더 또는 논바이너리로 인식하는 정체성을 이야기하고 있다. 이 증언들은 『성적 변종들』 연구의 분류 논리를 뛰어넘어, 젠더화된 차이를 유쾌하고 폭넓게, 때로는 고통스럽게 이야기한다.

106면 잰 게이: 이 사진은 후안의 소지품 속에서 찾았다. 복제된 사진, 즉 복사본이다. 누군가 — 아마 후안이겠지 — 사진 속 그의 몸에 잰 게이라는 이름을 타자기로 입력해 두었다.

109면 제냐 게이가 제작한 애쿼틴트화: 애쿼틴트는 산화제와

방염제를 사용하는 고된 과정을 거쳐 선보다 색조를 강조하는 기법이다. 이 그림은 후안이 가진 책 중 한 권의 갈피에서 찾았는데, 이미지 자체가 압화(壓花) 또는 현미경용 프레파라트 사이에 끼운 표본을 연상시켰다. 사진 속 여성의 표정과 사라지는 팔다리가 마음에 든다. 황홀경에 빠진 동시에 구속되어 있는 것처럼 보인다는 것도.

114면 나체주의를 다룬 잰 게이의 영화에 사용된 타이틀 카드: 인용구는 휘트먼의 것이다.

125면 꽃을 든 여성: 에드나 토머스Edna Thomas. 에드나 토머스에 관해 더 알고 싶다면 사이디야 하트먼Saidiya Hartman의 『멋대로인 삶, 아름다운 실험Wayward Lives, Beautiful Experiments』속 여성 배우들을 다룬 뛰어난 장을 읽어 보라. 하트먼이 참고한 자료 중 하나는 에드나가 펄 M.이라는 가명으로 연구에 참여한 『성적 변종들』에 수록한 증언이다. 2권 **여성**의 첫 이야기로 선택된 것이 바로 펄의 이야기다. 잰 게이가 이 사례사의 배열에 얼마만큼의 영향을 미쳤는지는 영영 알 수는 없으나, 나는 그가 어느 정도는 관여했으리라고 짐작한다. 후안이 언젠가 지적한 대로, 에드나 토머스/펄을 앞장세우면서 우리는 탁월하고, 당당하고, 성공한 유색인 퀴어 여성의 이야기와 함께 **여성**을 시작하게 된다.

128면 〈그 어떤 인간도 고독이라는 시련을(……)〉: 캐슬린 콜린스Kathleen Collins의 『인종 간 사랑에 대체 무슨 일이?Whatever Happened to Interracial Love?』에 수록된 단편 「내부 Interior」에서 인용. 나는 맹세코 후안이 바로 이 이야기를 들려주었다고 기억하지만, 그럴 리 없었음을 이제는 안다. 이 단편소설들은 1970년대에 쓰인 것이기는 하지만 후안이 죽고 몇 년 뒤에야 세상에 나왔다. 어쩌면 후안이 출간되지 않은 형태로 이 소설들을 읽었을 수도 있다. 아니면 내 기억이 날조한 사실일 지도 모른다.

134면 사람들 머리 위로 서 있는 여성: 1936년 할렘이 제작한, 아이티를 배경으로 전원 흑인 배우가 출연한 「맥베스」에서 레이디 맥베스를 연기한 에드나 토머스. 이 작품에는 〈부두 맥베스〉라는 별명이 붙었다. 당시 스무 살이던 오슨 웰스가 연출했다. 시사회에는 극장에 수용할 수 있는 사람 수보다 수천 명이 더 몰렸고, 논란이 따르기는 했으나 공연은 비평적으로도, 흥행에서도 대성공을 거뒀다.

136면 타투를 한 남성의 나체: 토머스 페인터가 찍은 허슬러. 오랫동안 나는 이 남자의 팔뚝 안쪽 타투가 열기구라고 — 충동적으로 새긴 거라고 — 믿었지만, 알고 보니 어느 낙하산 부대의 휘장이었다.

143면, 146면 〈이제는 세상 어디에도(……)〉, 〈내가 진실과 뒤섞은 이것, 나의 움직임들(……)〉: 두 개의 인용구는 본문에서도 언급하고 있듯 로버트 브라우닝Robert Browning의 『반지와 책The Ring and the Book』에서 가져온 것이다. (브라우닝 이야기가 나왔으니 말인데, 내가 『성적 변종들』에서 가장 좋아하는 부분은 마지막 부록인 「속어 어휘집」으로, 20세기 초 동성애자들이 사용하던 용어를 실은 것이다. 대부분 토머스 페인터가 편찬했다. 어떤 항목은 이렇다. 〈브라우닝 자매,

*브롱코 bronco, 동성애 행위가 처음인 소년으로, 정상이고, 거칠고, 때로는 다루기 힘든 ▬▬ 부서지지 않은 말.

*불려나오다 brought out, 동성애 행위의 기초를 ▬▬ 타인 ▬▬ 또는 운명에 의해 가르침받다 ▬▬ 거의 ▬▬ 동등하게 ▬▬ 간주되다.

브라운 brown, 남색하다. 니그로 어구에는 〈이제 난 브라운되겠군〉이라는 표현이 존재하고, 여기서 **브라운되다**는 **좆된다**와 같은 뜻이다.

브라우닝 browning, ▬▬ 브라우닝이란 ▬▬ 특정한 기술 ▬▬

브라우닝 자매 Browning Sisters, 브라우닝 자매, ▬▬ (부랑자 속어) 중 하나가 되어 ▬▬ 브라우닝 가족의 일원이 되는 것.

*버킷 bucket, 항문 ▬▬

버그 bug, ▬▬ 버거. (선원 속어)

버거 bugger, ▬▬ 미국에서 실제 의미를 모르거나 참조하지 않고, 심지어 어린이들도 쓰며 ▬▬ 미국 시골에서 **버거**는 아이들을 부르는 애칭으로 쓰인다. ▬▬

불다이크 bull-dike, ▬▬ 불다이크 bull-dyke, 불다이커 bull-diker ▬▬ 불다이커 bull-dyker ▬▬ 불대거 bull-dagger ▬▬ 불다이킹 bull-diking ▬▬ 불다이킹 bull-dycking ▬▬ 다이크 dike.

**범퍼 bumper, ▬▬ 활발한 트리바드[1]인 것, 대개 남성적 유형의 레즈비언에게만 적용됨.

벙홀 bunghole, ▬▬ 벙홀링 bungholing ▬▬ 벙홀러 bungholer ▬▬

벙커 bunker, 남색가 (부랑자 속어) 벙커 샤이 bunker shy ▬▬ 강제로 남색하게 되는 것을 두려워하는 어린 소년.

버글러 burglar, ▬▬ (유랑자 은어)

**버터컵 buttercup, ▬▬ 1930년대 초반에 작위적으로 생겨나 잠깐 쓰인 용어 ▬▬

*콜하우스 call house, 특정한 소년에게 전화를 하거나 소년을 보내 주는 동성애 성 판매업소 ▬▬ 쇼하우스 show house, 페그하우스 peg house 참조.

*캠프 camp, 말이나 행동 또는 그 밖의 어떤 방식으로건 이목을 끌기 위해 시도하는 모든 행위. ▬▬

---

1 tribade. 레즈비언을 부르던 명칭 중 하나.

……(유랑자 은어) 중 하나가 되어…… 브라우닝 가족의 일원이 되는 것.〉

151면 「정신 병리학적 반응 패턴」: 이 부분부터 뒤에 나오는 인용문 모두, 훗날 푸에르토리칸 신드롬이라고 불리게 된 증상에 대해 1955년 최초로 발간된 의학 보고서에서 가져왔다. 퍼트리샤 게로비치Patricia Gherovici가 쓴 몰입감 넘치는 책 『푸에르토리칸 신드롬』은 라캉의 분석을 사용해 이 진단명과 그것이 식민주의와 맺는 관계의 기원과 영향을 탐구했다. 푸에르토리코인들 사이에서 〈발작〉 또는 〈삽화〉는 아타케 데 네르비오스, 또는 스페인어권의 다른 국가에서처럼 그저 아타케라고 불린다. 즉, 아타케는 푸에르토리코 특유의 증상이 아님에도, 다수의 푸에르토리코인 병사들이 신경 쇠약을 겪는 이유를 이해하지 못했던 특정 미군 심리학자들의 근시안적 관점에서는 그렇게 보였다. 이 의학 보고서 — 푸에르토리코인 병사들이 겪는 심리학적 저항 중 하나를 자세히 기술한 보고서 — 어디에도 고작 몇 년 전인 1952년 한국 전쟁 당시 자랑스러운 푸에르토리코 제65 보병 연대, 즉 보린케니어스가 〈잭슨하이츠〉라는 이름으로 알려진 전초 지역에서 명령에 불복종한 병사들이 대량으로 체포되어 군사 재판에 부쳐졌으며 이로 인해 미국 내에서도, 해외에서도 언론의 강한 비난에 시달렸음을 언급하고 있지 않다. 병사들은 인종주의에 물든 사령관에 의해 준비되지 않은 상태로 전쟁터에 뛰어들어야 했다. 즉, 죽음이 뻔히 예정된 학살터로 내몰린 것이다.

170면 산후안 시립 광장의 장난감 장수: 후안의 유품에서 찾아낸 또 다른 사진. 이리저리 찾아본 끝에야 이 사진이 1937년 12월

에드윈 로스컴Edwin Rosskam이 찍은 것임을 알 수 있었다. 『라이프』지가 로스컴을 푸에르토리코로 파견한 것은 식민 정부가 푸에르토리코인에게 자행한 폭력 가운데 가장 악명 높은 사례가 발생하고 고작 한 달 뒤였다. 미국이 임명한 총독은 폰세에서 노예제 폐지를 기념하고 계속되는 불의에 반대하며 평화롭게 행진하는 민간인들을 학살하라는 명령을 내렸다. 푸에르토리코 민족주의자들이 조직한 이 시위에서 무장하지 않은 일반 시민들이 등 뒤에서 총을 맞아 죽었으며 그중에는 일곱 살 여자아이도 있었다. 로스컴은 한 인터뷰에서 이렇게 말했다.「우리는 그곳을 찾아 몇 달간 취재했습니다. 그런데『라이프』는 우리가 내놓은 결과물을 마음에 들어 하지 않았어요. 정말, 엄청 싫어하더라고요. 당시 푸에르토리코에서의 우리 〈즉, 미국의 식민 통치의〉 입장에 대해 무척 비판적인 평가였거든요.」로스컴과 그의 아내 루이스는 모두 다큐멘터리 사진가로 대공황 시기의 사진들로 잘 알려져 있었지만, 아마 에드윈 로스컴의 가장 유명한 작업은 리처드 라이트Richard Wright의 사진 다큐멘터리 책『천이백만 흑인의 목소리Twelve Million Black Voice』일 것이다.

173면   제냐, 〈마누엘리토〉, 그리고 파치타 크레스피:『코스타리카의 마누엘리토』하드커버 뒷면 사진.

188면   십자가 목걸이를 한 허슬러: 톰이 찍은 다른 사진 중 하나. 사진 아래에 **뒷면을 볼 것**이라고 쓰여 있지만, 뒷면에 뭐라고 쓰여 있는지는 알려 줄 수 없다. 그럴 권리가 내게는 없다.

197면, 198면   어린이 책 삽화 두 점: 제냐 게이의 책『누가 겁내나?』(1965)에 수록된 그림. 여기서 후안이 하는 이야기는 이 책의 줄거리를 따른다. 원래 이 작품은 실제 물가를 배경으로 한다. 후안은 이야기의 배경을 게이 바로 새롭게 상상한다. 모든 대화는 책 속에서 동물들이 하는 대사를 충실히 옮겼다.

205면 새벽 4시의 팰리스: 이 제목은 윌리엄 맥스웰William Maxwell의 책 『안녕, 내일 봐So Long, See You Tomorrow』속 장 제목에서 따온 것이다. 맥스웰은 이 제목을 자코메티의 조소 작품 제목에서 가져왔다.

209면 〈걸출한 마리콘들〉: 후안은 이 구절을 하이메 만리케의 책 제목에서 빌려왔다. (이 책 제목은 리턴 스트레이치Lytton Strachey의 책 『걸출한 빅토리아인들Eminent Victorians』에서 따온 것이다. 『걸출한 마리콘들』은 자전적 에세이로, 레이날도 아레나스, 로르카, 푸익의 문학적 내력과 뒤섞인 책이다. 후안은 (그리고 후안을 통해, 나 역시) 만리케 그리고 푸익의 열렬한 애독자가 되었고, 이 점은 우리가 하는 영화처럼 이야기하기 놀이에서 잘 드러날 것이다. 만리케가 쓴 푸익의 내력은 캠피함, 〈문학적 어머니〉의 죽음에 대한 격렬한 애도를 오가는데, 이런 구절을 보면 후안이 떠오른다. 〈나는 그가 위대한 선생이라 생각하게 되었는데, 그건 그가 무엇을 해주어서가 아니라, 자신과 연결된 사람들 모두가 최선을 다할 수 있도록 만들어서였다. 그가 내게 꾸준히 한 유일한 조언은 《시적으로 만들어 봐》뿐이었다.〉 또, 만리케의 시 「나의 자서전Mi Autografía」을 읽으면, 내가 얼마나 후안을 욕망했는지, 젊은 시절의 후안에 관한 환상을 품었는지 떠오른다. 만리케가 그리는 시인은 젊은 시절 난잡했으나 나이가 들어 〈경건함으로 인해 미라가 되었〉는데, 그럼에도 여전히 그의 시를 읽은 젊은 독자들은 연심에 달아올라 그 시인과 잠자리에 들었더라면 하고 소망하게 된다. 시인 자신도 카바피스, 바르바 야콥, 멜빌, 랭보 같은 선배 문인들에게 자신을 기꺼이 내주었을 것이므로.

238면　〈오늘은 쥐를 굶겨라〉: 텔레비전으로 송출된 공익 광고의 한 장면.

244면　다람쥐와 침멍크 삽화: 후안은 제냐가 1959년 발표한 동화책에 실린 이 그림, 함께 실린 글, 나아가 『사랑하는 친구들Dear Friends』이라는 책 제목까지 엄청나게 재미있어했고, 이 모든 요소가 〈벽장 레즈비언이 느끼는 경이감〉의 원형적 상징이자 어휘를 다루고 있다고 설명했다.

248면　아기 염소 삽화: 제냐의 그림 중 내가 좋아하는 것 중 하나이자, 아마 또 하나의 원형일 것이다. 어머니의 발치를 졸졸 따라다니는, 온순한 어린 소년이라니. 제냐의 책 『징글 쟁글Jingle Jangle』에 수록된 그림이다.

251면　출산 장면을 보여 주는 부조판: 디킨슨 박사는 조각가 아브람 벨스키Abram Belskie와 팀을 이뤄 디킨슨-벨스키 출산 시리즈라는 일련의 작품들을 제작했다.

268면　남성과 여성의 신체 조소: 놈먼과 노마. 제작 시기는 『성적 변종들』이 처음 출간된 것과 동일한 1943년. 스물한 살에서 스물다섯 살까지, 1만5천 명의 남성, 여성의 신체를 계측해 이상화된 인간 신체의 수치로 정했다. 계측 대상은 모두 백인이었다.

277면 워홀의 편지: 글 내용은 다음과 같다. 〈타악기, 피아노, 드럼, 중국 레코드. 책, 식물, 태피스트리, 프란치스카 보아스의 나체 조각상들 — 우리와 한집에 사는 여성, 그리고 나체주의에 대한 글을 쓰는 또 다른 여성 — 이상함. 그래도 오해하지는 마. 우리는 따로 방을 쓰거든. 집을 함께 쓰면서 우리는 그림을 그리고, 그 사람은 춤을 춰. 할 일 없으면 아무 때나 놀러 와. 여긴 정말 예술적인 공간이야. 정말 멋져. (방금 벌레를 발로 밟았어.)〉 나체주의에 관한 글을 쓰는 이상한 다른 여성은 당연히 우리의 잰이다.

280면 얼굴을 가린 치마 입은 여성: 프란치스카 보아스. 내가 찾아낸, 보아스가 춤추는 모습 — 혼자서, 그리고 다른 댄서들과 함께 — 이 담긴 사진들은 전부 매혹적이지만, 이 사진이 가장 좋다. 「전쟁의 참상」이라는 제목으로 알려진 고야의 에칭 시리즈에 바탕을 두고 보아스가 직접 안무를 짠 〈고야에스크 Goya-esque〉라는 독무의 한 장면이다.

284면 성경 속 세 여인: 필립 헤르모게네스 칼데론Philip Hermogenes Calderon의 그림. 왼쪽에서 포옹하는 것이 룻과 나오미. 오른쪽의 오르바는 길을 떠나기 직전이다.

288면 〈철도 야적장에(……)〉: 이 긴 인용문은 로저 A. 브룬스Roger A. Bruns가 쓴 벤 라이트먼의 생생한 평전 『극단의 급진주의자 The Damndest Radical』에서 따왔다. 라이트먼이 썼지만 출판되지 않은 자서전인 『원숭이를 쫓아서 Following the Monkey』에 관해 브룬스는 다음과 같이 쓴다. 〈네 살배기 부랑아는 손풍금 켜는 악사와 그가 데리고 다니는 원숭이에 홀려 시간, 장소, 책임을 무시한 채 충동적으로 따라나선다.〉

290면 에마 골드먼에게 바친 헌사: 벤 라이트먼의 책 『두 번째로 오래된 직업』에 수록.

296면 부상 입은 남자들: 1912년 표현의 자유 투쟁에서 부상 입은 남자들. 이 집회가 있고 얼마 뒤 잰 게이의 아버지 벤 라이트먼이 지목되어 납치와 고문 대상이 되었다.

297면 급진주의자 여성들: 잰은 이 사진 속 두 여성과 같은 아나키스트들을 담은 오래된 사진들을 책갈피 속에 간직했다. 세계 산업 노동자 연맹은 그 시절 흑인, 선주민, 중국인, 멕시코인 노동자들을 차별하지 않은 유일한 노동조합이었을 뿐 아니라 여성과 이동 노동자들도 모집했다. 즉, 모든 노동자가 가입할 수 있었다.

303면 문: 1915년부터 1930년대 초반까지 시드니에 있었던 무허가 술집 딜 피클 클럽 입구. 이곳은 아나키스트, 동성애자, 매춘부, 교수, 가지각색 보헤미안 들을 모두 환영했다. 〈유랑자 의사〉 벤 라이트먼은 여기서 빈번히 강연했고, 이 클럽을 홍보했다. 마그누스 히르슈펠트 또한 이곳에서 강연했다.

> **Prof. Magnus Hirschfeld**
> Europe's Greatest Sex Authority
> **"HOMOSEXUALITY"**
> Beautiful Revealing Pictures
> Postponed to SUN., JAN. 18, DIL-PICKLE CLUB, 858 N. State St.

마그누스 히르슈펠트 박사
유럽 최고의 성 권위자
〈동성애〉
아름다운 노출 사진들
1월 18일 일요일로 연기. 스테이트 스트리트 858 M. 딜 피클 클럽.

304면   〈신사 여러분(……)〉: 1939년 잰이 위원회에 보낸, 헨리의 연구와 결별을 선언하는 편지 전문은 의회 도서관이 소장한 프란치스카 보아스의 문헌에서 찾을 수 있다. (42번 상자, 1번 폴더.) 뒤에 가서는 이런 구절도 있다.

지금 제가 처한 상황은, 헨리 박사가 동성애자(즉, 지속적이거나 상당한 동성애 경험을 지닌 남성과 여성)을 다룬 기록들을 인쇄소로 보내기 전날 밤입니다. 마그누스 히르슈펠트 박사는 동성애를 다룬 저술 전반에 걸쳐 동성애자를 이상화하려고, 그에게 〈기회를 주려고〉 하는 경향이 있었습니다. 문제의 원고에서 헨리 박사는 히르슈펠트 박사와 정반대의 행동을 합니다. 그는 진정한 과학자라면 가져야 할 비개인적이고 객관적인 관점이 필요한 일에 미, 도덕, 세속적 성공에 관한 개인적 기준을 개입시킵니다.

어느 날, 잰 게이를 다룬 기사가 『하퍼스 바자』에 실렸다. 수년간 잰에 관해 생각하고 글을 쓰기 위해 조사해 왔지만, 그가 죽고 난 뒤 수십 년간 그 어떤 매체에서도 그를 다룬 적 없었기에 이상한 일이었다. 나는 이 기사를 쓴 마이클 워터스Michael Waters에게 연락했다. 전화 통화를 나누었고, 그는 몹시 친절했다. 자신이 조사한 결과물을 더 보내 주고, 보아스가 남긴 문헌이 보관된 상자에 대해서도 알려 주었다. 후안이 죽은 뒤 이 이야기들, 그리고 잰의 가치를 이미 알고 있는 사람과 잰 이야기를 나눈 건 그때가 처음이었다.

336면 감옥에 갇힌 남성: 제냐가 삽화를 그린 문학 작품 중 한 권인 오스카 와일드의 『레딩 감옥의 발라드』에 수록.

367면 〈죽은 사람은 무엇을 먹나?〉 실제 후안이 했던 말이 아니라 요점만 기억하기 때문에, 이 수수께끼의 정체를 찾아내는 데 상당한 시간이 걸렸다. 1916년 출간된 『미국 민속 저널The Journal of American Folk-Lore』에 실린 「푸에르토리코의 민담과 수수께끼」에서 찾을 수 있었다. 이 저널에 실린 수수께끼는 모두 푸에르토리코섬 전역의 초등학생들에게서 수집한 것이다. 샅샅이 뒤진 끝에 내가 찾던 수수께끼를 발견했고, 그것은 삭제만큼이나 니힐리즘에 가까워 보였다. 케 에스 로 케 엘 무에르테 코메, 케 시 엘 비보 로 코메, 세 무에레 탐비엔?Qué es lo que el muerte come, que si el vivo lo come, se muere también? (죽은 사람이 먹고, 산 사람이 먹으면 죽는 건 무엇일까?) (후안과 함께 그 방에 있을 때, 나는 답을 즉시 알 수 있었다. 왜냐하면 나도 어린 시절 비슷한 수수께끼를 들은 적 있었고, 공포에 질렸었기 때문에. 입이 움직이며 무한을,

잉크처럼 시커먼 공허를 씹고, 갛고, 꿀꺽 삼키는 죽은 사람들의 모습을 보았다. 죽은 사람들이 먹는 동시에 영원히 굶주리는 모습을 보았다.)

    정답은: 나다Nada. 아무것도. 없음.

일종의 작가 후기

『암전들』은 허구의 작품이다.

어느 날 후안은 어린 시절부터 기억하고 있었다는 수수께끼를 들려줬는데, 내가 알아들을 수 있는 쉬운 스페인어이기는 했지만, 그때의 나는 답을 알 수 없었다.

나는 방 안에 들어가서,
죽은 남자를 찾았고,
그 사람과 대화했고,
그의 비밀을 끄집어냈다.

그러다 후안은 죽었다. 나는 우리 대화 속에서 기억나는 것들을 작은 이야기들과 순간들로 만든 다음에, 인쇄해서 바닥에 늘어놓고, 순서 비슷한 것에 따라 나열해 보았다. 후안의 소지품 속에서 찾아낸 사진을 글에다 바로 붙였고, 내가 가진 사진도 몇 장 붙였다. 그리고 수수께끼의 답도 알게 됐다. 리브로libro. 책.

나는 사막을 떠나 줄곧 서쪽으로 가서 결국은 해변, 로스앤젤레스에 도착했다. 종종 — 후안이라면 주교가 죽을 때마다라는 표현을 썼을 것이다 — 나는 책을 조금씩 만들어 나가다가, 몇 달, 몇 달, 또 몇 달간 완전히 잊고 있다가, 갑자기 기억이 떠올라 또 책을 만들고는 했다. 무척이나 혼란스러웠고, 그러다 몇 년이 지난 어느 날 이 책이 완성됐다. 몇몇 친구들에게 원고를 보여 주자, 그들은 이렇게 물었다. **잠깐만, 이거 소설이야? 아니면 후안이 실제 인물이야?** 나는 이런 질문의 답을 미리 준비했다. **모호한 것이 모조리 해소될 필요는 없어,** 내가 말했다. **아, 관둬.** 그들은 답했다. 그들은 내가 정신 병원에서 시간을 보냈다는 사실을 — 고등학교를 갓 졸업한 10대였을 때 — 알았고, 독자들이 이 허구의 서사를 내 실제 삶을 이루는 대략적인 사실들과 혼동해 후안이 내가 그곳에서 지낸 시간 만난 누군가라고 추측할지도 모른다고 했다. 나는 그런 추론을 긍정할 생각도, 부정할 생각도 없다. 어차피 독자라면 후안 같은 인물이 존재했다는 것은 불가능하며, 볼테르가 신에 대해 말한 것처럼, 내가 어쩔 수 없이 그를 만들어 내야 했으리라고 금세 추론하지 않을까?

이 책에 언급된 사람 중에는 부인할 수 없는 실제 인물들도 있지만 — 특히 중요한, 잰 게이와 제냐 게이 — 그들은 먼저 후안(역시 실제 존재했는가의 여부를 떠나 허구의 인물인)의 회상을 통해 한 번, 그다음에는 그의 회상에 대한 나의 회상을 통해 또 한 번 걸러져 허구의 인물이 되었다. 로버트 라투 디킨슨 박사, 조지 W. 헨리 박사도 마찬가지다. 내가 하려는 말은, 이 책에 존재하는 실제 사실은 누락과 과장을 통해 장식되어 사실적인 것을 넘어섰다. 실존 인물인 토머스 페인트는 『성적 변종들』 연구 참여자였던 (윌 G. 라는 가명을 사용했다) 동시에, 잰과 마찬가지로 아마추어 연구 대상 모집 담당자이자 아마추어 연구자였다. 그의 기록들은 킨제이 연구소에서 소장하고 있다. 그러나 이 책에 나오는 톰은 허구의 인물이다. 나는 누군가가 실제 잰 게이의 삶에 관해 나보다 더 잘 써주었으면 한다. 잰은 사실에 바탕을 둔 평전이 쓰여 마땅한 사람이다. 제냐에 대해서는 논문 하나가 쓰여 마땅하다. 그런 책들이 존재했더라면, 후안은 그 속에 언급되지 않았을 것이다. 역사적 기록에는 그들을 하나로 이어 줄 만한 사실들이 아무것도 없으니까.

(게다가, 후안이 실존 인물이었다면, 몸이라는 문제가 생겼을 것이고 — 처참한 욕창뿐 아니라 시신도 치워야 했을 테고 — 나는 그런 이야기를 할 수 없는데, 지금은 여러분도 알겠지만, 나는 정말이지 지독한 겁쟁이처럼 굴었을 것이고, 그저 안내 데스크에 있는 남자에게 구급차를 불러달라고 부탁한 뒤, 방에서 바지 주머니에 양손을 찔러 넣은 채로 까치발을 들었다 내렸다 하고, 운동화 뒤쪽으로 바닥에 쌓인 먼지 위에 무늬를 그려 댔을 것이다. 내가 바비 맥페린의 노래를 휘파람으로 불어도 이상하지 않을 만큼 온 힘을 다해 태연한 척 하는 동안 구급 요원들은 끈을 준비한 뒤 그의 몸을

들어올려 들것에 실었을 것이고 — 그저 평평한 판으로, 영화에 나오는, 바퀴 달린 접이식 다리가 있는 들것은 아니었지만, 만약 그런 것이었더라면 계단 내려가는 데는 비실용적이었을 것이다 — 나는 죽음만 아니라면 그 어디로든 눈을 돌릴 수 있었을 것이다. 그들이 후안을 싣고 문턱을 넘어갈 때도, 무릎에 힘이 풀려 쓰러질 것 같았을 때도, 나는 그쪽을 보지 않고, 그저 바닥에 쪼그리고 앉아 후안의 서재를 향해 얼굴을 돌린 채, 책의 제목을 손가락으로 어루만졌겠지만, 당연히, 책 제목은 하나하나 덫이나 마찬가지일 테고, 나는 단어의 뜻을 머릿속에 담지 않으려 애썼겠지만, 그러다 결국은 한 권의 제목이 내 발을 걸어 넘어뜨리고, 내 목구멍에 붙들려 숨을 막았을 것이다. 토니 케이드 밤바라, 『내 사랑 고릴라 *Gorilla, My Love*』. 나는 책을 펼쳐 첫 문장을 읽었을 것이다. 〈자전적 소설을 쓴다는 게 아무 의미 없는 건, 책이 나오자마자 엄마가 등장해 어떻게 이런 짓을 하느냐고 고함을 치고 죽음아, 네 고통은 어디 있느냐[81] 하고 한숨까지 쉴 것이기에…….〉 그러면 나는 그 메시지를 명심할지, 또한 다음과 같은 구절을 보고도 조심할지 생각해 보았을 것이다. 〈또, 실제 사건이나 실제 인물의 토막과 자투리를 이용하더라도, 아무리 가리고, 꾸미고, 바꾸고, 변형한다 해도 소용없다…….〉 그러나 그러는 대신 나는 책을 찾을 수 없는 곳에 두고, 메시지를 잊어버렸을

---

[81] 고린도전서 15:55.

것이고, 너무 늦은 지금에 와서야 그 메시지를 기억할 것이고, 당연하게도, 유령들이 다가와 고함을 칠 것이다. **어떻게 이런 짓을 하는 거야?** 그리고 **오 무덤이여 네 승리는 어디 있느냐** 그러면서 더 많은 삭제를 삭제하며 없던 일로 되돌리려는 것이, 또 흐리게 처리된 이미지의 윤곽이나 편집된 것 아래에 숨겨진 행위를 가려내려는 이런 일이 무슨 소용이 있느냐고, 차라리 전기나 역사, 자전적 무언가를 쓰라고, 왜 과거를 과거 그대로, 현재를 현재로 보여 주지 않느냐고 외치리라. [언젠가 후안은 말했다. 유령에 있어서는 그들이 존재하지 않는 척 할 수도, 그들의 말을 듣는 척 할 수도 있다고.] 아무튼 내가 확실히 말할 수 있는 것 하나는, 내가 그 누구의 진실도 폭로하려 들지 않았다는 것이다.)

감사의 말

제나 존슨, 당신의 현명함, 유머, 평정심이 없었더라면 이 책도, 이 삶도 상상할 수 없습니다. 당신은 편집자계의 돌리 파튼입니다. 진 오, 늘 저를 잘 챙겨 주어서 고맙습니다.

파라, FSG 팀 모두에게. 나 김, 해나 굿윈, 그레천 아킬레스, 리애나 컬프, 로런 로버츠, 브라이언 기티스, 사리타 바르마, 니나 프리먼, 데브라 헬팬드, 다니엘 델 바예, 힐러리 티스먼, 케이틀린 카타포, 이저벨라 미란다, 실라 오셰이, 닉 스튜어, 앰버 윌리엄스, 조너선 울런, 폴린 포스트. 마이클 워터스, 고맙습니다. 줄리아 링고, 커다란 감사를 보냅니다. 대니얼 버드, 벨라 레이시를 비롯한 그란타 북스의 모든 분, 그리고 트레이시 보언, 진심으로 아낌없이 감사드립니다. 프랭키 마시, 당신은 최고예요.

글을 쓰고 조사하기 위해 꼭 필요한 시간을 낼 수 있도록 도움을 준 여러 기관에 감사드립니다. 국립 예술 진흥 기금, 뉴욕 공공 도서관 컬먼 센터, 래드글리프 고등 연구소, 라이프치히 대학교 피카도르 석좌교수직, 허미티지 아티스트 레지던시. 또, 킨제이 연구소, 숌버그 흑인 문화 연구 센터, 미시건 대학교 라비디 컬렉션, 앤디 워홀 재단 등의 사서와 기록 보관 담당자들께 감사드립니다. 람다 문학상, PEN, 그리고 프로빈스타운의 FAWC를 비롯해 오랫동안 저와 협력한 서점과 문학 공동체에게 감사드립니다.

작품을 사용할 수 있게 해 준 아서 트레스와 샌디 스코글런드에게 감사드립니다.

제니퍼 테리의 『미국적 강박 *An American Obsession*』 그리고 헨리 L. 밀턴의 『일탈을 벗어나기 *Departing from Deviance*』는 『성적 변종들』의 역사적 맥락을 이해하는 데 큰 도움이 되었습니다.

캘리포니아 대학교 로스앤젤레스 캠퍼스의 영어학부와 모든 교직원으로부터 뜻깊은 도움을 받았습니다. 이곳에서 일하고, 학생들과 함께 할 수 있다는 것을 엄청난 행운이라 여깁니다.

새로운, 그리고 오래된 로스앤젤레스의 친구들에게 고맙습니다. 에마 보르헤스-스콧, 앤절라 플러노이, 쉬안 줄리아나 왕, 마리암 라흐마니, 조시 구스만, 알베르트 무뇨스. 그레이엄 플럼, 크리스티나 파이스, 사샤 로드리게스, 라스 로마노, 크리스티 자드로즈니, 보고 싶을 거예요. 하이메 시언 코언과 아리아나 마르티네스, 퀴어 가족이라는 숨 쉴 곳을 주어서 고맙습니다. 그리고 이제 발렌시아, 환영하고 사랑한다. 엄마, 사랑하고 고맙습니다. 로라 아이오디스, 언제나 고맙습니다. 데이비, 10년 전 영영 끝내지 않기로 약속한 대화를 당신과 시작하지 않았더라면, 하나의 긴 대화 형식의 책을 쓴다는 구상조차 하지 못했을 거야.

무엇보다도, 게이 가족 — 후안, 제냐, 잰 — 그리고 『성적 변종들』에 자발적으로 참여한 에드나 토머스, 토머스 페인터 같은 이들과, 얼굴은 흐리게 처리되고 이름은 익명으로만 남았지만, 욕망을 담아낸 언어를 통해 계속해서 알려지고 기억될 수많은 이들에게 힘입어 이 책을 쓸 수 있었습니다.

도판 출처

7   이 도판에 해당하는 원서 내 도판 출처는 다음과 같다. Image created from page vi of *Sex Variant Women in Literature: A Historical and Quantitative Survey*, by Jeannette H. Foster, PhD, copyright © 1956 by Jeannette Howard Foster.

10 The Book Dealer © Arthur Tress.

13 이 도판에 해당하는 원서 내 도판 출처는 다음과 같다. Image created from page vii of *Sex Variants: A Study of Homosexual Patterns*, by George W. Henry, MD, copyright © 1941 by Paul B. Hoeber, Inc.

34 이 도판에 해당하는 원서 내 도판 출처는 다음과 같다. Image created from page 349 of *Sex Variants*.

38 From the collections of the Kinsey Institute, Indiana University. All rights reserved.

47 Photograph by Mario Geo / Toronto Star via Getty Images.

55 Radioactive Cats © 1980 Sandy Skoglund.

56 Portrait of Francisco Moncion (1918 – 1995), by Carl Van Vechten.

61 이 도판에 해당하는 원서 내 도판 출처는 다음과 같다. Image created from page 471 of *Sex Variants*.

69 이 도판에 해당하는 원서 내 도판 출처는 다음과 같다. Image created from page 182 of *Sex Variants*.

70 이 도판에 해당하는 원서 내 도판 출처는 다음과 같다. Image created from page 183 of *Sex Variants*.

71 이 도판에 해당하는 원서 내 도판 출처는 다음과 같다. Image created from page 184 of *Sex Variants*.

75 Illustration from *Manuelito of Costa Rica*, by Zhenya Gay and Pachita Crespi, copyright © 1940 by Julian Messner Inc.

83 이 도판에 해당하는 원서 내 도판 출처는 다음과 같다. Image created from page 919 of *Sex Variants*.

86 US Air Force Photo / Minot Air Force Base.

91 Private collection, undated.

100 이 도판에 해당하는 원서 내 도판 출처는 다음과 같다. Image created from page v of *Sex Variants*.

102 이 도판에 해당하는 원서 내 도판 출처는 다음과 같다. Image created from pages 1041, 1048, 1050, and 1056 of *Sex Variants*.

106 Image of Jan Gay. Source unknown.

109 University of Michigan Museum of Art, museum purchase, 1948/1.438.

114 Stills from the 1935 film *This Nude World*, directed by Michael Mindlin, story by Jan Gay.

118 이 도판에 해당하는 원서 내 도판 출처는 다음과 같다. Image created from page 694 of *Sex Variants*.

125 Edna Thomas as the Old Mexican Woman in *A Streetcar Named Desire*; photograph by Carl Van Vechten. Library of Congress, Prints & Photographs Division, Carl Van Vechten Collection.

132 이 도판에 해당하는 원서 내 도판 출처는 다음과 같다. Image created from page 514 of *Sex Variants*.

134 Schomburg Center for Research in Black Culture, Photographs and Prints Division, The New York Public Library. "Edna Thomas as Lady Macbeth with cast," New York Public Library Digital Collections. Accessed October 12, 2022. https://digitalcollections.nypl.org/items/3f6b9960-3bc8-0134-744c-00505686a51c.

136 From the collections of the Kinsey Institute, Indiana University. All rights reserved.

151 이 도판에 해당하는 원서 내 도판 출처는 다음과 같다. Excerpt from *Psychopathologic Reaction Patterns in the Antilles Command*, by Mauricio Rubio, Mario Urdaneta, and John L. Doyle, found in the *United States Armed Forces Medical Journal*, published by the Armed forces Medical Publication Agency, Department of Defense, vol. 6, no. 12, December 1955.

155 이 도판에 해당하는 원서 내 도판 출처는 다음과 같다. Excerpt from *Psychopathologic Reaction Patterns*.

160 이 도판에 해당하는 원서 내 도판 출처는 다음과 같다. Excerpt from *Psychopathologic Reaction Patterns*.

166 이 도판에 해당하는 원서 내 도판 출처는 다음과 같다. Excerpt from *Psychopathologic Reaction Patterns*.

170 San Juan, Puerto Rico. Photograph by Edwin Rosskam (1903 – 1985). Image provided courtesy of the Library of Congress.

173 Image from back jacket of *Manuelito of Costa Rica*, by Zhenya Gay and Pachita Crespi, copyright ⓒ 1940 by Julian Messner Inc.

176 이 도판에 해당하는 원서 내 도판 출처는 다음과 같다. Excerpt from *Psychopathologic Reaction Patterns*.

188 From the collections of the Kinsey Institute, Indiana University. All rights reserved.

197 Illustration from *Who's Afraid?*, by Zhenya Gay, copyright ⓒ 1965 by Zhenya Gay, renewed 1993 by Erika L. Hinchey. Used by permission of Viking Children's Books, an imprint of Penguin Young Readers Group, a division of Penguin Random House LLC. All rights reserved.

198 Illustration from *Who's Afraid?*, by Zhenya Gay, copyright ⓒ 1965 by

Zhenya Gay, renewed 1993 by Erika L. Hinchey. Used by permission of Viking Children's Books, an imprint of Penguin Young Readers Group, a division of Penguin Random House LLC. All rights reserved.

238 New York City Department of Health.

240 이 도판에 해당하는 원서 내 도판 출처는 다음과 같다. Image created from page 303 of *Sex Variants*.

244 Illustration from *The Dear Friends*, by Zhenya Gay, copyright © 1959 by Zhenya Gay.

248 Illustration from *Jingle Jangle*, by Zhenya Gay, copyright © 1953 by Zhenya Gay, renewed 1981 by Erika L. Hinchey. Used by permission of Viking Children's Books, an imprint of Penguin Young Readers Group, a division of Penguin Random House LLC. All rights reserved.

251 © 2023 National Partnership for Women & Families. Plate 13 reproduced with permission from Robert L. Dickinson, Abram Bel-skie, and the Maternity Center Association, *Birth Atlas* (New York,1940).

255 이 도판에 해당하는 원서 내 도판 출처는 다음과 같다. Image created from page 1116 of *Sex Variants*.

260 From *An American Textbook of Obstetrics: For Practitioners and Students*, by Richard C. Norris and Robert Latou Dickinson, copyright © 1895.

268 Warren Anatomical Museum collection, Center for the History of Medicine in the Francis A. Countway Library of Medicine, Harvard University.

277 Courtesy of J. Carter Tutwiler and the Warhol Foundation.

280 Image provided courtesy of the Library of Congress.

284 Walker Art Gallery, Liverpool, England.

290 Dedication page from *The Second Oldest Profession: A Study of the Prostitute's "Business Manager"* by Ben L. Reitman, 1931, The Vanguard Press.

296 Both photos courtesy of the University of Michigan Library (Joseph A. Labadie Collection, Special Collections Research Center).

297 Courtesy of the University of Michigan Library (Joseph A. Labadie Collection, Special Collections Research Center).

303 Courtesy of the Newberry Library, Chicago, Illinois.

330 이 도판에 해당하는 원서 내 도판 출처는 다음과 같다. Image provided courtesy of the Library of Congress.

336 Illustration by Zhenya Gay from *The Ballad of Reading Gaol*, by Oscar Wilde.

380 이 도판에 해당하는 원서 내 도판 출처는 다음과 같다. Image created from page 1159 of *Sex Variants*.

387 Courtesy of the Newberry Library, Chicago, Illinois.

옮긴이의 말

1930년대, 퀴어 사회학자 잰 게이는 자신의 연구 결과물을 타인의 손에 건넨다. 3백 명이 넘는 동성애자를 상대로 그들의 삶과 욕망에 관한 증언들을 수집한 이 방대한 연구는 오로지 권위 있는 남성 의사의 이름으로만 출판할 수 있다. 게이는 유의미한 연구를 마침내 세상에 꺼내 놓는 것이라 생각했지만, 실제로 그 순간 증언들은 어둠 속으로 들어간다. 의사는 그들의 욕망에는 관심이 없으나, 동시에 이런 〈변종〉들이 가진 동성애적 기질의 원인을 밝히겠다는 우생학적 욕망을 품고 있기 때문이다. 잰 게이를 위원회의 일원으로 구슬려 완성한 연구서는 두 권짜리 『성적 변종들』(1946)로 출간된다. 『암전들』은 허구의 작품이지만, 『성적 변종들』은 존재한다. 자신들에 관해 이야기하러 온 사람들은 얼굴이 흐릿하게 처리된 누드 사진으로 남았다. 증언의 내용은 진단으로 바뀌었다. 욕망은 장애와 병리학이 된다. 잰 게이도 존재한다. 자신의 이야기와 더불어 암전 속에 가라앉았을 뿐.

이 책이 다시 발견되는 것은 팰리스, 그것도 잰 게이와 같은 성을 가진 노인 후안의 방에서다. 여기서부터는 작가 저스틴 토레스가 만들어 낸 허구다. 게이와 파트너 제냐의 피보호자였던 후안 게이라는 인물도, 시공간이 죽음을 향해 한없이 확장되는 것만 같은 팰리스라는 공간도. 처음부터 군데군데 검은 마커로 지워진, 즉 간헐적으로 암전된 상태로 나타난 『성적 변종들』역시도 마찬가지다. 글자를 지운 검은 줄은 창조적인 어둠과 침묵을 조성한다. 암전. 어둠 속에서 더듬거리며 등장하는 언어들은 완전히 새로운 이야기를 들려준다.

이곳에 이름이 없는 화자가 도착한다. 네네라는 애칭으로만 불리는 그는 죽어 가는 후안에게서 이야기를 물려받는다. 전해 듣는 이야기들이 대부분 낯선 것은 화자의 탓이 아니다. 책에 담기기에는 너무도 생명력 넘치는 찬란한 이야기들이 있다. 한 사람의 주름진 몸에 새겨져 있던 이야기들은 다음 사람의 젊고 건강한 몸에 이식되어 유품처럼 전해진다. 문이 열리면 시작되는 영화, 죽음의 장소에서 떠올린 끈덕진 기억, 물가에 모인 동물들의 우화, 수시로 암전되었다가 완전히 다른 곳에서 다시 시작하는 이야기들.

『암전들』은 침묵을 강요받은 역사를 말하는 법에 관한 책이자, 작은 목소리로 전해지는 그 이야기를 듣는 법에 관한 책이다. 우리의 진짜 이야기는 침묵, 은둔, 누락, 각주, 공백 속에서 살아남는다는 것을, 그리고 암전 속에서 그것들을 구해 내기 위해서는 말하기를 멈추지 않아야 한다는 것을 줄곧 생각하며 옮겼다. 퀴어의 역사는 곧 회복과 복원의 역사이며, 우리는 그 다정한 수수께끼를 서로 전한다. 독자들도 귀를 기울여 주었으면 좋겠다. 어둠 속에 나란히 누운 몸들이 되어서, 끝까지 들어 주었으면 좋겠다. 함께 책을 만들었고, 또 이 이야기를 함께 아껴 주신 하원정 편집자께 감사드린다.

2025년 10월
송섬별

옮긴이 **송섬별** 다른 사람을 더 잘 이해하고 싶어서 읽고 쓰고 번역한다. 여성, 성 소수자, 노인, 청소년이 등장하는 책을 좋아한다. 옮긴 책으로 릴리 댄시거의 『여자의 우정은 첫사랑이다』, 엘리엇 페이지의 『페이지 보이』, 오드리 로드의 『자미』, 앨리슨 벡델의 『당신 엄마 맞아?』, 아일린 마일스의 『낭비와 베끼기』 등이 있다.

암전들

발행일	2025년 10월 20일 초판 1쇄
	2025년 11월 20일 초판 2쇄
지은이	저스틴 토레스
옮긴이	송섬별
발행인	홍예빈
발행처	주식회사 열린책들

경기도 파주시 문발로 253 파주출판도시
전화 031-955-4000 팩스 031-955-4004
홈페이지 www.openbooks.co.kr 이메일 literature@openbooks.co.kr

Copyright (C) 주식회사 열린책들, 2025, *Printed in Korea.*
ISBN 978-89-329-2544-8 03840